Duygu Asena

Meine Liebe, deine Liebe

Roman

Aus dem Türkischen von
Barbara und Ali Yurtdaş

Piper
München Zürich

SERIE PIPER
FRAUEN

Von Duygu Asena liegt in der Serie Piper
außerdem vor:
Die Frau hat keinen Namen (1485)

Die Originalausgabe erschien 1989 unter dem Titel
»Aslında Aşk da Yok«
bei AFA Yayıncılık A.Ş., Istanbul

ISBN 3-492-11792-9
Deutsche Erstausgabe
Juli 1994
© AFA Yayıncılık A.Ş., 1989
Deutsche Ausgabe:
© R. Piper GmbH & Co. KG, München 1994
Umschlag: Federico Luci
Gesamtherstellung: Clausen & Bosse, Leck
Printed in Germany

Inhalt

I.
Eine moderne Frau ist niemals eifersüchtig…

Er ist nicht zurückgekehrt. Die acht Monate, die er nun fort ist, kommen mir wie acht Jahre vor. Wie schaffe ich es nur, mit diesem ständigen Herzweh zu leben? »In deinem Alter, verliebt wie ein junges Mädchen!« Die das sagen, tun mir leid. Ehrlich, ich habe nur Mitleid mit Leuten, die diese verzehrende Liebe nicht kennen. Lebende Leichen.

Wenn du jemanden liebst und um ihn weinst, heimlich, leise, dann kann es sein, daß du manchmal gar nicht mitkriegst, was dein Gegenüber erzählt, weil dir gerade die Tränen zu kommen drohen. Oder beim Essen werden dir die Augen feucht, weil du dich erinnerst, wie ihr dieses Gericht zuletzt gemeinsam gegessen habt. Lustvolle Schmerzen, die mich nicht abkühlen, im Gegenteil, sie wärmen mir das Herz.

Wie gern ich in der Nacht weine. Mein Kissen ist immer klatschnaß, wie in der letzten Nacht, bevor Aydın ging. Ich drücke mein Gesicht in die Nässe und stelle mir vor, es wären Aydıns feuchte Hände. Ich drehe mich um und versuche zu spüren, wie sich mein Rücken in seine Bauchhöhlung schmiegt, und seine Hände an meinen Hals, so schwer und feucht – aber geruchlos. Da fehlt einfach jener Liebesgeruch, der Geruch der Begierde, der männliche Geruch. Würde ich seine Stimme hören, dann käme der Geruch vielleicht wieder. Wie spät ist es jetzt dort? Ist es Tag oder Nacht? Niemand hebt das Telefon ab. Dort ist wohl Tag jetzt, und er – wer weiß wo. Diese Stille ringsum. Sogar die Kinder im Stockwerk über mir sind verstummt. Sie könnten doch ein bißchen weinen, rumtoben.

Ich kann mich nicht an meine Einsamkeit gewöhnen. Mir ist

klar geworden, daß sich das nicht ändern wird, solange ich mir ihn herbeisehne. Da nützen auch meine Bücher, Notizen, Ordner, Berichte, Kassetten nichts. Säße er aber hier und schaute mir nur still zu, hätte alles wieder seine alte Ordnung. Wenig hilfreich sind Lebensweisheiten wie: Wenn du liebst, bist nicht du der Mittelpunkt der Welt, sondern er. Um ihn dreht sich alles, dich vergißt du einfach. Tröstlich allein, daß auch du im Mittelpunkt bist, zumindest dann, wenn er dich ebenso liebt. Aber wenn nicht? Dann solltest du um Himmels willen fliehen. Denn so zu leben ist unmöglich.

Ich habe mich mit dem Rücken an ihn gekuschelt. Seine Hände liegen schwer an meinem Hals, meiner Schulter, meinen Beinen, alles ist feucht, verschwitzt, seine Hände, seine schweren Hände.

Ich würde verrückt, wäre ich nicht so mit Arbeit eingedeckt. Zeitweise vergesse ich sogar meinen Kummer. Ich durchlebe aufregende Stunden. Neue Herausforderungen und wechselnde Aufgaben machen mir die Arbeit immer wieder interessant. Inzwischen halte ich Vorträge über meine Arbeit. Ich werde eingeladen und fahre hin. Das ist ganz schön spannend. Sie hören dir zu, stellen Fragen und versuchen dich in die Enge zu treiben wie die Wilden. Wenn du dich verheddert, macht ihnen das einen Mordsspaß. Die Veranstalter und die Zuhörer haben keine Ahnung von deinem Zustand. Sie amüsieren sich und gehen wieder.

Nie werde ich meinen ersten Vortrag vergessen. Hunderte Leute, Hunderte von Männeraugen, die bloß auf einen Fehler, eine schwache Stelle lauern, um sich darüber lustig zu machen, halb feindselig, halb verlegen, daß sie gekommen sind, dieser Frau da zuzuhören, die sich zweifellos in Kürze blamieren wird.

Einige hatten sich auch sehr gut vorbereitet. Und was für Fragen gestellt wurden. Manchmal wußte der Betreffende wohl selbst nicht, was er fragte, er wollte bloß reden und sich dadurch mir gegenüber als kompetenter erweisen. Wehe, ich hätte keine Antwort gewußt! Vielleicht leitete er auf diese Weise ja auch die Anmache nach dem Cocktail ein, hatte gehört, daß die Frau da vorne geschieden und frei sei.

Hunderte Männeraugen auf mich gerichtet, niemand lächelt, niemand zeigt das geringste Gefühl. Ich schaue in diese Augen, versuche eine Regung zu entdecken. Doch, da ist ein Dicker, der schmunzelt und nickt, als wollte er meine Worte bestätigen. Unwillkürlich bleibe ich an ihm hängen, spreche zu ihm hin, er versteht mich. Und was ist mit dem da in der Ecke, der sich den ach so männlichen Schnurrbart streicht? Wie auffällig er grinst und ständig mit dem Nachbarn redet. Diesen Typ trifft man ständig, hier drinnen im Saal wie überall: Haare braun oder schwarz, gewöhnlicher Nullachtfünfzehn-Schnurrbart, Kleidung von der Stange, mit einem unbestimmten kühlen Blick und einem seltsamen Lächeln.

Ich sollte jetzt aufstehen und diesem Kerl meine Mappe auf den Knopf knallen! Hast du überhaupt eine Vorstellung von meiner Situation, Mensch? Hast du je versucht, einen Vortrag auszuarbeiten und vor allen Leuten zu halten? Ein bißchen Respekt möchte ich mir doch ausgebeten haben. Weiß Gott, du scheinst mir hier bloß hergekommen zu sein, um beim Cocktail eine Frau aufzureißen, während deine liebe Gattin dich mit einer ernsthaften Arbeit beschäftigt glaubt. Beim Cocktail gesellst du dich mit dem Whiskyglas in der Hand zu der Frau, die du vorher anvisiert hast und fragst sie: »Was möchten Sie trinken, was soll ich Ihnen holen?« Du meinst, mit deinem ekelhaften Schnurrbart und der geblümten Krawatte, als Wasweißich-Chef von der Wasweißich-Firma, etwas darzustellen. Du bist dir sicher, daß du dieser schönen Frau Eindruck machst, einfach so. Die Frau versucht dir notgedrungen zu antworten. Du schaust ihr auf den Blusenkragen, der sich geöffnet hat. Mit schleimigem Grinsen versuchst du, nach innen zu gucken. Die Hand der Frau geht zum Kragen, versucht ihn zu schließen. Sie hatte ihn doch mit einer Nadel zugesteckt; er ist irgendwie aufgegangen.

Während des Sprechens war mir all dies durch den Kopf gegangen. Ich fing an zu stottern. An der wichtigsten Stelle meines Vortrages blieb ich hängen. Ich schaute auf mein Manuskript und fand den Einstieg nicht. Schweiß brach mir aus, und ich wurde rot wie in meiner Kindheit.

(Sei natürlich, sei einfach so, wie du bist! Was hatte man dir doch vorher geraten: Betrachte deine Zuhörer als minderwertige Kreaturen. Du bist wichtiger als alle, reg dich nicht auf! Aber so was darf man doch nicht denken.) Nein, ich muß natürlich sein.

Also hebe ich den Kopf, fixiere den Mann, der seinem Nachbarn gerade etwas erzählt, und spreche noch näher am Mikrofon: »Mein Herr, ja Sie in der Ecke (mit der kackfarbenen Krawatte), bitte mein Herr, vielleicht wissen Sie, daß dies mein erster Vortrag ist. Deshalb bin ich sehr aufgeregt und komme durcheinander, wenn Sie sich dauernd unterhalten und meine Aufmerksamkeit ablenken. Wenn Sie nicht zuhören wollen, gehen Sie raus.«

Vielleicht, so sage ich mir, wird der Mann aufstehen und mir eine runterhauen oder mich beleidigen und brüllend den Saal verlassen. Aber er nimmt sich zusammen und stottert: »Entschuldigung, ich bitte um Entschuldigung, Sie haben ja recht.«

Es bricht Beifall los, und alles lacht. Wer hätte das gedacht? Du mußt nur reden, nicht alles schweigend in dir vergraben. Deine inneren Monologe haben Dir mal wieder geholfen.

Beim Cocktail bringt er mir ein Glas, entschuldigt sich tausendmal. Eigentlich gar kein übler Kerl, im Gegenteil, er wirkt schüchtern, als er mir ungeschickt die Hand küßt und sich entschuldigt. Ich verhalte mich reif, aber bitte, wenn ich Sie verletzt haben sollte, entschuldigen Sie ebenfalls, sage ich in etwa. Fast könnte ich hochmütig werden, denn es sind ja noch andere Leute um mich herum. Sie loben meinen Vortrag, nennen ihn ausgezeichnet. Woher haben Sie bloß diese Kenntnisse, diesen Witz, heißt es. Nun ja, seit Jahren bin ich doch im Beruf, da weiß man schon einiges, sage ich.

(Wenn ihr wüßtet, daß ich tagelang über diesem Vortrag gesessen habe, wie viele Bücher, Lexika ich gewälzt, das Manuskript x-mal umgeschrieben, vielleicht fünfzigtausendmal gelesen und dabei auswendig gelernt. Wie meine Knie gezittert haben, als ich zum Rednerpult ging. Daß meine Stimme versagte. Wieviel Angst ich vor euch hatte, wie ich mich genierte, wie ich mich Tag und Nacht vorbereitete, um den Faden nicht zu verlieren – sogar meinen Kummer vergaß ich darüber.)

2

Eines Samstags klingelt der Postbote und bringt einen Brief von Aydın. Wenn ich von ihm Post bekomme, kann ich sie eine ganze Weile nicht öffnen. Irgendwie habe ich große Angst davor. Ich presse den Brief mit beiden Händen gegen die Brust und halte ihn ganz fest, als könnte er wegfliegen.

Gül ruft: »Ist jemand gekommen?«, und als sie ins Zimmer tritt, erwischt sie mich, wie ich den Brief an die Brust drücke und die Luft einsauge, als könnte ich Aydıns Duft riechen.

»Du bist verrückt und wirst es immer bleiben,«, sagt sie. »Eine Närrin. Schau dich bloß an, wie ein junges Mädchen.«

»Ach herrlich, Gül,« sage ich. »Hättest du nur eine Ahnung von diesem herrlichen Gefühl. Und glaub mir, diese Gefühle beleben mich. Die Liebe, die Aufregung, jemanden so gern zu haben. Mein Herz flattert. Ich bin weit über dreißig, aber schau mir ins Gesicht, in die Augen, wie lebendig, nicht wahr, wie glücklich bin ich, siehst du das nicht? Gül, die Liebe hält mich frisch, kapierst du.«

»Los, mach den Brief auf,« sagt sie.

»*Liebste, was ich Dir schon oft geschrieben habe, will ich nun nicht ein weiteres Mal wiederholen. Denn daß ich mich nach so langer Zeit hier immer noch nicht eingelebt hätte, kann ich mit Anstand nicht behaupten. Jetzt bin ich endlich in die Etagenwohnung, von der ich Dir wohl erzählt hatte, eingezogen. Es ist eine gute Wohngegend und nahe bei meinem Büro. Unter der alten Nummer bin ich also nicht mehr zu erreichen, falls Du es versucht haben solltest. Ich schreibe Dir hier die neue auf. Du kannst mich jederzeit anrufen, auf jeden Fall, und mach Dir keine Sorgen wegen der Zeitverschiebung. Deine Stimme zu hören, ist das größte Glück meines Lebens. Wüßtest Du, welche Sehnsucht ich nach Dir habe. Neulich bin ich in einem Musical gewesen. Da hatten sie eine vierstöckige Bühne aufgebaut. Es wurde eine tolle Mischung aus Jazz und Rock gespielt. Dir müssen die Ohren geklungen haben, so sehr habe ich Dich herbeigewünscht. Du wärst begeistert gewesen, das weiß ich. Mir fehlt einfach etwas, wenn du nicht da bist. Die Probleme in der Arbeit, von denen ich Dir schrieb, sind ebenfalls gelöst. Ich habe eine neue Sekretärin; Du kannst ihr eine Nachricht für mich hinterlassen, sie kennt Dich schon gut. So wie es hier Brauch ist, habe ich ein eingerahmtes Foto von Dir auf meinen Schreibtisch gestellt. Jeder fragt, ob das meine Frau sei, ob sie hier sei. Da gibt es doch jenes Farbfoto, auf dem Dir die Haare fliegen ...«*

»Was ist los?« fragt Gül besorgt. Und dann lauter: »Um Gottes willen, was ist denn passiert?« Ich bin wohl schneeweiß geworden, meine Hände zittern, und Tränen strömen herunter. Mein Gesicht, meint sie, sei schmerzlich verzogen wie bei einer Todesnachricht. Ich müsse wohl sehr leiden.

(Ja, Gül, ich leide, und wie ich leide. Dieser Mann hat mich sicher vergessen, er liebt mich nicht mehr, will mich loswerden und versucht mir das höflich beizubringen. Ich hätte ihn telefonisch nicht erreichen können, weil er in eine neue Wohnung eingezogen sei, wo er sehr zufrieden sei. Er hat sich dort eingelebt, dann war er in einem Musical mit einer Jazz-Rock-Mischung. Die Ohren hätten mir klingen müssen. Er hat eine neue Sekretärin, Gül, die von mir weiß, die mich kennt.)

»Es ist nichts passiert, überhaupt nichts,« sage ich, »ich bin bloß traurig, ich habe einfach Sehnsucht, nichts weiter.«

Als Gül gegangen ist, lese ich den Brief so oft, bis ich ihn auswendig kann – und kapiere kein bißchen, was mich daran so tief traurig macht. Schreibt er denn nicht, daß er mich herbeiwünscht, daß ich ihm fehle, daß er die Musik mit mir zusammen hören wollte, daß er seiner Sekretärin (jawohl, Sekretärin) erzählt habe, er sehne sich nach mir. Warum also bin ich da traurig? Aus ferner Vergangenheit klingt mir im Ohr: »Die Eifersucht ist das Gängelband des Besitzanspruchs, Mädchen.« (Also, wer ist denn hier eifersüchtig? Ich doch wohl nicht.) Weshalb sollte eine moderne, aufgeklärte, studierte Frau wie ich auf einen Mann in der Ferne eifersüchtig sein?

(Er liebt mich, ist doch nicht ausgeflippt, er wird schon nichts angestellt haben in der kurzen Zeit?)

Außerdem, wenn er will, darf er sehr wohl mit einer anderen zusammensein. Was ist dabei? Ist Sexualität nicht eines der natürlichsten Bedürfnisse der Welt, so natürlich wie die Nahrungsaufnahme? Er trifft ein nettes Mädchen, es ergibt sich günstig, sie schlafen miteinander. Was ist schon dabei? Wenn er mich liebt und mich vermißt, was liegt daran, daß er es mal mit einer anderen Frau treibt? Er verliert dadurch nichts. (Ein Vergleich kann sogar günstig sein.) Nein, nein, das ist nicht anrüchig, nicht unanständig; er kann sehr wohl mit einer anderen zusammensein. Das ist die Lust, und die Menschen sollen ihrer Lust kein Zaumzeug anlegen. Durch Eifersuchtsäußerungen soll niemand den anderen hindern. Denn das Liebemachen ist die natürlichste und schönste Beschäftigung der Welt. (Gut, aber ich? Was ist denn mit mir?)

3

Aydıns letzter Brief ist mir wie eine Lanze ins Gehirn gedrungen. Seither sind sechs Tage vergangen, und noch ist kein weiterer Brief gekommen. Als ich ihn im Büro anrief, war er nicht da, aber seine Sekretärin redete sehr nett mit mir. Als wären wir seit ewigen Zeiten befreundet, sprach sie sogar meinen Namen ganz richtig aus. (Sie muß ihn von Aydın wer weiß wie oft gehört haben.) Also gut, wo ist dieser Aydın, wohin geht er, was macht er? Wie befriedigt er seine sexuellen Bedürfnisse?

Aydın geht nicht mit jeder Frau, also auf keinen Fall mit einer Hure ins Bett, er ist da pingelig, fürchtet Krankheiten. (Wie seltsam, eine Hure; würde ich eines Tages, wenn ich sehr Lust verspürte, zu einem Gigolo gehen? Nein, würde ich nicht, ich verspüre keine Lust, außerdem müßte ich nicht extra hingehen, denn sobald eine Frau zeigt, daß sie will, sind die Männer bereit.)

Ich sollte morgen einfach ins Flugzeug steigen und hinfliegen zu ihm, zur Tür hineinplatzen, da bin ich! Aber wenn in seiner Wohnung eine Frau ist, verdammt. (Papa, das hast du uns eingepflanzt. Unter deinen ausgespannten Flügeln hast du uns behütet. Niemand sollte uns sehen, uns berühren. Nun schau mich an: auch ich will meinen Besitz vor Blicken und Berührungen bewahren. Ich halte es nicht aus, daß man ihn auch nur anschaut, meinen Besitz, Papa. Die ich liebe, betrachte ich als Besitz. Ich selbst will keinem gehören, aber *sie* sollen doch mir gehören. Papa, ich bin unglücklich, so unglücklich.)

Seit längerer Zeit ruft immer wieder jemand bei mir an. Er habe mich bei der Podiumsdiskussion gehört und sei von mir begeistert. Wie er sagt, begegneten wir uns auf der Straße, wohnten in derselben Gegend. Wir seien auch schon zusammen in Konzerten, im Theater gewesen. Einige Male habe ich einfach den Hörer aufgelegt, aber er hat eine so angenehme, weiche Stimme. Jetzt rede ich ein paar Sätze, z. B. laß doch, das geht nicht, vertu deine Zeit nicht mit sowas.

Eines Tages fand ich einen Briefumschlag auf meinem Schreibtisch. Es steckte eine Theaterkarte drin. Eine halbe Stunde später läutete das Telefon. Jene Stimme sagte: »Werden Sie ins Theater kommen?«

»Dann stammt das Billett wohl von Ihnen?« fragte ich.

»Ich werde neben Ihnen sitzen. Sie brauchen nicht mit mir zu sprechen, wenn Sie nicht wollen, sich nicht um mich zu kümmern. Aber gewähren Sie mir das Gefühl, neben Ihnen zu sitzen, bitte.« (Diese Stimme kenne ich doch von irgendwoher. Es ist eine sehr angenehme Stimme.)

»Aber das geht nicht, das ist kindisch, so benimmt man sich doch nicht.« In der Fensterscheibe kann ich mein Gesicht beobachten. In meinen Augen ist ein Lachen, meine Stimme zwitschert, ich bin aufgeregt. Ich tue zwar so, als ob ich dem Mann mit der jungen Stimme zürnte, und putze ihn runter, aber aus meinem Tonfall wird er entnehmen, daß ich es gar nicht so meine.

»Ach bitte, kommen Sie doch. Sind Sie denn keine freie, alleinstehende Frau?«

»Es kommt nicht darauf an, daß ich frei und alleinstehend bin, sondern ob ich will (mein Lieber), und ich möchte das nicht.« (Eigentlich würde ich es liebendgern tun und bin auch neugierig auf dich und auf mich selbst wütend, daß ich es möchte und trotzdem nicht tue. Vielleicht sollte ich doch hingehen, um meine Neugierde zu befriedigen, vielleicht im Theater einen abwechslungsreichen Abend verbringen?)

»Sie möchten schon, das höre ich Ihnen an, und wenn Sie mich sähen, dann würden Sie es noch lieber wollen.« Ich knalle den Hörer auf. Idiot. (Überhaupt kein Idiot, offenbar ein richtig netter Junge, außerdem ist sein Annäherungsversuch liebenswert.

Warum fürchtest du dich, dies wenigstens vor dir selbst ehrlich zuzugeben? Warum versucht du zu tolerieren, wenn Aydın mit anderen Frauen schläft, und gestehst dir nicht ein, daß es dir Spaß macht, mit diesem Jungen einfach bloß zu reden? Als hättest du Aydın dadurch betrogen. Warum hast du von diesen Gesprächen und daß du sie eigentlich gern magst, keinem Menschen erzählt?)

Verdammt, was soll ich denn tun? Mich ihm etwa in die Arme werfen? (Nein, das nicht, aber wenigstens nicht vor deinen Gefühlen erschrecken, keine Schuldgefühle nähren, ruhig und entspannt sein.)

Es ist sechs Uhr abends. Ich habe noch zwei Stunden zu tun. Wenn ich um acht die Firma verlasse, kann ich frühestens um neun zu Hause sein. (Die Theaterkarte liegt genau vor mir im Tischkalender.)

Es ist sieben inzwischen, bald bin ich mit der Arbeit fertig. (Das Billett liegt dort...)

Acht Uhr. Meine Arbeit ist längst fertig. Ich habe mich geschminkt und gekämmt und könnte losgehen. (Das Billett.)

Jetzt herrscht noch Stau im Verkehr. Mir graut vor meiner langen Heimfart, so müde wie ich bin. Als wäre die Erschöpfung nach einem langen Arbeitstag nicht genug, kommt noch der Verkehrsstreß dazu. (Das Theater liegt von hier aus näher als meine Wohnung.) Ich sollte noch etwas warten, dann löst sich der Stau auf. Was habe ich denn zum Essen zu Hause? (Das Theaterstück wird ja wohl auch sehr gelobt.)

Es ist halb neun. In einem plötzlichen Entschluß springe ich auf, schnappe mir meine Tasche, das Billett aus dem Kalender und renne los. »Wohin fährst du, kannst du mich nicht ein Stück mitnehmen?« sagen einzelne Kollegen, aber ich bin schon halb draußen und rufe: »Ins Theater.«

Ich stieg in mein Auto. Aber als ich an die Kreuzung kam, war es mit meiner Entschlossenheit vorbei. Langsam holte ich die Theaterkarte aus der Handtasche, zerknüllte sie und warf sie aus dem Fenster. Dann bog ich in die Straße ein, die nach Hause führt. In dem freudigen Bewußtsein, eine treue Frau zu sein, steckte ich den Schlüssel in die Wohnungstür.

Um halb zehn, ich aß gerade mein Spiegelei, läutete das Telefon. »Ich habe gewußt, daß Sie nicht kommen würden, aber ich weiß auch, daß sie es sehr gerne getan hätten.« Er legte auf.

Ich warf mich mit dem Hörer in der Hand aufs Sofa und fing an zu lachen. Mir fiel ein Satz ein, den ich irgendwo gehört hatte: »Was ich im Leben am meisten bereue, ist, aus Angst vor der Reue manche Dinge nicht getan zu haben.«

4

Eines Abens kehrte ich mit vom Lesen und Schreiben brennenden Augen heim, wütend, weil ich erfahren hatte, daß ein männlicher Kollege, der nach mir eingestellt worden war, in der gleichen Position viel mehr als ich verdiente. Ich nahm ein Buch zur Hand, konnte jedoch nicht lesen, statt dessen begannen meine geliebten Tränen mir die Wangen herunterzulaufen. Weder Aydın noch die Stimme am Telefon hatten seit zwei Tagen angerufen. Als mir dann komische Fragen kamen wie: wofür, wozu, für wen das ganze, da sagte ich mir plötzlich: Ich fahre. Ich will es, und ich reise. Es liegt an dir, schon morgen aus einer Umgebung, die du nicht erträgst, aufzubrechen an einen Ort, wo du sehr gerne sein möchtest. Was zögerst du also?

Statt dem Kerl zu begegnen, der mehr verdient als du, statt darüber wütend zu sein und dich ständig zu zerfleischen, ob du deswegen mit dem Chef sprechen solltest, und es schließlich doch nicht zu tun (du hältst dich wohl für sehr professionell?), statt ständig auf einen Telefonanruf zu warten und über das abends naßgeheulte Kissen nachzudenken, könntest du auch im Flugzeug nach Amerika sitzen. Das hast du selbst in der Hand. Los, was zögerst du?

Den nächsten Tag verbrachte ich damit, dem Mann, der mehr als ich verdiente, zu begegnen, dazwischen mehrmals mit dem Chef zu reden und zu maulen, dann meine Sekretärin loszuhetzen wegen einer Flugkarte. Aber ich konnte weder auf meinen Kollegen noch auf meinen Chef richtig wütend sein. Ich hatte meinen Entschluß gefaßt und richtig vorausgesehen, daß ein Entschluß glücklich macht und die Nerven beruhigt. Ich war beim Chef reingeplatzt und hatte gesagt: »Ich gehe.«

»Wohin?«

»Nach Amerika.«

»Was soll denn das nun heißen?«

»Das ist doch wohl klar. In drei Tagen fahre ich los.«

»Also. Ich verstehe nicht ganz. Sie haben doch wohl nicht gekündigt?«

»Im Augenblick nicht, ich nehme bloß meinen Urlaub. Wenn ich zurück bin, können wir das bereden.«

»Haben Sie ein Problem?«

»Ja, schon, aber im Moment möchte ich mir die Laune nicht verderben. Darüber können wir nach meiner Rückkehr sprechen.«

»Und die Arbeit?«

»Die können meine Mitarbeiter weiterführen, und wenn das nicht klappt, ist ja der neu eingestellte Kollege da.«

»Na gut, dann fahren Sie mal, und wenn Sie zurückkommen, werden wir uns unterhalten.«

Ich rufe Aydın an, mit der Flugkarte in der Hand. Er meldet sich mit verschlafener Stimme.

»Wo bist du denn bloß? Seit Tagen habe ich keinen Brief von dir bekommen.«

»Alles was recht ist! Was verlangst du?« sagt er. »Ich schreibe jeden zweiten Tag, der Brief muß irgendwo hängengeblieben sein.«

»Aydın, Aydın, ich komme zu dir, dorthin.«

Er sagt keinen Piep.

»Aydın, Aydın!«

»Du kommst? Hierher? Wann?«

»In drei Tagen fahre ich los.«

»Prima«, sagte er, und seine Stimme zittert (wirklich?). Weshalb zittert seine Stimme wohl? Er klingt gar nicht glücklich. (Ich habe ehrlich genug von deinem Mißtrauen. Laß es doch einmal laufen. Lebe, ohne nachzudenken!). Nein, er war froh. Seine Stimme hatte vor Freude gezittert.

Im Moment ist Aydın das Wichtigste in meinem Leben. Die Arbeit, meine Verwandten, meine Freunde rangieren unter ›ferner liefen‹. Ob er mich liebt und nach mir Sehnsucht hat? Ich glaube, alle Frauen sind so wie ich, ihr ganzes Sinnen und Trachten kreist um den Mann in ihrem Leben. Wenn er sich sehnt, sind sie die Ersehnten, wenn sie ihm gefallen, sind sie schön, wenn er liebt, sind sie die Geliebten, wenn er sie traurig macht, dann sind sie traurig.

Sind die Männer auch so? Ist in ihrem Leben die Frau, die sie lieben, auch das erste Thema? Halten sie sich mit Gedanken daran auf, ob sie angerufen hat oder nicht, ob sie wohl liebt oder Sehnsucht hat?

Ich gehe schlafen mit meinem abgeschminkten Kindergesicht, ziehe die Knie an den Bauch, zusammengekauert, mein Daumenknöchel berührt meine Lippen. Seit Monaten habe ich den Daumen im Mund (aber ich nuckele nicht). Jemand müßte kommen, mich fest in den Arm nehmen, meine Haare streicheln, sich, wenn er es möchte, mit seiner ganzen Schwere auf mich legen, aber er bräuchte nicht mit mir zu schlafen, bloß eine Hand, Haare, einen Körper wünsche ich mir.

5

Kaum zu glauben, aber ich sitze im Flugzeug. Seit vier Stunden fliege ich. Die erste Etappe dauerte drei Stunden, und jetzt habe ich nach der Zwischenlandung den Anfang einer siebenstündigen Flugzeit hinter mir. Eine weitere Überraschung: Ich fliege erster Klasse, weil der Chef meiner Sekretärin die Anweisung gegeben hat, mein Touristenbillett umzutauschen. So seid ihr immer, ihr glaubt, weil ihr uns ständig ausnutzen dürft, daß wir ohne euch nichts zuwege bringen. Ihr habt uns unseren Platz zugewiesen, und wir füllen diese Plätze aus, als stünden wir in eurer Schuld. Nie überlegt ihr, was ein Mitarbeiter an Ausbildung hinter sich hat. Und wie viele Mitarbeiter gibt es denn im Betrieb, die so kenntnisreich, eifrig, treu und aufrichtig sind? Warum schenkt ihr ihnen nicht von vornherein die gebührende Aufmerksamkeit, sondern erst, wenn euch geflüstert wird, sie könnten vielleicht kündigen?

Ständig wird etwas angeboten. Mit Champagner ging es los, mit Whisky weiter, darauf werde ich jetzt einen Sherry trinken (kann ich nicht tun, was ich will?), ich will ein bißchen angesäuselt sein, denn ich fliege gar nicht gerne, es ist meine erste lange Reise allein, und ich habe vor allem einen Bammel. Wie wird es auf dem Flughafen klappen? Und wenn ich mich beim Aussteigen verlaufe, wenn ich die Kofferausgabe nicht finde, wenn ich Aydın nicht sehen kann, zum falschen Ausgang rausgehe? Und wenn das Flugzeug schüttelt, wenn der Motor aussetzt, wenn ein Sturm aufzieht? In dem Riesenflugzeug traue ich mich nicht mal zur Toilette zu gehen, es könnte ja gerade da ein Luftloch kommen und das Flugzeug absacken.

Die erste Klasse ist sowieso bloß ein kleines Abteil, mit mir sind wir drei Frauen, eine fliegt mit ihrem Mann, die andere mit einer Gruppe von Herren. Wir machen uns gegenseitig bekannt, es sind Angestellte einer Computerfirma auf Geschäftsreise. Ich muß mich schwer zusammenreißen, um nicht zu zeigen, was für schreckliche Angst ich habe. Seit einer Stunde halte ich ein Buch in der Hand und tue so, als ob ich lese, dabei habe ich nicht mal drei Seiten geschafft.

Jetzt ist die dritte Stunde in diesem Flugzeug um. Ich habe eine köstliche Mahlzeit mit Weißwein genossen, gerade trinke ich meinen Kaffee mit Kognak, dazu gibt es Schokolade. Im Kopfhörer habe ich ein klassisches Jazzstück. Wenn ich auf den E-Musik-Kanal umschalte, kann ich Bach hören. Ich bin leicht benommen. Jeden Augenblick dieses Erlebnisses, jeden Ton, jeden Schluck will ich voll auskosten. Das Glück wie den brennenden Geschmack des Kognaks auf meiner Zunge zergehen lassen, intensiv. Wie schön, daß der Mensch sich selbst sein Glück erschaffen kann, was für eine echte Freude! Kein anderer, ich habe das alles gemacht, ich.

Mich schwindelt leicht. Ich genieße den Kognak und die Musik. Früher bin ich auch schon so gereist, mit Gürkan, aber nie war ich so trunken von Genuß, und nun gar, wo ich alleine bin. (Nein, auch damals bist du vor Glück geschwebt, aber der Mensch hält ja sein letztes Glück immer für das größte.)

Ich stelle mir die Begegnung mit Aydın vor: Wir fallen uns in die Arme, kaum daß wir in der Wohnung sind, wir werden uns küssen wie die Irren. Ich halte ihn fest umschlungen, sauge seinen Duft in mich ein, diesen schönen unparfümierten, erregenden Männergeruch. Nachdem wir uns lange, lange umarmt haben, legt er mich auf die Erde, und sein schwerer, weicher, warmer Mund ist wieder und wieder auf mir, wie herrlich. Mir ist sowieso schwindelig, und dann noch dies. Ich werde wohl gleich in Ohnmacht fallen, es vergehen Minuten, ich bebe, ich bebe, mein ganzer Körper ist unter Hochspannung.

»Der Film hat begonnen, wenn Sie auf Kanal eins schalten, können Sie den Ton empfangen,« sagt die Stewardeß.

6

Das Flugzeug ist gelandet. Von der Entspanntheit der letzten Stunden ist nichts mehr zu spüren. Wer weiß, wie riesengroß der Flughafen ist. Wenn ich Aydın nicht sehe? Macht nichts, ich habe ja seine Adresse. Fürchten muß ich mich wirklich nicht.

In der Tat war der Flughafen ziemlich groß, aber übersichtlich angeordnet, und alles klappte bestens. Bei der Paßkontrolle ließen uns die Polizisten, die kein bißchen höflich waren, an einer markierten Linie warten und riefen uns einzeln auf. Jetzt würde hinter jener Tür Aydın stehen. In Kürze würde ich ihn sehen, ihm um den Hals fallen, den Schmerz der Abschiedsnacht überwinden, ihn nie wieder loslassen.

Aydın ist nicht da. In der unendlichen Menschenmenge kein Aydın. Ich vermute ihn in jedem Mann, den ich sehe, aber er ist es nicht. Was soll ich jetzt machen? Zu welcher Tür muß ich raus, wie finde ich einen Bus, wo ist der Taxistand? »Ei ei ei, wer ist denn da gekommen, schau mal an!« Eine Hand faßt nach meinem Koffer. Ich drehe mich um. Es ist Aydın. Ist er das? Er hat sich einen Schnurrbart wachsen lassen und die Haare ganz komisch nach hinten gekämmt. Ich strecke ihm die Hand hin, wir begrüßen uns. Er beugt sich runter und küßt mich auf beide Wangen, ich ihn auch. »Herzlich willkommen!«

»Grüß dich.«

»Wie war der Flug? Hattest du Angst?«

»Es war sehr schön, ich hatte gar keine Angst, mir ist ein bißchen schwindelig, und ich bin müde.«

»Das wird vergehen, wenn wir zu Hause sind.« Er läuft mit meinen Koffern los, ich hinterher. »Mal schauen, ob es dir hier gefällt,« oder so ähnlich höre ich ihn beim Gehen sagen. Mal schauen, ob es mir hier gefällt. Mal schauen, ob du mir gefällst, du Schnauzbärtiger mit den nach hinten gekämmten Haaren, selbstbewußt wie ein Amerikaner, so wie du vor mir herrennst. Werde ich dich mögen mit deinem ekligen Schnurrbart, deine grauen Schläfen und der Don Juan-Frisur, mit deinem kühlen Benehmen mir gegenüber? (Wäre ich doch nicht gekommen.)

Wir steigen in sein Auto, ich bin steif wie ein Götzenbild, er nimmt meine Hand, du hast dir einen Schnurrbart wachsen lassen, ja, gefällt dir das nicht, weiß nicht, es kommt mir sehr anders vor. Du gewöhnst dich dran, er gefällt allen (freilich, die amerikanischen Landmädchen sind wohl begeistert).

Wenn du ihn nicht magst, rasiere ich ihn ab (und nachdem ich weg bin, läßt du ihn wieder wachsen). Schau, hier ist die berühmte soundsovielte Straße, und hier ist eines der höchsten Gebäude der Welt, unser Haus ist gerade hier um die Ecke und mein Büro ein bißchen weiter. (Hat er ›unser‹ Haus gesagt? Wer seid ›ihr‹ denn?)

Drinnen in der Wohnung stellte er die Koffer ab. »Ich habe zwei Koffer dabei, aber keine Angst, ich lasse mich nicht nieder, der eine ist praktisch leer, ich wollte ein paar Einkäufe machen.« Gerade hatte er meine Schulter berührt, jetzt wurde er zu Eis.

»Was soll denn das nun heißen?«

»Nein, ich meine… ich wollte sagen, daß ich nicht so lange bleiben will. Du weißt ja, ich habe viel Arbeit.«

»Ja, aber warum sagst du das gerade jetzt?« (Auch meine Haare sind anders, viel kürzer, ob er mich wohl auch als fremd empfindet?) »Aydın bitte, ich bin todmüde und durcheinander. Hätte ich besser nicht kommen sollen?« Ich fange an zu weinen, werfe mich auf ein Sofa. »Ich weiß nicht, was mit mir los ist, Aydın.« (Was ist denn das für ein komisches Sofa, ein Riesending, aus dunkelbraunem Leder, was für eine bedrückende Wohnung, alles in braun, erstarrt, leblos, schwer. Hat er sich die Möbel wohl selbst gekauft, oder wurde die Wohnung möbliert vermietet?)

»Du bist erschöpft.« Er streichelt meine Haar. »Ruh dich ein wenig aus. Du hast ja seit langem nicht geschlafen. Komm, ich zeige dir dein Zimmer, da packst du die Koffer aus, duschst dich und schläfst schön, und ich gehe zur Arbeit und komme wieder.«

Ich hebe langsam den Kopf und schaue ihn mit nassen Augen an (das gäbe einen herrlichen Filmausschnitt). Ich werde schlafen, er wird zur Arbeit gehen und wiederkommen. »Gut, Aydın.« Ich bleibe ganz allein in der scheußlichen Wohnung. Mir will scheinen, daß alles in Ordnung käme, wenn Aydın den Schnurrbart abrasierte und die Haare zur Seite kämmte.

Traum und Wirklichkeit, murmele ich vor mich hin, als ich ins Schlafzimmer hinübergehe. Wie schnell sind mir sogar die Träume im Flugzeug fremd geworden. Überhaupt: gehört es sich für eine Frau in meinem Alter, Phantasien nachzuhängen?

7

Ich muß geschlagene drei Stunden geschlafen haben. Im Haus ist es mäuschenstill, Aydın ist noch nicht zurück. Ich bin von werweißwoher gekommen, habe meinen Arbeitsplatz aufs Spiel gesetzt, um ihn zu sehen, was hatte ich mir nicht alles erträumt, aber er hat mich sofort alleine gelassen. Und jetzt sind drei Stunden vergangen, und er ist noch immer fort. Diesmal fange ich an zu schluchzen. Sein Kissen ist klatschnaß, aber das ist keine glückliche Nässe.

Ich weine mich so richtig aus, bis ich erschöpft bin, und dann springe ich aus dem Bett. Mein Gesicht, die Augenlider verschwollen, ganz rot, und immer noch schniefe ich. (Komm zu dir, Mädchen, die Welt bricht ja nicht zusammen. Gibt's keine anderen Männer? Wenn er dich nicht mehr mag, dann magst du ihn auch nicht, aber New York hast du gesehen, das ist doch auch nicht schlecht, oder?) Doch ich erlebe zum erstenmal im Leben das Verlassenwerden. Ich pudere mir das Gesicht, ziehe mir die Lippen nach und setze mich auf das Sofa im Wohnzimmer.

Als ich mit den Kissen herumspiele, bleibt mein Blick an ein paar Haaren hängen; das sind keine Kopfhaare, sondern eher ein Flaum oder Körperhaare, zwischen die Polster eingeklemmt, eine ganze Menge sogar. Schlagartig wird mir alles klar. Ich kriege keine Luft mehr. Diese Haare sind der Beweis, daß Aydın mich betrügt. Hier auf diesem Sofa hat er mit einem Mädchen gelegen, und ihre Haare haben sich zwischen die Polster ausgebreitet. Weil Männer in diesem Punkt beschränkt sind, hat er nicht daran gedacht, das auszuputzen. Ich muß sofort hier weg, ehe ich einen Herzschlag kriege. Ich bin eine starke Frau, auch diesen Schmerz werde ich verkraften. Wenn dieser niederträchtige Kerl mir das antun konnte (während ich ein Telefongespräch mit jenem jungen Mann schon für Untreue hielt), wenn er eine dauerhafte Beziehung angefangen hat und mit dem Mädchen in dieser Wohnung gewohnt hat, (wenn es etwas Vorübergehendes wäre, dann egal, dann hätte ich keinen Piep gesagt), dann muß ich sofort aufbrechen aus dieser Wohnung und einen Plan machen, um stark zu sein.

Die Tür geht auf, und Aydın schleicht herein mit seinem ekelhaften Schnurrbart, seinen Casanovahaaren, seinem Aktenkoffer und wirft sich auf das dunkle Sofa. »Ich dachte, du schliefst, du bist aber schnell aufgestanden.«

Ich schaue ihn aus verquollenen Schlitzaugen an und sage: »Aydın, ich reise sofort ab.«

»Was ist los, zum Donnerwetter, wohin willst du! Von Anfang an führst du dich hier in einer Weise auf, habe ich dich etwa mit Gewalt hergebracht?« schreit er. Meine Stimme wird ebenfalls lauter: »Nein, nicht mit Gewalt. *Ich* bin gekommen. Du hast gar nicht daran gedacht, mich zu rufen. Während du auf den Sofas Liebe gemacht hast, ist dir natürlich nicht eingefallen, mich zu rufen. Aber wie ich gekommen bin, weiß ich auch wieder zu gehen.«

»Mädchen, Kleines, wieso Liebe machen, was für Sofas, was ist bloß los mit dir? Ist denn jetzt der Augenblick, über sowas zu sprechen? Also, sag's mir, was dich quält.«

Ich erzähle ihm alles, meine Gedanken, Gefühle, Zweifel. Er fängt an zu lachen, setzt sich neben mich. »Laß mal schauen, was für ein Flaum, was für Körperhaare? Meine verrückte Geliebte, die Trennung hat deine Nerven ganz schön zerrüttet, ach, mein Kleinchen, seit Monaten wohne ich hier und sehe diese Haare jetzt zum ersten Mal, glaub mir. Die Möbel gehören mir nicht, ich habe die Wohnung möbliert gemietet. Meinst du, ich könnte mich noch mit Möbelkaufen abgeben, wo ich nicht mal weiß, wie lange ich bleiben werde. Du hast wirklich eine blühende Phantasie, wenn das Haare vom Liebemachen sein sollen. Vielleicht ist es etwas ganz anderes. Hat man je erlebt, daß der Mensch beim Lieben so viele Haare verliert? Und jetzt dazu, daß ich weggegangen bin und dich alleine gelassen habe: du schienst mir müde und nervös. Ich hatte mir unser erstes Treffen auch anders vorgestellt. Ehe es zu einer unangenehmen Szene gekommen wäre, wollte ich rausgehen, und während du geschlafen hättest, wäre ich zurückgekehrt und hätte mich leise zu dir ins Bett geschmuggelt.« Er umarmt mich fest, küßt mir den Hals und das Ohr, streichelt mir lange, lange die Haare. Die Verkrampfung in meinem Körper löst sich. Seine Lippen gleiten von meinem Hals abwärts. Er nimmt meine Hand und legt sie auf seine Schulter, seine Lippen verharren auf meinem Nacken. Ich verschränke die Hände auf seinem Rücken. Auf dem haarigen Sofa küssen wir uns wie die Wahnsinnigen. Mein Leben, mein Herzensschatz, wüßtest du, wie ich mich nach diesem Augenblick gesehnt habe. Unsere Tränen vermischen sich, alles wird naß.

8

Vierzehn Tage vergehen wie im Fluge. In der zweiten Woche hat Aydın Urlaub genommen, und wir streifen zusammen durch die Stadt. Kinos, Musicals, Clubs, wir sind einfach glücklich wie Kinder. Wir sind zwar todmüde, aber jede Sekunde, die vergeht, ist unwiederbringlich!

Wir sitzen in einem Club, wo die berühmtesten Musiker der Welt auftreten. Was für eine unglaubliche Musik, was für eine unglaubliche Glückseligkeit, die mich durchdringt. Ich schließe die Augen, will diese Minuten so intensiv wie möglich spüren. Während die Musik Note für Note hinter sich läßt, erlebe ich ein Gefühl wie bei einem Trauerzug. Denn jeder Ton des Klaviers, jeder Abschnitt der Flötenmelodie sagt mir: auch dies ist dahin, diese Note wird so nicht wieder erklingen, und auch du wirst diesen Augenblick nicht noch einmal erleben. Ach, diese vergängliche Welt, sage ich mir (wie auf einer Leichenfeier) es lohnt nicht, sich über irgend etwas Sorgen zu machen. Lebe, lebe einfach bloß, koste aus, was du erlebst, und zerbrich dir nicht den Kopf über alles mögliche. Um im Leben glücklich zu sein, muß man bloß eins: kämpfen. Du mußt dir eine ganze Menge Dinge erkämpfen, damit sie dich zur rechten Zeit glücklich und stark machen.

Was wird noch kommen, wie werden wir am Schluß dastehen, und was wollen wir dann machen? Alle diese Gedanken verbanne ich aus meinem Hirn. (Wenn du über das alles nachdenkst, kannst du das volle Glück des Augenblicks nicht genießen!) Als lebte ich in der Unendlichkeit. Wir haben so viel Kognak getrunken, daß ich nicht mehr aufstehen kann. Zwar bin ich noch voll bei Bewußtsein, aber diese Arme, diese Beine scheinen gar nicht zu mir zu gehören. Zwei Leute fassen mich unter und bringen mich zum Auto; ich kichere ununterbrochen, aber ich bin nicht weggetreten und sicher, überhaupt nicht betrunken auszusehen. Ich werde nie richtig blau; ich kämpfe bis zum letzten Blutstropfen, damit niemand merkt, daß ich getrunken habe. Auch jetzt wird niemand etwas merken, nur diese Beine sind irgendwie eingeschlafen. Zu dem Mann, der mich am Arm hält, sage ich in einem phantastischen Englisch: »Wissen Sie, ich war im Leben noch nie betrunken.«

Als wir nach Hause kommen, setze ich mich im Aufzug auf den Boden und bestehe darauf, die Nacht hier zu verbringen. »Dieses kleine Zimmer mag ich, hier könnten wir doch schlafen.«

Auch Aydın hat einen in der Krone. Wie er mich hochgehievt und in die Wohnung geschleppt hat, weiß ich nicht. Drinnen breche ich über dem Sofa zusammen, umhalse Aydın und lache mich kaputt, kann überhaupt nicht mehr aufhören. Plötzlich wird mir klar, daß dies gar kein Lachen ist, sondern daß mich in Aydın Armen ein Heulkrampf schüttelt. »Aydın, liebst du mich auch? Oder betrügst du mich? Was denkst du? Was wirst du tun?« schreie ich.

Aydın streichelt und küßt mich und hält mich lange im Arm. Während ich ihn umschlinge und mein Gesicht unter seinem Arm vergrabe, heule ich wie ein Schloßhund.

Am anderen Morgen hat er das Frühstück zubereitet. Ich erwache vom Duft des Brotes. Ich bin müde, habe Kopfweh, mein Gesicht, die Augenlider sind geschwollen, ich sehe gräßlich aus.

Während mir Aydın das Brot schmiert, sagt er: »Sieh einer mal diese selbstsichere, berühmte, starke Frau an, die alle Probleme gelöst hat! Wie ein Kind ist sie unsicher, einsam und beunruhigt.«

Von etwas anderem sprechen wir nicht.

9

Zum ersten Mal leben wir eine so lange Zeit gemeinsam in einer Wohnung. Ich benehme mich wie ein echter Gast und streue nicht wie bei mir zu Hause Zeitungen, Bücher und Kleidungsstücke in der Gegend rum; wenn wir gegessen haben, räume ich sofort den Tisch ab. Natürlich koche ich nicht oder so, sondern wenn wir überhaupt zu Hause essen, bringt er etwas Fertiges mit und bereitet es selbst in der Küche zu. Jeder von uns hat eine Aufgabe; wir helfen uns gegenseitig nicht, weil jeder etwas anderes zu tun hat. Genaugenommen verhält er sich auch wie ein echter Gastgeber. Er gibt sich alle Mühe, mich glücklich zu machen. (Du hast vergessen, wie es ist, mit einem Menschen zusammenzuleben; schau mal an, gar nicht so schlecht, wenn gegenseitige Achtung und Liebe vorhanden sind; wie schön läuft das doch, sobald zwei Vernünftige zusammenkommen.)

Aydın Sekretärin ist auch ein ganz süßes Mädchen. Ein bißchen unmöglich angezogen, ein bißchen kopflos, ein bißchen zu frisch verheiratet und wahnsinnig verliebt in ihren Mann, einen Maler. (Hätte ich gewußt, daß ich so einem Mädchen begegnen würde, hätte ich sicher keine derartigen Eifersuchtsanfälle durchgemacht. Weshalb läßt du dich von deinen Gefühlen immer derart überwältigen? Warum wartest du nicht ab, informierst dich erst mal und dann handelst du? So machst du dich für nichts und wieder nichts kaputt. Und wenn du deine Fehler schon einsiehst, warum versuchst du nicht, sie zu bessern?)

Wir erleben einen herrlichen Abschiedstag. Essen an den schönsten Stellen die schönsten Mahlzeiten und genießen wunderbare Küsse. Auf meinem Teller, der groß wie eine Platte ist, liegt ein riesiger Hummer, dessen letzte Happen ich kaum noch schaffe.

»Gut, daß ich gehe, Aydın, schau bloß, ich habe in vierzehn Tagen zwei Kilo zugenommen.«

»Gut wäre, wenn du nicht gingest,« sagt er. »Ich habe mich so an dich gewöhnt. Du machst den Menschen direkt süchtig nach dir. Einerseits hast du eine entnervende Art, andererseits kann man sich nicht leicht von dir entwöhnen. Ach, könntest du doch bleiben.«

Doch ich will jetzt keine Diskussion um mein Hierbleiben oder Nichthierbleiben. Es ist sehr schön, mit ihm zusammenzusein, aber ich habe diese Frage schon lange aus meinen Überlegungen gestrichen. So antworte ich nicht, kann nicht antworten. (Weil du nicht darüber nachdenken willst, weil du vor vielen Problemen einfach fliehst!) Trotzdem bin ich hingerissen von Aydıns schnurrbartlosem Gesicht, seinen zur Seite gekämmten Haaren. Das ist wieder mein alter Aydın: geistig wach, besonnen, ausgeglichen, zuverlässig. Und wie ihn die Kollegen auf den Arm genommen haben, daß er auf das Wort einer Frau hin den Schnurrbart abrasiert habe. Sollen sie doch! Wenn er Wert darauf legt, daß ich ihn mag, warum sollte er es nicht tun?

(Aber für die Männer bedeutet es eine Erniedrigung, sich nach dem Wort einer Frau zu richten. Vielleicht wurde sein Stolz verletzt. Du hast ihm derart schreckliche Dinge an den Kopf geworfen!)

»Ich habe gesagt, was ich dachte, hätte ich mich gekünstelt verhalten sollen? Außerdem ist Aydın keiner von diesen komplexbeladenen Männern. Ihm macht sowas nichts aus.

(Das meinst du nur. Er frißt alles in sich rein, läßt sich nichts anmerken. Und wenn er sich später an dir für die Beleidigung rächen will?)

»Du schlimmes, mißtrauisches, unzuverlässiges Menschenskind, ich mag dich nicht. Du bist die Ursache meines Unglücklichseins.« (Findest du? In Wahrheit wärest du ohne mich unglücklich geworden.)

»Du hast mich damals nicht zum Flughafen gebracht,« sagte Aydın.

»Das war etwas anderes,« sage ich.

»Worin besteht da der Unterschied? Für mich war es noch schwerer. Ich mußte alles verlassen und mich in völlig neue Lebensumstände hineinbegeben.«

»Nein, ich war es, die völlig alleine gelassen wurde; und der mich verließ, das warst du! Ich habe schrecklich gelitten und gemeint, ohne dich nicht weiterleben zu können.«

»Aber du hast weitergelebt, oder?«

»Ja, sicher. So wie du es geschafft hast weiterzuleben, so habe ich halt auch gelebt.«

»Könnten wir diese Anschuldigungen mit »ich habe – du hast« vielleicht mal beiseite lassen. Schau Liebes, was ich dir jetzt sage, das laß mich nicht dauernd wiederholen, sonst verliert es seine Wirkung. Also: ich brauche dich. (Warum verliert das wohl seine Wirkung, wenn man es wiederholt? Warum fällt es euch so schwer, diesen Satz auszusprechen?) Ich weiß, auch du liebst mich. Gut: also wir sind uns klargeworden, du hast dir bewiesen, daß du kein Bedürfnis nach einem anderen Mann hast. Du hast jetzt gesehen, wie schön das Leben hier ist, warum bleibst du nicht bei mir?« (Schönes Leben nennt er das, in diesem verkabelten, dicken Sandwich-Land, das von der übrigen Welt keine Ahnung hat.) »Wenn wir heiraten, hast du hier auch keine Probleme mit der Aufenthaltserlaubnis.« (Wahrscheinlich ist es mir vom Schicksal vorherbestimmt, daß mir sämtliche Heiratsanträge im Auto gemacht werden.)

Inzwischen regt mich das Wort Ehe kein bißchen mehr auf, genauso wenig bringt es mich aus der Ruhe, ein entsprechendes Angebot zu bekommen. (Wenn das so ist, warum macht dein Herz dann bei diesen Worten einen Sprung, warum wirst du rot?) Ich antworte spöttisch: »Mensch, Aydın, das ist wohl ein Heiratsantrag, bist du denn verrückt; in unseren Verhältnissen und in unserem Alter paßt das doch gar nicht.« (Aha, du bist aber trotzdem aufgeregt.)

»Ich meine es ernst, nehme dich keineswegs auf den Arm.

Zwischen Leuten wie uns wird eine Ehe problemlos sein. Du hast es ja erlebt; in den letzten vierzehn Tagen hat es doch wohl keinerlei Schwierigkeiten gegeben. Ich sage es dir jetzt ein letztes Mal: fahr los, denk drüber nach und ruf mich an. Schau, ich bin unfähig, schöne Worte zu machen (als wäre diese Unfähigkeit eine besondere Leistung), aber ich mag dich sehr. Du jagst den Menschen durch Eiseskälte und Äquatorhitze, entnervst ihn und bringst ihn zum Platzen, schenkst Freude, Geborgenheit und Lust, und dies alles auf einmal. Außerdem bist du mein bester Freund, wo finde ich denn jemanden wie dich.«

Was sind das doch für schöne Worte. Wir nähern uns der Tür, die uns trennen wird. Die meisten Leute umarmen und küssen sich hier, wir auch. Unsere Augen sind rot, feucht. Doch wir weinen nicht, weil wir beide von ruhiger Zuversicht erfüllt sind, daß alles gut ausgehen wird. Hätte ich ihn doch damals auch zum Flughafen begleitet, denn die Abschiedssituation hat einen ganz eigenen Reiz. Ich drehe mich ein letztes Mal nach ihm um, als ich einen riesigen schwarzen Polizisten passiere. Er winkt, und ganz sicher weint er.

11

Einen ganzen Monat war ich damit beschäftigt, über meine Tage mit Aydın nachzudenken. Wie ein Filmstreifen, jede Minute, die ich erlebt hatte (ausgenommen natürlich meine Eifersuchtsanfälle). An diese Heulereien, wo ich mich wie ein törichtes Weibsbild aufgeführt hatte, wollte ich nicht denken. Diese schlimmen Zustände schlichen sich zwischen die Erinnerungen an die schönen Tage, aber ich versuchte sie zu verdrängen. Derartige Torheiten zu begehen, war schon idiotisch, sie aus meinen Gedanken zu verbannen, noch idiotischer. Ich hielt es nicht aus und erzählte Gül das Ganze.

Und wie sie mich verurteilte! Als hätte sie niemals etwas Dummes angestellt, so tadelte sie mich. Wenn ein Mensch, äußerlich betrachtet, reif und vernünftig wirkt und seine Worte und Handlungen logisch erscheinen, dann hebt sich unverständliches Benehmen umso krasser, umso dunkler ab. Darf ein nach außen hin vernünftiger Mensch etwa keine inneren Widersprüche, keine inneren Kämpfe haben? Gerade das erlebe ich nämlich. Außerdem ist mir immer vollkommen bewußt, wenn ich etwas falsch gemacht habe, und ich versuche, mich zu bessern. In diesem Fall schäme ich mich ungemein für das, was ich Aydın angetan habe. Aber ich *habe* es getan.

Als ich zu meiner Arbeit zurückkehrte, war meine Sekretärin verschwunden. Nicht bloß aus dem Büro, sie schien wie vom Erdboden verschluckt zu sein. Sie war weggelaufen. hatte ihre Wohnung, ihre Familie, Mann und Kinder, alles verlassen und war gegangen. Ich konnte es nicht glauben. Dieses verschämte, scheue Ding. Wie hatte sie bloß den Mut zur Flucht aufgebracht?

Ich erinnere mich noch an ihren ersten Tag, wie mir ihre Schüchternheit nicht gefiel, aber sie versicherte, daß sie jede Arbeit tun werde, und sie wirkte so, als hätte sie sich entschlossen, es zu schaffen. »Ich muß meinen Lebensunterhalt verdienen, ich brauche Geld, wer weiß, was in Zukunft alles passiert: im Moment bin ich auf meinen Mann angewiesen«, hatte sie gesagt. Diese entschlossenen Worte hatten mir gefallen, und sie hatte bei mir angefangen. Später befreundeten wir uns, gingen in der Mittagspause öfter gemeinsam zum Essen. Einmal hatte ich sie in eine Bar mitgenommen, wir tranken Alkohol, und sie fing an zu erzählen:

ZELIHA

Zeliha beginnt als Mädchen von acht oder neun Jahren, ihre Ehe zu planen. In diesem Alter fängt ihre Mutter an, eine Aussteuer für sie zusammenzustellen, und sie selbst hilft dabei. Als sie zwölf ist, verheiratet sich ihre ältere Schwester mit dem erstbesten Bewerber und geht aus dem Haus, was Zelihas Innerem einen Stich versetzt.

Und als sie erst in der Wohnung ihrer Schwester die Divandeckchen, die geblümten Vorhänge, die Spitzen, die Vorhänge aus dem Stoff, der sonst für Kühlschrankdeckchen verwendet wird, im Schlafzimmer den Makrame-Lampenschirm und die Nachttischchen zu beiden Seiten des Bettes, auf der Seite des Mannes mit Aschenbecher, auf der Seite der Frau mit einer Schachtel Papiertaschentücher, die Lavendelsäckchen im

Wäscheschrank und im Schrankzimmer die Nähmaschine und das Bügelbrett sieht, wie kribbelt es da in ihrem Herzen vor Eifersucht.

Auch für Zeliha wird die Aussteuer vervollständigt, und hastdunichtgesehen, quellen Kisten und Schränke über. Die Perlonnachthemdenmode ist vorüber, jetzt trägt man Baumwolle. Sie sitzt am Fenster und schaut nach einem Ehemann aus. Und was die Mutter nicht alles anstellt, damit ihre Tochter einen Mann kriegt. Vor allem schleppt sie Zeliha immer mit zu den Kaffeekränzchen. Und wenn Besuch zu ihnen kommt, läßt sie Zeliha Kuchen und Plätzchen backen, damit sie vor den Gästen die Fähigkeiten ihrer Tochter rühmen kann. Es kommt schließlich so weit, daß Zeliha, bei Gott, sogar die Kohlrouladen in Olivenöl besser hinkriegt als ihre Mutter.

Aber stellt euch vor, Zeliha wird achtzehn, und immer noch läßt sich kein Freier blicken. Unsere kleine Zeliha weint in ihrem Bett die Nächte durch. Obwohl schon ihre jüngere Schwester Anträge bekommt, kann sie immer noch nicht heiraten. Dabei ist sie keineswegs häßlich. Noch dazu sind schwarze Löckchen wie die ihren neuerdings Mode geworden. Wie dem auch sein, eines schönen Tages schickt doch der Sohn des Kurzwarenhändlers einen Boten zu Zeliha. Da schaut her, geht denn Zeliha nicht jeden Tag, den Gott gibt, zu dem Laden an der Ecke und hat den Sohn dieses Mannes noch nicht ein einziges Mal gesehen.

Die Familie ist natürlich vor Freude aus dem Häuschen. Sofort wird ein Tag festgelegt, an dem die Eltern des jungen Mannes zu Besuch kommen sollen. Zeliha serviert ihnen Mokka und die besagten Kuchen. Es wird beschlossen, eine Woche später das Kennenlernen der jungen Leute zu arrangieren. Dazu sollen beide Familien in einem Teegarten zusammentreffen, und Zeliha und Müfit sollen an getrennten Tischen sitzen. Zuerst kommt die Zeliha-Familie, fünf Minuten später die andere. Zeliha schaut sich die Augen aus, weil sie Müfit nirgends entdecken kann, sie sieht ihn einfach nicht. Schließlich begreift sie, daß dieses Kind, der zu kurz geratene Bursche mit der runden Brille, also der Junge, den sie beim Einkaufen immer im Laden gesehen hat, Müfit ist. Was soll die Arme jetzt nach dieser Erkenntnis machen?

Auf Befehl des allmächtigen Vaters und der entschlossenen Mutter wechseln die beiden jungen Leute an einen freien Nachbartisch. Der Bursche ist sehr aufgeregt. Er fängt an, über seine Beziehung zu diversen Kunden zu erzählen. »Aber du bist etwas ganz anderes«, sagte er zu Zeliha. Das sagt er mit rotem Kopf, er quält sich dabei, aber er gibt nicht auf. Er sagt, daß ihm Zeliha sehr gefalle, »aber in Wirklichkeit steht fest, daß auch du mich sehr magst, nicht wahr. Hast du mir nicht neulich beim Garnkaufen aufmerksam in die Augen geschaut? Das hat mir nämlich den Mut gegeben, um deine Hand anhalten zu lassen.«

Zeliha hört Müfit überhaupt nicht zu. Müfit ist so klein von Gestalt (kleiner als sie), so bebrillt, und außerdem quasselt er ununterbrochen, aber es macht ihr alles nichts aus. Sie ist in Gedanken bei den Blumenvorhängen ihrer kleinen Wohnung (selbst wenn sie dunkel sein sollte), in der Vater und Mutter nichts zu sagen haben. Sie sieht sich dieser Wohnung schon recht nahe gekommen. Sie näht auf der Nähmaschine schnurrschnurr, dann geht sie zum Bügelbrett und bügelt das Genähte. Beim Zuschneiden ihrer Kleidung hat sie die Ärmel kurz und den Halsausschnitt weit gemacht. Dann steht sie auf und bereitet Kohlrouladen für zwei Personen zu. Genau in dem Moment sagt Müfit: »Du hast mir neulich aufmerksam in die Augen geschaut.« Zeliha erschauert. In Wirklichkeit hat sie ihm keineswegs aufmerksam in die Augen geschaut, sie hat ihn überhaupt nicht bemerkt, aber was macht das schon, sie hört zum ersten Mal in ihrem Leben von einem Mann solche Worte, und Müfit ist von ihr angetan.

Zeliha und Müfit heiraten innerhalb von vierzehn Tagen. Müfit ist der einzige Sohn seines Vaters. Der Vater räumt den Keller, der bisher als Lagerraum gedient hat, aus, läßt ihn renovieren und möblieren (wäre ich doch nicht mit der Dunkelheit einverstanden gewesen, sagt Zeliha). Wie es Brauch ist, stattet die Familie der Braut das Schlafzimmer aus und die Familie des Bräutigams den Salon. Und Zeliha beginnt, mit ihrer Aussteuer und mit Müfit in dieser Wohnung zu leben.

Ihre ersten Tage verbringt Zeliha inmitten eines großen Wirbels. Es kommen dauernd Leute, die Mütter und die Tanten mütterlicherseits sowie die Tanten väterlicherseits. Blümchenvorhänge sind nicht mehr Mode, jetzt gibt es wunderschöne Streifenstoffe. Schwiegermutter hat gestreifte Vorhänge gekauft und hängt sie im Salon auf, während Mutter die Schondeckchen auf die Kopfstützen und Lehnen der Samtpolstergarnitur verteilt. Es nützt nichts, daß Zeliha dagegen protestiert, das sei aus der Mode, sie antwortet, Kind, sie haben ja derart teure Sachen gekauft, die sollen nicht verschmutzen. Selbst als die Zeit vergeht, die Leute sich verlaufen und Zeliha sich in dieser Wohnung umschaut und findet, daß dieser Ort in keiner Weise ihren Träumen entspricht, weint sie durchaus nicht, sondern näht, strickt und kocht tagaus, tagein.

Was Müfit betrifft, so liebt er Zeliha sehr. Er denkt im Laden ununterbrochen, ach, wäre es doch schon Nacht, damit ich Zeliha im Arm halten könnte. Abends, wenn er heimkommt, findet er Zeliha in der Küche, und sein Inneres schmilzt dahin beim Anblick ihrer weißen Arme, ihrer rundlichen Hüften. Er kann einfach nicht in der Stube sitzenbleiben, muß ständig rauskommen und das Mädchen anfassen. Einmal streckt er schon die Hand aus, da wird Zeliha wütend und sagt: Hau ab, geh zur Arbeit oder was! Müfit ist nun erst recht begeistert von der vermeintlichen Schamhaftigkeit seiner Frau, das macht ihn noch mehr an.

Zeliha selbst hat noch nicht gemerkt, daß sie Müfit überhaupt nicht mag. Sie wird wütend, wenn er in die Küche kommt, während sie das Essen macht und sie anfaßt. Sie versteht aber nicht, warum sie das so wütend macht. Sie glaubt, alle Frauen wären unter diesen Umständen wütend. Sie weiß nicht, daß Hunderte von Frauen nur darauf warten, daß ihr Mann in die Küche käme, sie umarmte, auf die Erde legte und lustvoll liebte.

Wenn sie dann früh ins Bett gehen, hat sie keine Ahnung, was sie machen soll, wenn ihr Mann ihr das Nachthemd beim Ausziehen fast zerreißt und sich auf ihre Brüste stürzt. Eine Zeit später bewegt sich etwas in ihr, und damit hat sich die Sache aber auch. Am Anfang hat sie sich noch glücklich gefühlt, wenn ihr Mann röchelte und sich in sie ergoß, aber jetzt macht auch das sie wütend. Je ungeduldiger Müfit jeden Abend darauf wartet, ins Bett zu steigen, umso mehr schreckt Zeliha davor zurück, hat sie es satt.

Zeliha hat sowieso alles satt: die wöchentlichen Besuche in ihrer Wohnung, die Schwiegermutter, die das Umfeld inspiziert und dann den kurzen Müfit anguckt und stolz ihren »Löwensohn« nennt. Sie hat genug von der Samtpolstergarnitur, von der eiskalten Wohnung, von der Pflicht, in kalter Nacht jedesmal nach dem Beischlaf aus dem Bett zu steigen und sich abzuduschen, hat die Kohlrouladen, die gestreifen Vorhänge und alles satt.

Eines Tages jedoch, als Zeliha tatsächlich alles ganz und gar satt hat, passiert etwas Unglaubliches. Ihre Regel bleibt aus. Nun ist Zeliha schwanger. Und damit beginnt die Phase der rosa Jäckchen, der blauen Strickschühchen, der rosa oder blauen Wiege, der umhäkelten Flanellhemdchen, der Bettdeckchen mit Mickymaus und Donald Duck. Zeliha schwebt vor Glück. Das kleine Mädchen ähnelt bei der Geburt total dem Vater, sie hat dichtes Haar, das über den Augenbrauen anfängt. Der Mund ist riesig. Zeliha und Müfit sind von ihrem Töchterchen hingerissen, und die Großmütter beiderseits sind von dem Enkelchen ebenfalls hingerissen.

Von nun an herrscht in der Wohnung ein ständiges Treiben. Besucher vergessen, daß sie nur zu Besuch sind und wollen gar nicht mehr gehen. Ach, hätte man doch die Bezüge für die Wiege nicht blau gewählt, meine Güte, das Kind ist ja ein Mädchen! Die Schwiegermutter liebt das Baby natürlich, aber es tut ihr doch schon sehr leid, sie schaut Zeliha erbost an, als wollte sie sagen: schämst du dich nicht, meinem Löwensohn ein Mädchen geboren zu haben.

Zeliha liebt ihr kleines Mädchen sehr; sie stellt die Wiege ins Elternschlafzimmer gleich neben ihr Bett und kann nun nachts kein Auge mehr zutun aus Angst, das Baby könnte sich aufdecken oder spucken und am Erbrochenen ersticken oder weinen, ohne daß sie es hört. Sie schläft wie ein Hase, aber tagsüber, wenn Müfit zur Arbeit gegangen ist, packt sie das Baby neben sich ins Bett und versucht, ein wenig Schlaf nachzuholen.

Eines Nachts umarmt Müfit Zeliha und versucht, ihr das Nachthemd auszuziehen. In dem Augenblick quakt das Baby. Zeliha, deren einer Arm von Müfit festgehalten wird, faßt mit der anderen Hand zu ihrem Baby runter, dann knipst sie das Nachtlicht an. Das Baby schläft. Müfit klammert sich an Zelihas Brüste, Zeliha sagt, laß das, wenn das Kind uns zuguckt, und springt auf. Müfit kriegt einen Koller, in seiner langen Unterhose, in der sich sein Glied aufgerichtet hat, brüllt er: »Mensch, wie kann uns denn ein so winziges Kind zugucken,« und haut Zeliha eine Ohrfeige. Zeliha stößt einen Schrei aus und läuft zu ihrem Baby, das anfängt zu weinen. Zeliha nimmt das Kind in den Arm und kreischt wie ein Wahnsinnige auf Müfit ein: Du Vieh, du Vieh, schau doch, was du angestellt hast, das Baby zum Weinen gebracht, Scheißkerl!

Zeliha gibt kaum etwas auf die Ohrfeige, die sie bekommen hat, für sie ist jetzt bloß wichtig, daß das Baby weint, und wie sie sich den Sexgelüsten Müfits entziehen kann.

Bis das zweite Baby geboren wird, hat Zeliha drei weitere Ohrfeigen einstecken müssen. Außerdem hat Müfit jetzt keinen Spaß mehr an der Verschämtheit seiner Frau. Wenn sie sagt, hau ab, laß mich, dann geht er nicht. Er kommt von der Arbeit und zieht Zeliha ins Schlafzimmer. Ohne sie auszuziehen, hebt er ihr bloß ein bißchen den Rock hoch, streift ihr die Unterhose ab und läßt ein bißchen seine Hose runter, um sie zu bumsen.

Inzwischen protestiert Zeliha nicht mehr, denn die Ohrfeigen fängt sie gewöhnlich in dieser Situation. Einmal hat sie sogar das Baby, damit es nicht den Ofen anfaßt und sich verbrennt, ins Zimmer geholt, während das größere Kind draußen bleibt.

Zeliha liebt ihre Kleinen sehr. Wenn die nicht wären, wozu sollte ich leben, weint sie ständig. Müfit dagegen hat nichts zu klagen, er geht zur Arbeit, ißt sein Essen, macht Liebe, spielt abends mit seinen Kindern, dann schläft er. Zeliha dagegen geht nicht zur Arbeit, sie kocht das Essen, *macht* keine Liebe, spielt den ganzen Tag mit den Kindern und schläft schlecht. Außer für die Kinder interessiert sich Zeliha für überhaupt nichts. Sie liebt niemanden.

Eines Tages kommt es soweit, daß der Kurzwarenladen zwei Familien, nämlich die von Müfits Vater und die von Müfit selbst, nicht mehr ernähren kann. Sechs hungrige Mäuler kann der kleine Kurzwarenladen an der Ecke einfach nicht stopfen. Dabei brauchen die Kinder doch Fleisch und Milch. Zelihas Mutter übernimmt das größere Enkelkind, sie hat ja sonst nur zwei Esser zu versorgen, das kleinere übernimmt die Schwiegermutter. Na, und was ist jetzt mit uns, sagt Zeliha und geht los, um ihren Schmuck zu verkaufen. Auf dem Weg dorthin kommt sie ins Gespräch mit einer Bekannten, die in einer Firma als Telefonistin arbeitet, und als die sie fragt, ob sie überhaupt nicht daran denke, eine Arbeit zu suchen, ist Zeliha wie vom Blitz getroffen, ihr wird ganz heiß, und sie fängt an zu schwitzen. Ihre Augen werden groß vor Freude, und in ihr brennt die Frage, weshalb sie bisher nie an so etwas gedacht hatte. Sie ist so außer sich vor Freude, daß sie ihren Goldschmuck zu verkaufen vergißt und losrennt, um in den Kurzwarenladen zu stürzen. Ihr Gatte sitzt hinter dem Ladentisch, bloß sein Kopf ist zu sehen; er schaut Zeliha durch seine dicken Brillengläser unfreundlich an. Zeliha erzählt aufgeregt, was passiert ist. Müfit ist perplex, er hört zu. Die Frau ist so aufgeregt und entschlossen, daß er am Ende nichts weiter zu sagen weiß, als, für welche Arbeit sie denn wohl tauglich sei.

Am Montag verteilt sie die Kinder auf die Großmütter und geht mit ihrer Bekannten, der Telefonistin, zu deren Arbeitsplatz bei einer bedeutenden Firma. Die Bekannte ruft irgendwo an und führt Zeliha in ein großes Büro. Sie geht über Teppiche bis zu einem riesigen Schreibtisch, setzt sich in einen Sessel, der weich nachgibt, so daß sie einsinkt, und als sie versucht, sich gerade zu setzen, hört sie eine Stimme, sie solle es sich doch bequem machen. Als sie den Kopf hebt, bemerkt sie hinter dem Riesenschreibtisch eine elegante Frau, die sie aus blanken Augen anschaut und lächelt. Dieses Lächeln beruhigt Zeliha. Sie läßt sich in den Sessel sinken und fängt an zu reden, daß sie arbeiten müsse, Geld verdienen müsse. Die Frau hinter dem großen Schreibtisch dehnt das Gespräch nicht weiter aus. Sie sagt, was zu tun ist, nämlich Briefe zu schreiben, die Telefone zu bedienen und Ordnung in die Ablage zu bringen. Und damit ist Zeliha eingestellt.

Als Zeliha abends heimkommt, lügt sie Müfit zum ersten Mal an, indem sie ihr zu erwartendes Gehalt niedriger angibt. Sie kann sich selbst nicht erklären, warum sie sich so freut, daß sie nun endlich zu arbeiten angefangen hat und ebensowenig, weshalb sie ihrem Mann die volle Höhe des Verdienstes verschweigt.

Im Laufe der Zeit arbeitet sie sich ein; sie mag die Frau, deren Sekretärin sie ist, und diese wiederum mag Zeliha, weil sie sich so ins Zeug legt und nichts verkehrt macht. Sie gehen zusammen zum Essen, und einmal nimmt die Frau sie auch zu einer vielbesuchten Bar mit, und sie trinken Alkohol. Als Zeliha ein Glas Gin tonic intus hat, fängt sie an zu erzählen. Sie weiß gar nicht, was sie da alles erzählt, aber daß sie ihren Mann überhaupt nicht liebt, daß sie seine Zwergengröße und seine Brille verabscheut, daß sie Brechreiz empfindet, wenn sie mit ihm schlafen muß, und zu allem Überfluß würde sie in letzter Zeit andauernd geschlagen. Die Frau hört ihr aufmerksam bis zu Ende zu. Später erinnert sich Zeliha von allem, was die Frau zu ihr gesagt hat, nur an das eine: »Niemand hat das Recht, einen anderen Menschen zu schlagen. Dies darfst du auf keinen Fall je wieder zulassen.«

Inzwischen geht Zeliha längst nicht mehr mit ihrer Chefin zum Mittagessen. Die Chefin bemerkt vor lauter Arbeit nicht, mit wem Zeliha zum Mittagessen geht. Dabei erlebt Zeliha die aufregendsten, schönsten Tage ihres Lebens. Da gibt es doch jenen großen, braun gebrannten jungen Mann mit dem dichten Schnurrbart, der in der Verwaltung arbeitet; also mit dem geht Zeliha in der Mittagspause zum Essen aus. Sie finden soviel Gefallen aneinander, daß der große junge Mann Zeliha eines Tages in der Mittagspause in eine kleine Wohnung führt, wo er sie liebevoll streichelt und weil sich Zeliha schämt, macht der junge Mann auch nichts weiter. Er streichelt sie nur liebevoll. Weder hebt er ihr den Rock hoch und zieht ihr gewaltsam den Schlüpfer aus, noch versucht er, ihr die Kleider vom Leib zu reißen. Zeliha verliebt sich wahnsinnig in den jungen Mann.

Und eine Woche später ist Zeliha mitsamt ihrem gesparten Geld und ihrem Goldschmuck verschwunden, als wäre sie vom Erdboden verschluckt.

12

Aydın und ich tauschen jetzt noch viel öfter Briefe aus, wir telefonieren häufiger. Als hätten jene vierzehn Tage unsere Liebesbande noch fester geschmiedet.

Den jungen Mann, der mich gleich nach meiner Rückkehr wieder anzurufen begann, habe ich ganz schön runtergeputzt und zweimal ohne Gruß den Hörer aufgeknallt. Wofür halten mich solche Leute eigentlich? Wie interpretieren sie in ihrem zurückgebliebenen Hirn eine Frau, die sich benimmt, wie sie möchte, die an sich selbst glaubt, die kein Bedürfnis nach irgendjemand anderem verspürt, jedoch auch Sex und Liebe nicht verdammt? Nicht nur an meinem Arbeitsplatz zeigen die Männer ein solch starkes Interesse an mir, daß es langsam keinen Spaß mehr macht. Sie schmachten und kleben an euch, und wenn ihr nein sagt, sind sie ganz verblüfft: Ach sooo, ja, sind Sie denn keine emanzipierte Frau? Mein Gott, heißt emanzipiert sein, daß die Frau keine Wahl mehr treffen darf, sondern jeden Antrag, der ihr gemacht wird, annehmen muß?

Vor allem einer der leitenden Angestellten macht mich rasend mit seinem ständigen: Wann gehen wir zusammen zum Essen, es wäre ihm eine Ehre, mit mir gesehen zu werden, heute sei ich aber umwerfend schön. Dieser Mann ist fest davon überzeugt, daß ich eines Tages mit ihm ausgehen und mich seiner unwiderstehlichen Männlichkeit ergeben werde.

Zu manchen kann man nicht einmal kameradschaftlich sein. Ist es nicht normal, daß wir genau wie zu den Frauen am Arbeitsplatz auch zu den männlichen Kollegen nett sind und mal einen Spaß machen? Doch jene halten Flachsereien für ein Zeichen von sexuellem Interesse und sind dann baß erstaunt, wenn sie abgewiesen werden. Wer weiß, was sie im Innern alles sagen: Du hast doch immer so nett mit mir geredet, hast meine anzüglichen Witze angehört und gelacht, wir sind doch immer zusammen zum Mittagessen gegangen, du hast neben mir gesessen, manchmal bist du in mein Zimmer gekommen, um deinen Frust abzuladen. Was soll das denn heißen, mir erst den Ball zuzuspielen und dann nein zu sagen? Emanzipierte Frau, was für eine komische Emanzipation, mit anderen aber gehst du spazieren, fährst sogar bis nach Amerika, um mit einem Mann zusammenzusein, was zierst du dich also jetzt? Ich weiß manchmal wirklich nicht, wie ich mich verhalten soll. Andererseits gibt es so prima Kerle unter ihnen, die muß man von den anderen schon unterscheiden.

Nur wenn ich an Aydın denke, kann ich wirklich froh werden. Meine zunehmende Arbeitsbelastunmg, die vielen Dinge, mit denen ich noch immer kämpfen muß, die Sorge, daß die Spinnereien in den Köpfen der Männer niemals aufhören, das alles macht mir sehr zu schaffen. Eines Abends, als ich mich zum Gehen fertig machte, nahm mich jener leitende Angestellte doch am Arm und sagte: »Also komm, den heutigen Abend verbringen wir beide zusammen.« Ich war total perplex.

»Was heißt zusammen verbringen?«

»Hast du noch immer nicht verstanden, du machst mich verrückt.«

»Wieso verrückt, Sami *bey*? Was habe ich Ihnen denn getan?«
»Eine ganze Menge, du bist so nett, fröhlich, vergnügt.«
(Was hat das mit dir zu tun, wenn ich vergnügt bin?)
»Bitte, wir wollen doch unser Einvernehmen nicht zerstören.«
»Heute nacht laß uns zusammensein, wenn es dir keinen Spaß macht, soll es damit sein Bewenden haben.«
(Welche Dreistigkeit, Herr Sami. Sie mit Ihren Korkenzieherlocken, von einem Ohr zum anderen gekämmt, so daß sie, wenn der Wind weht, auf eine Schulter fallen. Sie mit Ihrer verknitterten Kleidung und Ihrem Schweißgeruch, Ihrem Gelispel und Ihrem gekünstelten Lachen.)
»Bitte, wir wollen uns doch nicht entzweien, vergessen wir dieses Gespräch.«
»Wenn du es einmal ausprobieren würdest und zufrieden...«
(Also, ich soll dich ausprobieren, wie man eine Ware ausprobiert, du gibst dir Mühe, mich zufriedenzustellen, dann schaue ich mal, wenn du mir gefällst, wenn ich zufrieden bin, dann benutze ich dich öfter, das klingt gut, also fangt ihr auch schon an, euch als Ware zu betrachten.)
»Am besten, wir beenden jetzt dieses Gespräch und vergessen es, bitte.«
Ich nehme meine Tasche und verlasse schnell mein Zimmer. Als ich im Stoßverkehr stecke, müde und erledigt mein Auto chauffierend, bin ich noch immer geladen. Im Wagen neben mir drehen vier Männer den Kopf nach mir um und grinsen. An solche Szenen kann ich mich einfach nicht gewöhnen. Ich fühle mich unendlich deprimiert.

13

Mir hängt alles zum Hals raus. Ich werde bekannt und berühmt, aber es macht mir keinen Spaß mehr. Nur die Zahl derer, die mich auf der Straße anstarren, ist gewachsen. Früher wußte ich, wer mir nachschaute, dem gefiel ich, und darüber freute ich mich. Jetzt jedoch erkennt man in mir die Frau aus dem Fernsehen oder aus Zeitungsreportagen. Auch die Blicke enthalten inzwischen eine höhere Dosis Kritik. Hätte ich all das, bevor es mir selbst passiert ist, in einem Film gesehen, ich weiß, ich hätte es bewundert. Da ich aber selbst inmitten der Ereignisse stehe, erscheinen sie mir nicht so bedeutend, sondern als müßte es einfach so sein: daß ich in der Firma unaufhaltsam aufsteige, daß ich in meinem Beruf eine bekannte Persönlichkeit geworden bin, daß ich ein ums andere Mal im Fernsehen auftrete, Zeitungsinterviews gebe, zu Podiumsdiskussionen, Vorträgen, Einladungen, Auslandsreisen gehe, soviel Interesse errege. (Oh, ich bin hingerissen davon.) Aber all dieser Erfolg bringt mir keinen Zuwachs an Glück. Das Glück liegt woanders, bloß wo?

Ich denke an Aydın. Im Augenblick bin ich so intensiv beschäftigt, daß mir keine Zeit bleibt, auf ihn eifersüchtig zu sein. Wenn mir das Wörtchen Eifersucht einfällt, ist es mir regelrecht zuwider. Es geht ja nicht an, daß die Menschen einander wie ein Besitztum betrachten, daß sie einander einzuengen versuchen. Auch schäme ich mich, daß bei mir Vernunft und Gefühle so im Widerspruch stehen. Ich glaube langsam, daß ich ständig egoistischer werde und mir auf der Welt nichts wichtiger ist als ich selbst. Gott hat mir lediglich Aydın, meine Schwester und deren zwei Kinder gegeben, und die Zuneigung zu diesen vier Menschen sollte ich hegen und pflegen.

Eines Tages wird mir klar, daß mein Chef mich bis aufs Blut ausbeutet. Seit ich so bekannt geworden bin, ist er viel netter zu mir, bei jeder Gelegenheit streicht er mich heraus und zieht mich vor, bloß eine Gehaltserhöhung um auch nur fünf Pfennige kommt überhaupt nicht in Frage, »weil sonst ja jeder kommen könnte.«. Plötzlich kriege ich eine Mordswut auf sein selbstsüchtiges Taktieren, – wohingegen mir die Stimme des jungen Mannes am Telefon immer besser gefällt. Als er mir wörtlich meinen Beitrag von einer Podiumsdiskussion, zu der er auch gekommen ist, wiedergibt, merke ich, wie stark er mich beeindruckt und fasse den Entschluß, mich auf keinen Fall mit ihm zu treffen. Statt dessen rufe ich Aydın an.

»Aydın, ich habe große Sehnsucht nach dir, ich bin einfach nicht gewöhnt, so lange allein zu sein, aber ich kann auch nicht dorthin übersiedeln. Ich mag das Alleinsein nicht; jetzt war ich schon nahe dran, jemand anderem zuzusagen. Bitte komm doch endlich zurück.«

Schweigen, ein langes, sehr langes Schweigen entsteht. Plötzlich bereue ich schwer, was ich gesagt habe. Soll ich den Hörer auflegen, soll ich vielleicht sagen, daß alles bloß Spaß war, oder was?

»Gut, in vierzehn Tagen komme ich zurück.«

Was soll das heißen: ich komme zurück? Macht er Scherze? Ich bin hier mutterseelenallein und ringe mit tausenderlei Sachen, nicht mal die Klinke der Balkontür kann ich reparieren lassen, sondern muß einen Stuhl davor stellen, daß sie schließt; das Auto, das mir ständig stehenbleibt, kann ich nicht in die Werkstatt bringen. Ich weiß nicht, zu wem ich kühl sein soll, zu wem nett, wen ich anlächeln soll und wen anmotzen. Nachts im Bett möchte ich einen warmen Körper neben mir spüren. Bei den Einladungen, zu denen ich alleine hingehe, überkommt mich, nachdem ich eine Weile am Tisch gesessen habe, unweigerlich eine tödliche Langweile, und wenn ich dann um Mitternacht alkoholisiert und müde im Auto heimfahre und mich die Verkehrspolizei anhält mit der Frage »Sie haben doch wohl nichts getrunken, oder?« versuche ich auf einen langen, grinsend vorgebrachten Fragenkatalog zu antworten. Kaum gehe ich mit einem Mann nur ein bißchen weniger distanziert um, habe ich tausenderlei Gerüchte am Hals, verdammt noch mal, Aydın, und da nimmst du mich auf den Arm.

»Hörst du mich, ich komme in vierzehn Tagen zurück. Gib doch Antwort, möchtest du das nicht?«

»Natürlich möchte ich das, sehr. Aber wie…«

»Das Wie laß mal jetzt! Hauptsache, du möchtest es so, dann komme ich zurück.«

Die ganze Nacht durch versuche ich herauszufinden, ob er das im Ernst oder im Spaß gesagt hat. Als es Morgen wird, überlege ich, ob ich ihn noch mal anrufen soll.

14

Ich kann Aydın nicht schreiben. Und davor, zu telefonieren und seine Stimme zu hören, habe ich einen Riesenbammel. Die Vorstellung, er könnte mich bloß verulkt haben, macht mich rasend.

Und er ruft einfach nicht an. Ständig geht meine Hand zum Telefon und – wieder zurück. Wenn ich anriefe, könnte er ja sagen: »Was bist du für ein Dummchen. Meinst du, ich bin der Mensch, der kommt und geht, wenn man es ihm sagt? Wie konntest du glauben, daß ich wirklich in vierzehn Tagen kommen würde?«

Ich schaffe es einfach nicht, ihn anzurufen, und schließlich schreibe ich ihm einen Brief. Hier der wichtigste Teil daraus:

»Lieber Aydın, in einem seelischen Tiefzustand habe ich Dich angerufen und gebeten, zurückzukommen. Darauf hast Du, ob nun im Ernst oder im Spaß, geantwortet, Du kämst in vierzehn Tagen. Ich bitte Dich, egal, wie Du das Ganze gemeint hast, als Spaß oder Ernst, vergiß es. Denn, wie gesagt, es war ein schlimmer Tag, und ich wollte mit Dir reden. Aber nicht jeder Tag verläuft bei mir derart stressig. Im Grunde geht es mir sehr gut, meine Zeit ist ausgefüllt mit Aktivität, ich bin sogar eine berühmte Persönlichkeit geworden, stell Dir vor. Jederman kennt mich, drum laß es Dir gutgehen, und auf jeden Fall werden wir eines Tages doch wieder zusammensein...«

Von Aydın kommt keine Reaktion.

15

Mein Leben läuft eigentlich ganz gut. Meine Arbeit füllt mich völlig aus. Als gäbe es auf der Welt nichts als Arbeit und die Jagd nach Erfolg. Ich kann mir kein Leben mehr ohne Arbeit und Erfolg vorstellen. Jedoch haben Erfolg und Bekanntheit ihren Preis, das wird mir erst neuerdings so langsam klar. Das Verhalten der Frauen in der Firma mir gegenüber ist völlig unverständlich. Selbst leitende Angestellte würden mir ohne Zweifel am liebsten die Augen aushacken. Frauen zeigen ihre Eifersucht, ihre negativen Gefühle ganz offen, vielleicht weil sie im öffentlichen Leben noch wenig Erfahrung haben. Wenn mir etwas Schönes passiert, merke ich, wie in den Augen meiner Kolleginnen das Feuer erlischt. Sie interessieren sich gar nicht dafür, tun, als hätten sie nichts gehört. Sobald sie aber spitzkriegen, daß bei meiner Arbeit irgend etwas schief läuft, dann wird das gleich breitgetreten. Sollte sich die negative Entwicklung doch noch zum Guten wenden, dann kommen sie nicht, um mir zu gratulieren. Sie würden sich wohl selbst dann noch freuen, wenn wegen eines Mißerfolgs meinerseits die Firma zugrundeginge. Ich verstehe diese Frauen nicht. Sie sind mindestens so erfolgreich wie die Männer, aber sie geben sich keinerlei Mühe, ihre Gefühle zu verbergen. Der Höhepunkt war, daß an dem Tag, wo im Fernsehen ein langes Interview mit mir gesendet wurde, lediglich die Männer kamen, um mir zu gratulieren.

Manchmal denke ich an sehr berühmte Leute und habe Mitleid mit ihnen. Ich weiß, sie sind einsame Menschen. Denn ihre nahe Umgebung ist voll von Feinden bzw. von Leuten, die sich ihnen nur nähern, weil sie berühmt sind. Ich bin froh, nicht so berühmt und reich zu sein wie diese.

Schon seit längerem habe ich diese Heulkrämpfe nicht mehr gehabt. Jetzt weine ich wieder ab und zu. Wenn ich ganz alleine bin, schließe ich in meiner Wohnung alle Türen und Vorhänge und mache mir schwere Vorwürfe, daß ich den Fehler begangen habe, Aydın zum Zurückkommen aufzufordern; dann weine ich. Dabei frage ich mich, wofür diese tiefe Einsamkeit der Preis sein soll. Im Spiegel betrachte ich die zarten Linien in meinem Gesicht und sage mir, daß ich alles habe, alles; und ich verachte mich dafür, daß ich immer noch so ein starkes Bedürfnis spüre nach einer warmen Hand, die mir die Haare streichelt. Manchmal verwandelt sich meine geliebte Freiheit in unerträgliche Einsamkeit. Ich möchte, daß jemand an mich denkt, mich in die Arme nimmt; ich brauche ein Herz als Zufluchtsort. Aber ich kann es nicht erzwingen, und doch kann ich in solchen Momenten nichts anderes denken. Ich kann mir die Gedanken ja nicht aus dem Hirn reißen und wegwerfen. Was ist das für ein Verlangen, lieber Gott, und was für eine große Leere. Wenn ich weine, fühle ich mich vom Nichts umgeben wie von einer dichten Wolke. Eines Nachts stehe ich aus dem Bett auf und besuche das Grab meiner Mutter.

»Ach wie ist mein Töchterlein doch erfolgreich geworden, und wie schön ist sie geworden, sie tritt in Fernsehsendungen auf, jederman kennt sie. Und auch ihre Mutter ist stolz auf sie. Bravo, mein gescheites Mädchen, bravo, mein schönes Mädchen. Mein Herzenskind, komm laß dich umarmen, streicheln!«

Wer wird je im Leben noch so herzlich zu mir sein?

Ich nehme eine Handvoll Erde und drücke sie fest auf meine Brust. Und dann beschließe ich, nie wieder so etwas Kindisches zu tun. Ich bin eine starke Frau.

16

Ich bewege mich wie unter Betäubung. Seit jenem Telefongespräch habe ich Aydın nicht mehr angerufen, und auch von ihm aus herrscht Funktstille. Ich ärgere mich furchtbar über meine Dummheit, aber wenn ein Mann mich wegen der Worte, die ich gesagt habe, verläßt, dann soll er es ruhig tun.

Also, er hat mich wohl vergessen.

Ich habe sowieso nie daran geglaubt, daß man eine Liebe über eine so lange Trennungszeit hinweg lebendig erhalten kann. Kurze Trennungen sind nicht schlecht, sie fachen die Sehnsucht, die Begeisterung an, aber die langen? Es leben ja so viele Menschen auf der Welt, was ist da schon die sogenannte Liebe? Eine intensive Erregung, eine Lust, ein Verlangen. Soll man glauben, daß auf der ganzen Welt nur ein einziger Mensch in einem anderen diese Gefühle erwecken kann?

Wenn Sie mutterseelenallein leben (und außerdem jemanden lieben, der weit weg ist), dann begegnen Ihnen so aufregende Menschen, daß Sie einfach nicht widerstehen können und sich verlieben. Jemanden zu lieben, Lust zu empfinden, begehrt zu werden ist ein starkes Bedürfnis. Und ich, in deren Umkreis so viele Männer sind, ich mag eben den jungen Mann am Telefon. Wir haben irgendwie etwas gemeinsam. Obwohl ich den Jungen nie gesehen habe, mag ich ihn einfach wegen seiner Art zu sprechen. Sobald ich von Aydın nichts mehr zu hoffen habe, werde ich sofort auf die eigenartigen Vorschläge des Jungen eingehen. Dabei bin ich mir fast sicher, eine Enttäuschung zu erleben. (Trotzdem denke ich mir interessante Pläne für eine erste Begegnung mit ihm aus; meine Phantasie ist wohl mindestens so blühend wie seine.)

Ich zweifele nicht daran, daß Aydın mich seinerzeit wie wahnsinnig geliebt hat. Aber jetzt zweifele ich ebensowenig, daß er sich in eine andere verliebt hat. Ich habe mich an den Gedanken gewöhnt, aber doch entschlossen, keine Entscheidung zu treffen, bis ich mit ihm gesprochen habe. Ich habe schrecklich gelitten, aber die unvorstellbaren, nicht mitteilbaren Gefühle der ersten Tage haben ihre Kraft verloren; jetzt bin ich in einer Phase, in der ich wie eine Traumwandlerin umhergehe.

Ich arbeite soviel, daß ich keine Zeit finde, mich zu grämen. Es darf mir bloß nichts begegnen, das mich an ihn erinnert. Ich kann keinen Kognak trinken, nicht ins Kino gehen, nicht auf jenem Weg mit den Bäumen entlanglaufen, nicht im Supermarkt in unserer Straße einkaufen, ich darf mich nicht dem Telefon nähern und einzelne Gerichte nicht essen. Sonst muß ich weinen. Ich habe noch nie eine so tränenreiche Zeit durchlebt. Wie wenig entspreche ich doch in solchen Momenten dem Bild von einer starken Frau. (Na und? Wenn schon. Dann ist es halt ein Widerspruch.)

17

Gül mag ich sehr gern. Die anderen Freundinnen sehe ich kaum noch. Sie haben sich in alle Winde zerstreut. Gedanklich stimmen Gül und ich nicht immer überein, aber wir mögen uns eben. Gül vertritt die Devise: »Ich lebe mein Leben, und weiter kümmert mich nichts«, aber sie bezahlt ihre Seitensprünge teuer. Ob ich Gül dafür verurteile, daß sie mit ihrem Mann – obwohl sie ihn betrügt und er sie ebenso – zusammenbleibt, weiß ich nicht. Ausdrücke wie *eine Frau betrügen, einem Mann Hörner aufsetzen* verwende ich überhaupt nicht gerne. Die Menschen betrügen einander nicht aus heiterem Himmel. Aber bei Gül hat die ganze Sache doch einen recht unschönen Charakter. Es will mir nämlich scheinen, als könnte man einen »Betrug« auch aufrichtig betreiben. Das hört sich zwar irgendwie seltsam an, aber: die Liebe ist zu Ende, alles ist aus zwischen den beiden, na gut, warum trennen sie sich nicht? Statt dessen führen sie der Gesellschaft eine geregelte Ehe vor, spielen ein ehrenwertes Paar.

GÜL

Von Gül weiß ich, wenn ihr Mann an ihr Interesse zeigte, würde sie sich keinen Geliebten suchen. Was sie wünscht, ist allein Zuneigung, Liebe. Ich weiß, daß sie diese eigentlich von ihrem Mann erwartet. Der Mann jedoch geht wie alle anderen Ehemänner zu Hause aus und ein, er läßt Geld da, bezahlt alles, was für den Haushalt nötig ist; er besucht mit Gül zusammen gesellschaftliche Veranstaltungen und benimmt sich als Kavalier ersten Grades, aber niemals, nicht einmal nur zieht er Gül an sich und umarmt sie. Gül dagegen sehnt sich immerzu danach, umarmt und gedrückt zu werden. Sie erzählt eines Tages: »Als mein homosexueller Friseur meinen Nacken berührte, habe ich innerlich gebebt.«

Ihr Mann brauchte immer neue Körper, immer neue Frauen, die von ihm begeistert waren. Frauen, die nicht krank wurden, die nicht verbittert waren, die sich nicht beschwerten, die seine häßlichen Seiten nicht kannten: Er brauchte immer nur neue, unbekannte Frauen.

Und Gül geht fremd, weil sie Aufmerksamkeit will, einen Körper, der sie umarmt, einen erregenden Kuß. Doch sogar wenn Gül mit einem anderen Mann zusammen ist und lustvolle Augenblicke durchlebt, verlangt sie im Grunde ihres Herzens eigentlich nach ihrem Ehemann. Seit sie gemerkt hat, daß ihr Mann in einer anderen Stadt mit einer Frau im Hotelzimmer war, ist sie sich todsicher, daß er sie betrügt. Trotzdem läßt sie nicht von ihrem Mann. Sie ist eine schöne Frau und kann nicht verstehen, weshalb ihr Mann andere Frauen braucht. Ihr Ehemann ist ihr eigentlicher Partner, der Mann ihres Herzens. Ihn will sie, und von ihm möchte sie begehrt werden.

Gül versucht alles, um ihren Mann für sich zu gewinnen. Eines Tages steht sie in der Küche beim Möhrenschneiden, als ihr Mann hereinkommt. Sie mag ihn sehr in seinem weißen Hemd mit den hochgekrempelten Ärmeln, den schmalen Hüften in der Jeanshose, ihren hochgewachsenen sexy Ehemann. Gül möchte sich sowieso mit ihm aussöhnen, und sie ist, wie gesagt, eine schöne Frau. Sie sagt sich also: Dies ist die Gelegenheit, dreht sich an den Tisch gelehnt um, in der Hand noch das Küchenmesser, umarmt und küßt ihren Mann, aber so leidenschaftlich! Sie umfaßt die Lippen des Mannes mit ihrem Mund, küßt und küßt und zeigt ihr starkes Begehren.

Ihr Mann ist vor Schreck wie versteinert, die Arme hängen ihm runter, als wäre er das erste Mal mit einer Frau zusammen; als hätte die Frau ihn überfallen. Ein bißchen umarmt er Gül auch, aber so verstört, so steif. Gül streift ihren Rock hoch, stützt sich am Tisch ab und winkelt ein Bein in Hüfthöhe des Mannes an. »Los, machen wir es wie beim

Postboten,« sagt sie. Der Mann versucht zu lachen und rückt etwas ab. »Was für ein Postbote, um Himmelswillen, was redest du da?« fragt er.

»Na, in dem Film ›Wenn der Postbote zweimal klingelt‹, da lieben sie sich doch auf dem Küchentisch, laß uns das auch mal aus dem Stand machen, los«, sagt sie. Sie ist sich sicher, dabei etwas ganz Tolles zu erleben und fängt an, ihrem Mann von allen Seiten zu berühren, sie streichelt ihn, aber in dem Mann bewegt sich nichts, noch immer nicht.

Gül zieht alle Nummern ab, die ihr einfallen. Sie macht ihrem Mann den Reißverschluß auf, sie faßt ihn an, streichelt, küßt. Der Mann versucht sie ebenfalls zu küssen, aber sei es vor Schreck, sei es aus Lustlosigkeit, selbst sein Mund bleibt wie bei einem unerfahrenen Jugendlichen geschlossen wie ein Strich. Als Gül merkt, daß ihr Mann gegenüber all ihrem Verlangen, all ihren Bemühungen ein Holzklotz bleibt, dreht sie durch. Sie weiß ja, daß ihr Mann mit anderen Frauen schöne Liebesminuten verlebt. Warum soll er die mit mir nicht erleben, wo ich überdies schöner bin als jene andere, ja, auf jeden Fall bin ich schöner! Sie richtet sich vom Boden auf und versucht noch ein letztes Mal, ihren Mann zu küssen, aber jetzt spürt sie schon weder Lust noch Begierde. Sexuell nicht begehrt zu werden ist für sie die schlimmste Beleidigung, die man ihrer Weiblichkeit antun kann. Erbitterung läßt ihren ganzen Körper stocksteif werden. Ihr Mund verkrampft sich, sie beißt die Zähne zusammen, ihre Wut wächst und bäumt sich auf wie ein Lebewesen. »Du verfluchter Scheißkerl, mit ihr schaffst du es, aber...« erinnert sie sich zuletzt noch geschrien zu haben.

Mit dem Küchenmesser, das sie immer noch in der Hand hält, sticht sie zu; es dringt dem Mann in die Schulter. Der Mann gibt nur ein erstauntes Ach von sich. Er fällt nicht um, er stößt kein Todesgeschrei aus. Er haut Gül bloß mit voller Wucht eine runter. Woraufhin Gül eine Woche lang mit blaugeschwollenem Gesicht rumläuft. Daß sie ihn mit dem Messer verletzt hat, registriert sie gar nicht. Wie ein herzloses Wesen dreht sie sich um, verläßt die Küche, nimmt ihre Tasche und geht aus dem Haus.

Güls Mann springt ins Auto und fährt zum Krankenhaus. Dort bringt er eine Lügengeschichte vor, das Messer sei vom Regal auf ihn gefallen, und weil er die Wahrheit verschweigt, kommt es auch zu keiner polizeilichen Vernehmung.

Die zweite Katastrophe, die sich danach ereignet, ist noch schlimmer. Während Gül mit ihrem Geliebten in dessen Haus im Bett liegt – dem Bett seiner Frau, die Güls Freundin ist –, öffnet sich die Schlafzimmertür, und die Frau kommt herein, obwohl sie doch eigentlich mit den zwei Kindern in ihrem drei Stunden entfernten Sommerhaus sein müßte und nie und nimmer Dienstag abends von dort losfahren und heimkommen dürfte. »Wieso muß mir das passieren! Ihr unverschämten Schweine!« schreit sie und wirft ihre Reisetasche in Richtung Bett. Und wieder hat Gül eine Woche lang ein Veilchen im Gesicht.

So mies wie jetzt hat sie sich noch nie gefühlt, nicht mal, als ihr Mann sich geweigert hatte, mir ihr zu schlafen und sie ihm das Messer reingestoßen hatte. Bis jetzt hat sie immer argumentiert: Ich liebe meinen Freund, er gefällt mir sehr, und mein Mann betrügt mich, warum soll ich also nicht dasselbe tun? Aber in jenem Augenblick rasen ihr, wie in den letzten Minuten vor dem Tod, Hunderte Dinge durch den Kopf. War es das wert, für die zwei, drei Stunden an einem Tag in der Woche, dies zu erleiden, diesen schrecklichen Moment zu erleben?

Den Schmerz der Freundin empfindet sie plötzlich als ihren eigenen Schmerz. Weil sie jemanden braucht, den sie beschuldigen kann, kriegt sie einen Haß auf ihren Geliebten, den sie als den einzigen Verursacher dieser schlimmen Szene ansieht. Sie steht auf, zieht sich an und geht zu ihrer schluchzenden Freundin ins Wohnzimmer, um ihr die Hand auf die Schulter zu legen. »Hau ab, raus, Verräterin! In meiner Wohnung, sogar noch in meinem Bett, du schämst dich wohl gar nicht, oder? Hau ab, du Hure«, schreit die Frau. Gül schaut haßerfüllt auf den Geliebten, der aus der Schlafzimmertür tritt und sagt: »Na, jetzt bin ich gespannt, wie du den Schlamassel, den du angerichtet hast, wieder in Ordnng bringst.« Dann verläßt sie das Haus.

Während sie die Straße entlanggeht und die Hand auf die brennende Wange preßt, überlegt sie, weshalb die Frauen, sowohl im Film als auch im wirklichen Leben, immer so besonders wütend »in meiner Wohnung, in meinem Bett«, betonen. Wenn es in einem anderen Bett wäre, täte es ihnen dann weniger weh?

Von da an trifft sich Gül nicht mehr mit ihrem Geliebten. Für eine Zeitlang hat sie mit ihrem Mann getrennte Schlafzimmer, aber inzwischen wohnen sie wieder zusammen.

18

Ich bin in meinem Büro und habe den Kopf voll mit tausend Sachen. Eine Arbeit muß sofort fertig werden. Ich sehe schrecklich aus, mag keinen Menschen leiden und bin auf alle wütend. Gerade bin ich dabei, dem Text vor mir den letzten Schliff zu geben, als vorsichtig meine Tür geöffnet wird und eine Stimme sagt: »Guten Tag.«

Guten Tag, guten Tag.

Nein, das kann nicht sein. Ich kann meinen Kopf nicht von meinem Text heben. Guten Tag.

Ach nein doch, Aydın ist weit weg, ich hoffe bloß, ich bin nicht schon so durchgedreht, daß ich seine Stimme zu hören glaube. Aber es ist Aydıns Stimme, ja wirklich seine, guten Tag. Ich weiß, wenn ich den Kopf hebe, werde ich ihn nicht sehen. Fange ich wohl schon an, Stimmen zu hören? Wenn ich aufschaue, wird entweder gar niemand im Zimmer sein oder einer von den Jungs aus der Firma.

»Guten Tag, gnädige Frau.« Das ist er, er, Aydın.

Ich hebe den Kopf, alles Blut hat mich verlassen, sozusagen, ich bin schneeweiß. Er schließt die Tür, kommt und beugt sich nieder und küßt mich auf die Lippen. Ich bin im Schockzustand. Langsam stehe ich auf und hänge mich an seinen Hals. (Nie paßt das, was ich erlebe, zu meinen Träumen, aber dieses Mal muß es passen, es muß wie eine Szene aus einem herrlichen Liebesfilm sein.) Als müßte ich umfallen, wenn ich ihn nicht umarmte, so küssen wir uns lange, lange, halten uns eng umschlungen, und viele lange Minuten vergehen so. Wundervoll, genau, wie ich es mir gewünscht habe.

Als ich mich von ihm löse und an den Tisch setze, zittern mir immer noch die Knie. Ich fühle mich wie eine Gymnasiastin, so schüchtern und unerfahren. »Da bin ich nun«, sagt er.

Nach dem besagten Telefongespräch habe ich mich derart in Reuegefühle, in Selbstvorwürfe hineingesteigert, daß ich nicht zu fragen wage. Aber ich halte es auch nicht aus, nicht zu fragen: »Aus welchem Anlaß bist du gekommen? Wann wirst du zurückfliegen?«

»Jetzt halt dich fest, ich habe gekündigt. Ich werde überhaupt nicht wieder dorthin zurückkehren.«

Ich muß mich wirklich festhalten. Ich freue mich so sehr, daß mich wieder dieses verkehrte Gefühl überwältigt, noch nie so glücklich wie jetzt gewesen zu sein und auch nie wieder im Leben so glücklich sein zu können.

»Los, gehen wir«, sage ich. Die Arbeit überlasse ich meinem Stellvertreter. (Was ist schon die Arbeit? Gibt es etwas Undankbareres und Zermürbenderes als die Arbeit? Kann die Arbeit wichtiger als die Liebe sein?)

II.
Was kann uns der Trauschein da noch schaden?

»Eine Frau mit vierzig, hör auf um Gotteswillen«, »Schau dir mal den Mann an, der ist schon über vierzig und vergleicht sich mit mir«, »Eine verbrauchte Frau von vierzig«, »Wie will ein Mann mit vierzig diese Arbeit schaffen?« Redensarten.

Bis vor kurzem habe auch ich so gedacht. Noch vor vier, fünf Jahren war ein Alter von vierzig schon das Alter selbst, und ich glaubte, der Mensch wäre mit vierzig total verändert. Ich meinte, das Gefühlsleben, das Liebesleben, die Vorlieben, die sexuellen Begierden seien keinesfalls mehr wie früher, sondern würden ganz und gar anders.

Aber in den letzten Jahren, in denen ich mich der Vierzig Schritt für Schritt genähert habe, während Aydın diese Grenze um einiges überschritten hat, sehe ich, daß sich bei ihm und bei mir weder in Gefühlen, noch der Liebe und der Spannung auch nur ein bißchen geändert hat. Und nun bin ich vierzig und sage, na, ich bin doch eigentlich noch recht jung!

Den jungen Menschen mit fünfzehn, ja sogar noch mit fünfundzwanzig erscheinen die Dreißigjährigen, und erst recht Leute über vierzig, wie Wesen aus einer anderen Welt. Sie halten es nicht für möglich, daß die »Alten« sich noch an den Händen fassen und rennen, daß sie verliebt sein könnten, daß sie auch gerne küssen und lustvoll miteinander schlafen möchten. Aber jetzt sehe ich ein, daß der Mensch, ob mit fünfzehn oder vierzig, immer die gleiche Wesensart beibehält. Der naive Typ bleibt naiv, der Gesetzte gesetzt. Wer die Liebe, das Liebemachen liebt, der tut das immer gerne. Und dem kommt es gar nicht zu Bewußtsein, daß er älter wird.

Wie voller Leben, wie dynamisch ist doch Aydın. In den Ferien im Süden steigt er auf Berg und Hügel, schwimmt zum Gegenufer, steigt auf die Felsen und ruft mich zu sich. Ich komme, und wir legen uns unter die Bäume, wo er mich auf die Schnelle liebt. Als wir aufstehen, müssen wir lachen, weil wir bemerken, daß wir genau neben einem Gehweg gelegen haben. Er findet ein Boot, und jetzt lieben wir uns in diesem.

(Ihr jungen Leute, die ihr noch zwanzig Jahre bis zum Vierzigsten habt, könnt ihr das alles wohl auch? Wir tun es einfach; hätten wir es mit zwanzig mal auch getan. Ich habe solches Mitleid mit euch! Ihr macht euch über die Vierzigjährigen lustig, aber es geht euch vieles ab, was ihr erst jetzt erleben könnt. Nur ist das natürlich nicht eure Schuld.)

Die Tage im Süden verliefen ohne Zwischenfall. Ich habe neuerdings eine schlechte Eigenschaft an Aydın entdeckt, nämlich, daß er jede Frau, die ihm begegnet, anschaut, richtiggehend mustert. Aber es macht mir nichts aus, ich werde nicht wütend. Denn diese Frauen sind nicht schöner als ich. (Auch wenn sie schöner wären, würde ich mich nicht aufregen, er mustert ja alle, ob sie schön, häßlich, alt oder jung sind.) Beim Essen versuche ich ihn schon immer auf den Platz zu lancieren, wo er mit dem Gesicht zur Wand sitzt, denn falls zufällig eine Frau in sein Blickfeld geriete, könnte er sich nicht bremsen. Nun weiß ich ja, es ist keine schlimme Absicht, er schmachtet sie nicht an. (Aber wenn die Frau das nun meint?) Ich möchte es nicht auf einen Krach ankommen lassen und mache auch keinen.

(Im Grunde bin ich doch ziemlich wütend, daß Aydın die Frauen anschaut. Warum macht er das denn? Mache ich das etwa?)

Wenn ich nichts sage, kann ich es nicht aushalten, ich platze sonst. »Aydın, weshalb beobachtest du immer die Frauen?«

»Ja, mache ich das wirklich? Aber ich beobachte jeden, auch die Männer. Es ist bloße Neugier.«

(Ach so, na gut, dann macht es ja nichts.)

Meine Arbeit geht mit voller Intensität weiter. Aydın ist wieder in seiner früheren Firma angestellt und nach dem Chef der zweite Mann. Aydın wohnt bei mir in der Wohnung. Zuerst hatte er sich, als wir aus dem Süden zurückkamen, in einem Hotel einquartiert, aber dann übernachtete er so oft bei mir, daß das Geld für das Hotelzimmer zum Fenster rausgeschmissen war, deshalb zog er ganz her.

In meinem Schrank habe ich ihm eine Abteilung für seine Kleidung freigemacht. In meinem Bad liegt sein Rasierzeug. Beide sind wir äußerst vorsichtig und passen sehr auf, nichts zu tun, was den anderen verletzen könnte. (Ich glaube, wir sind auch ein bißchen erschöpft davon, derartig aufmerksam zu sein.) Ich bin so ordentlich wie noch nie in meinem Leben, er ist sowieso ein sehr ordentlicher Mensch, der nichts rumliegen läßt. Ich habe auch angefangen, Essen zu kochen. Letzten Samstag habe ich, haben wir gefülltes Lamm mit *iç pilav* (einen Reis mit Pistazien, Korinthen und der Leber vom Lamm)* gemacht. Gemeinsam. Aydın hat die Zwiebeln geschnitten und dabei Tränenströme vergossen. »Meine Mutter schneidet die Zwiebeln immer unter fließendem Wasser,« sagte er zwar, aber verhindern konnte das die Tränen keineswegs.

Das gefüllte Lamm war ein bißchen hart geworden, ein bißchen ausgetrocknet. Aber mit Wein zusammen konnte man es essen. (Noch so eine abenteuerliche Lammbraterei, die uns von unserem wertvollen Samstag den ganzen langen Nachmittag gekostet hat, möchte ich eigentlich nicht erleben; die Zeit könnte ich mit etwas Besserem verbringen.)

Es ist prima, daß wir keinerlei Probleme miteinander haben. Auch bezüglich der Geldfrage haben wir eine sehr gute Regelung getroffen, indem wir eine gemeinsame Kasse begründet haben, aus der alle gemeinsamen Ausgaben bestritten werden. Die Kosten für die Wohnung, Wasser, Strom, Telefon, Essen, Reinigung, Vergnügen – alles wird aus dieser Kasse bezahlt. Bei den persönlichen Ausgaben reden wir uns gegenseitig nicht rein. Je-

* Anmerkung der Übersetzer

der tut, was er will. Was wir verdienen, was wir auf dem Konto haben, das wissen wir voneinander nicht und wollen es auch nicht wissen.

Eines Abends holt mich Aydın von der Arbeit ab und führt mich in das feine Restaurant mit Kerzenlicht und Geigenmusik, wohin er mich am ersten Abend nach unserem Kennenlernen eingeladen hatte. (Wo ich *rakı* getrunken habe und er darüber erstaunt war.) Ich freue mich und überlege, ob wir heute wohl einen Jahrestag feiern, aber nein, bis dahin sind es noch drei Monate. Wir haben diesen ersten Tag immer gefeiert, reden immer wieder von unseren Anfängen.

»Weißt du noch, wie verblüfft du warst, als ich *rakı* bestellte?«

»War ich verblüfft? Aber nein doch, weshalb denn?«

»Jetzt tu mal nicht so; hier ist doch ein Weinlokal. Und du bist ein Weintrinker.«

»Sag bloß! Was du nicht alles merkst! Aber ich hätte bis zu jenem Tag wirklich auf keinen Fall *rakı* getrunken.«

»Genau genommen trinke ich ihn auch nicht, weil ich ihn besonders mag, nur ist er von allen alkoholischen Getränken das einzige, das man am anderen Tag nicht mehr spürt.«

»Stimmt. Deshalb bin ich jetzt auch dazu übergegangen. In Amerika habe ich ja immer Whisky bestellt. Aber der Wein dort ist auch gut verträglich.«

Die Geiger kommen an unseren Tisch. Wenn einem die Geigen so im Genick sitzen, fühlt man sich beim Zuhören reichlich ungemütlich und weiß nicht, wie man sich benehmen und wo man hinschauen soll. Als Aydın Geld rausholt und es zusammengefaltet dem einen in die Tasche steckt, gehen sie wieder.

»Ich habe dir in Amerika schon eine Frage gestellt, und du hast gesagt, die Umstände seien nicht günstig, aber jetzt hat sich ja alles geklärt, zumindest leben wir jetzt zusammen. Vor allem für dich ist unsere Lage ein bißchen schwierig, also wollen wir es doch leichter machen.«

»Wieso soll meine Lage schwierig sein?«

»Ach, weißt du, in unserem Land ist es nicht so leicht für eine Frau, mit jemandem zusammenzuleben, ohne verheiratet zu sein. Du kümmerst dich ja wirklich nicht darum; deine eigenen Spielregeln sind für dich wichtiger als alles. Aber stimmt es nicht, daß auch du dich geniert hast, als ich in den ersten Tagen in deiner Wohnung ein- und ausgegangen bin, oder wenn ich dem Hausmeister (der auch die Einkäufe besorgt)* die Tür geöffnet und etwas bestellt habe?«

»Doch, stimmt. Der Mensch kann noch so sehr seine eigenen Regeln aufstellen, er wird natürlich von der Meinung der anderen beeinflußt. Aber jetzt habe ich mich daran gewöhnt, und es stört mich nicht mehr.«

»Trotzdem, du merkst es vielleicht nicht, aber es macht dir schon etwas aus.« (Hör auf, in meinem Namen zu reden, muß es mir unbedingt etwas ausmachen, damit du zufrieden bist?)

»Gut, was sollen wir deiner Ansicht nach also tun?«

»Laß uns heiraten.«

Wie schön, das von Aydın zu hören, von einem Mann, der bis zu diesem Alter nicht geheiratet hat, weil er keine finden konnte, die ihm so gefiel, daß er eine Ehe hätte eingehen wollen. Wie schön, das von Aydın zu hören, der so gerne alleine lebt. Doch ich kann mich nicht so freuen, wie ich eigentlich gemeint hatte. Und ich weiß nicht, warum ich mich nicht freue.

(Weil er es dir vorgeschlagen hat. Weil er einen Schritt vor dir zurückgewichen ist. Du hast ihn an einer weiteren Front besiegt.

– Red kein dummes Zeug, wir kämpfen doch wohl nicht dauernd miteinander.

– Doch, wir kämpfen immer; dieser Kampf soll nie enden, und mal siegt der eine, mal der andere Teil; wenn immer nur einer gewinnt, dann ist es schlimm. Und zwar nicht bloß für den Verlierer, auch für die Seite, die gewinnt. Wer verliert, ärgert sich darüber, und wer siegt, fängt an, den immer Unterlegenen zu verachten.

– So denke ich überhaupt nicht. Ich freue mich sehr über Aydın Heiratsantrag. Das ist kein Schritt zurück, sondern Liebe, wahre Liebe.)

Ich fasse seine Hand, wobei ich mich über den Tisch strecke, und genieße Schluck für Schluck diese Augenblicke.

»Liebster, fändest du es sehr kindisch, wenn ich sage, ich möchte es mir noch ein bißchen überlegen?«

* Anmerkung der Übersetzer

Er schaut ausdruckslos vor sich hin, als wäre er verärgert. Ich: «Aber die Ehe. Ich habe etwas Schwierigkeiten. Wir haben doch immer negativ darüber gedacht.«

»Aber wir haben einen Versuch gemacht. Klappt es nicht bestens? Gibt es auf der Welt überhaupt ein Paar mit einer solideren Grundlage, als wir sie haben?«

»Nein, stimmt. Ich liebe dich sehr. Warum also nicht heiraten? Das ist ja nichts weiter als eine Unterschrift unter das Ganze.«

Wir stoßen mit unseren Gläsern an. Dieses Restaurant ist für mich ein Ort der Erinnerungen.

3

Ach, wo ist das Glück, die feurige Begeisterung, die Aufgeregtheit meiner Jugendzeit? Wo das wenn auch idiotische und unüberlegte Hin- und Hergerenne, die verrückten Gefühle? Hatte ich nicht behauptet, daß der Mensch auch im Alter bleibt, wie er in der Jugend war? Bei Gürkans Heiratsantrag habe ich ohne Nachdenken eingewilligt, sorgfältig ein Brautkleid mit Minirock ausgesucht, schon aus Protest gegen meine Schwiegermutter, die mich ablehnte. Ich fand weder Möbel noch Aussteuer wichtig, sondern habe mich lediglich mit den schönsten Kleidern ausstaffiert und war darüber glücklich.

Na los, was zögerst du, dann sag, ohne nachzudenken, ›ja‹. Such dir ein schönes Brautkleid aus, denk nicht dran, was du noch für Möbel in die Wohnung quetschen willst, sondern träum bloß von den Kleidern, die du anziehen wirst.

Aber wenn ich heute in dem feinen Restaurant mit Geigen, Wein und Kerzen beim Heiratsantrag des Mannes, den ich liebe, aufgeregt bin, und ohne zu zögern einwilligen kann, so ist auch dies ein Pluspunkt für jemanden wie mich, der schon so viel erlebt hat.

(Wir finden zwei Trauzeugen, lassen uns am Standesamt einen Termin geben und heiraten dort ohne Feier, ohne weitere Gäste.

– Wirklich? Ich dachte, wir mieten den Ballsaal eines Luxushotels, laden eine Menge Leute ein, und die Trauung soll der Bürgermeister vollziehen.

– Das hat alles keine Bedeutung. Wen geht unsere Hochzeit an. Wir heiraten ja bloß pro forma. Leute einzuladen, sogar den Bürgermeister, wie kindisch.

– Ein schickes Kostüm, weiß oder schwarz, ein winziger Hut, Freunde, ein paar berühmte Leute...

– Wir denken daran, Bluejeans anzuziehen, von der Arbeit aus für zwei Stunden freizunehmen und nach der Trauung gleich wieder ins Büro zurückzukehren.)

In Wirklichkeit sage das alles ich, denn ich habe mit Aydın noch kein Wort darüber gesprochen.

(– Du hast Geld, hast einen großen Bekanntenkreis, weshalb planst du die Sache nicht als Riesenvergnügen. An Bluejeans und dergleichen zu denken, verleiht dem ganzen eine zu große Wichtigkeit.

– Mit Wichtignehmen hat das nichts zu tun. Ich mag einfach Hochzeiten der herkömmlichen Art nicht. Verflixte Trauung, verflixte Klamotten.

– Wie dem auch sei, eigentlich hätte mir eine meinem Alter und meiner sozialen Stellung angemessene schöne Hochzeit schon gefallen.)

Aydın bringt aus seiner Wohnung, die möbliert an einen Amerikaner vermietet ist, ein paar notwendige Gegenstände in meine Wohnung. (In *die* Wohnung). Ein bißchen Geschirr, seine Schreibtischgarnitur, seine persönlichen Badezimmerutensilien, ein paar Lampenschirme, Vasen, Aschenbecher... (Wie sehr er doch die dunklen Farben liebt). Nichts von dem, was er gebracht hat, paßt in meine helle Wohnung mit ihren rosa Blümchen und zarten Farben. Nun muß ich mich darüber nicht gleich aufregen; das werden wir im Laufe der Zeit korrigieren, vielleicht neue Sachen kaufen. Einen Teil meines Kleiderschranks hatte ich schon für ihn ausgeräumt, nun braucht er ein paar Schubladen. Also mache ich auch die frei. Dafür sind jetzt meine Sachen zusammengequetscht, alles drängt sich in einer Schublade. Das heißt, es muß ein großer Schrank gekauft werden. Auf diese Weise wird eins der Zimmer zum Schrankzimmer und unbewohnbar werden. Das muß sein, – was macht das auch?

Die Wäsche schafft ebenfalls Probleme. Ich hatte schon vergessen, wieviel Platz die Hemden, Unterhemden und Unterhosen der Männer einnehmen. Die schmutzige Wäsche quillt jeden Tag aus dem Wäschebeutel. Auch die gewaschene Wäsche aufzuhängen, zusammenzulegen ist mühsam. Die Zugehfrau müßte in Zukunft einen ganzen Tag bloß fürs Bügeln verwenden. Die Bügelwäsche gehört hauptsächlich Aydın. Denn ich bügele meine Kleidung meistens selbst, morgens, ehe ich sie anziehe. Manchmal, wenn ich Wäsche aufhänge oder abnehme, wenn ich die Bügelwäsche zur Seite lege und stapele, muß ich an die Frauen von früher denken. Wie haben sie nur die viele Wäsche gewaschen, gebügelt? (Glaub nicht, es gäbe jetzt keine Frau mehr, die alles mit der Hand waschen und bügeln, du kennst sie nur nicht.)

Und nun das wichtigste Problem, Aydıns Strümpfe. Es ist normal, daß er jeden Tag die Strümpfe wechselt. Aber die schmutzigen Strümpfe traue ich mich nicht in die Maschine zu werfen, weil ich fürchte, sie verfärben die Wäsche. Einmal habe ich die Strümpfe dazugetan, da ist ein Strumpf ins Abflußrohr gerutscht und hat den ganzen Entleerungsmechanismus kaputtgemacht. Ich habe ihm gesagt, er soll die Strümpfe abends einweichen, das tut er auch, aber dann vergißt er sie und läßt sie tagelang im Einweichwasser liegen. Wenn ich die schmutzigen Strümpfe die Zugehfrau waschen ließe, wäre das wohl eine Zumutung?

4

Meine innere Stimme dringt hinterhältigerweise nach außen und fragt Aydın: »Wir haben noch gar nicht darüber geredet, wie die Hochzeitsfeier sein soll. Was meinst du? Ich bin zwar meinerseits nicht dafür, aber möchtest du nicht doch ein schönes Fest mit geladenen Gästen in einem guten Restaurant? Wir sollten das jetzt mal gemeinsam entscheiden.«

»Ach was, Schatz, wozu Leute einladen, das halte ich nicht für nötig.« Ich bin erleichtert. Mich hätte es ehrlich auch sehr gewundert, wenn Aydın gerne ein rauschendes Fest gehabt hätte.

Ich versinke in Gedanken. Meine inneren Dialoge haben mich schon regelrecht erschöpft.

(Weshalb heiratest du denn; ist es denn nötig, eurer Zusammenleben durch Gesetze, Unterschriften, Standesbeamte und Dokumente zu bekräftigen?

– Nötig ist es nicht, aber nun wohnen wir doch schon mal in einer Wohnung, was kann der Trauschein uns da noch schaden?

– Ob es schadet, wirst du sehen, wenn du verheiratet bist. Eigentlich hättet ihr den Entschluß, gemeinsam zu wohnen, auch noch mal lang und breit ausdiskutieren müssen.

– Wir sind zwei moderne, aufgeklärte und reife Menschen, für uns wird die Ehe keinesfalls zum Problem werden.

– Dann zeig mir doch mal ein Beispiel aus deiner Umgebung, wo ein Ehepaar auch nach Jahren immer noch leidenschaftlich verliebt ist, immer noch Hochachtung füreinander hegt, immer noch voller Aufregung abends schnell nach Hause läuft und das Verlangen verspürt, im Bett den Körper des anderen zu berühren. Zeig mir mal so ein Beispiel.

– Ich weiß keins, aber vielleicht sind die Menschen ja auch nicht so klug, sie bemühen sich nicht, daß alles gut geht. Warum soll eine Ehe bei ein wenig Bemühen, ein wenig klugem Verhalten nicht gutgehen?

– Wer weiß, vielleicht hast du recht, vielleicht können zwei Leute wie wir, die sich gegenseitig voll bewußt und entschlossen wählen, ihre Lebensgemeinschaft aufrechterhalten. Wer weiß.)

Ich kann weder mir selbst, noch Aydın, noch jemand anderem erklären, warum ich diese Ehe eigentlich will.

5

Wir haben geheiratet. Vorher gab es noch dämliche Formalitäten auf den Ämtern, idiotische medizinische Untersuchungen, dann haben wir einen Tag festgesetzt und geheiratet. Die Trauung fand um drei Uhr statt, um vier waren wir wieder in unserem Büro an der Arbeit. Beide hatten wie unsere Alltagskleidung an. Ich einen hübschen Pullover und Rock; er trägt sowieso immer Krawatte.

Am Abend sind wir wieder in das besagte Restaurant mit Kerzen und Geigen, das für uns jetzt schon eine symbolische Bedeutung hat, gegangen. Wir haben ununterbrochen geredet. Genausoviel hatten wir bei unserer ersten Begegnung zu reden gehabt und uns gefreut, daß wir über so viele Dinge sprechen konnten und in so vielem einen gemeinsamen Geschmack hatten. Es scheint so, als könnte uns der Gesprächsstoff nie ausgehen.

Ich glaube, außer Aydın gibt es auf der ganzen Welt keinen Menschen, der zu mir paßt. Mir fällt nicht mal im Traum ein, mit einem anderen als ihm zusammenzusein. Ich möchte allen zurufen, schaut her, so muß die Ehe aussehen: voll Hochachtung und Liebe, unbedingt frei, dem anderen auch das Verlangen nach Alleinsein zugestehend, ohne Rechenschaft zu fordern, ohne besitzergreifend zu sein. Beieinanderzusein, aber dann auch wieder in getrennten eigenen Welten zu leben, die Probleme dieser Welt zu diskutieren, und in der Wohnung auch die kleinsten Dinge miteinander zu teilen. Es klappt doch, nicht wahr.

Ich bin nicht verpflichtet, Essen zu kochen, aber wenn ich es möchte, dann tue ich es. Ich muß nicht als seine Gattin an gesellschaftlichen Verpflichtungen teilnehmen, aber wenn ich will, gehe ich mit. Das Bettenmachen ist nicht meine Pflicht, aber wenn ich will, mache ich sie. Genauso ist es beim Frühstück: ich muß nicht, aber wenn ich als erste aufstehe, bereite ich es vor. So einfach ist das alles.

Seit Aydın aus Amerika zurück ist, hat er ungeheuren Erfolg im Beruf. Er steigt in unglaubliche Positionen auf, er wird bekannt. Das macht mich richtig glücklich. Meine Erfolge und meine Bekanntheit machen ihn ebenfalls glücklich. Auf Festlichkeiten werden wir das Super-Paar genannt.

Bei einer Einladung stellt uns der Gastgeber, ein alter Theaterschauspieler, den anderen Gästen ständig als Herrn Aydın und seine Frau vor. Das nervt mich, und ein paarmal nenne ich halblaut dem Gegenüber meinen eigenen Namen. Der Mann bezeichnet mich aber weiterhin immer wieder als Aydıns Frau. Es ist doch kaum zu glauben! Nach Ansicht dieser Männer habe ich keine andere Funktion, als Aydıns Frau zu sein. Auf den Einladungskarten, die wir bekamen, hatte es ebenfalls geheißen »Herrn und Frau Aydın sowieso«. Ja, und wer bin ich dann? Ist mein Name nicht wichtig?

Endlich halte ich es nicht mehr aus: »Mahir *bey*, ich habe auch einen Namen, nämlich soundso, vielleicht wissen Sie das nicht«, sage ich. Er versteht sofort, und bei den nächsten Vorstellungen nennt er meinen Namen auffällig betont.

Als Aydın meint: »Warum regst du dich über solche Sachen auf, es ist halt so Sitte,« macht mich das sehr wütend. Mit maliziösem Lächeln sage ich: »Mein liebster Aydın, ich bin stolz, deine Frau zu sein, aber mein Wesen erschöpft sich ja nicht darin. Ich bin auch eine Person, ich habe zumindest einen eigenen Namen. Glaub mir, mein Verhalten hat nichts damit zu tun, daß ich bekannt bin. Selbst wenn ich eine unbekannte Hausfrau wäre, würde ich so denken. Aydın, sieh das doch ein, wenn alle Menschen einen Namen haben, weshalb dann die Frauen nicht?«

6

Die Spirale soll nicht länger als ein Jahr im Körper der Frau bleiben. Bei mir sind es jetzt genau zwei Jahre. Ich gehe zum Arzt. Er sagt: »Wir müssen sie sofort rausnehmen. Sie sollten doch eigentlich wissen, daß man die regelmäßige Kontrolle nicht so lange aufschieben darf.

Dieser Doktor gefällt mir. Er nimmt die Sache ernst und spricht ausführlich über alles. Auch streut er in seine Rede nicht diese unverständlichen lateinischen Wendungen ein, die die meisten Ärzte so lieben und die beweisen sollen, daß sie uns haushoch überlegen sind. Bei der Untersuchung streckt er nicht, wie manche seiner Kollegen, seinen Kopf mit der Zigarette in meinen Intimbereich. Ich kann nie diesen gleichgültigen Doktor vergessen, der mich mit der Zigarette im Mund untersuchte, so daß ich ständig fürchtete, irgendwo angebrannt zu werden.

»Dann nehmen wir sie raus,« sage ich. Er will mir für den nächsten Tag einen Termin geben. Ob ich eine Narkose wolle? Das hat gerade noch gefehlt. Die Leute machen mich wahnsinnig. Ich lasse mir doch nicht zum ersten Mal im Leben eine Spirale rausnehmen. Die ganze Sache dauert ja kaum eine Sekunde. Ich verstehe nicht, wie ein Arzt einer Patientin für so einen einfachen Eingriff eine Narkose vorschlagen kann. Die Narkose ist wohl nicht weniger gravierend als der kleine Schmerz, der nicht schlimmer als ein Mückenstich ist. Meiner Ansicht nach müßte ein Arzt einer Patientin, die eine Narkose verlangt, sie verweigern. Hier ist es genau umgekehrt. Eine Menge Frauen lassen sich die Spirale unter Narkose einsetzen und rausnehmen, um den sekundenlangen Schmerz des Mückenstichs nicht zu spüren.

Gerade hatte ich angefangen, den Arzt zu mögen, da werde ich auf ihn wütend. Ich bestehe darauf, daß jetzt sofort gleich hier die Spirale rausgenommen wird. Wenn nicht, stehe ich von diesem Untersuchungstisch nicht auf, sage ich. Er muß also einverstanden sein. »Tief einatmen«, sagt er, und schon ist sie draußen.

Als ich abends heimkomme, bin ich todmüde, und auch Aydın duselt ständig vor dem Fernseher ein. Wir gehen früh schlafen. Ich vergesse, ihm zu sagen, daß meine Spirale raus ist. Sie haben sowieso mit diesen Dingen so wenig zu tun, ihr Körper ist derart anders gebaut, daß ich nicht weiß, ob er es verstünde, wenn ich es ihm sagte. Was für eine Bedeutung hätte es für Aydın, wenn ich ihm erzählte: Ich habe mir die Spirale rausnehmen lassen, es war schon gefährlich, sie zwei Jahre drinzulassen, der Kerl hätte mir fast eine Narkose gemacht, im Grunde tut es gar nicht so sehr weh, aber trotzdem ist es doch unangenehm.

Am nächsten Morgen im Büro finde ich auf meinem Schreibtisch einen Brief mit der Aufschrift »nur persönlich, ganz privat«. Der Poststempel ist der eines Ortes an der Schwarzmeerküste. Ich öffne ihn, er ist von Zeliha und beginnt: »Allerallerliebste Chefin…« Sie sei mit jenem jungen Mann zusammen in seinem Heimatdorf. Sie seien sehr glücklich. Zuvor habe sie, gleichzeitig mit einer unsagbaren Glückseligkeit, die schlimmsten Nöte ausgestanden. Sie habe die Kinder keinen Augenblick vergessen können. Wie sie sie nur habe verlassen können, o Gott, wie denn? Was sei denn das für ein Gefühl, um dessentwillen sie sogar ihre Kinder hätte verlassen können? Trotz allem sei sie so glücklich so überschäumend in jenen Tagen gewesen. Sie hätte natürlich eine ganz aberwitzige Hoffnung gehabt. Wenn sie die nicht gehabt hätte, wäre sie ja niemals glücklich gewesen.

Jetzt habe sich alles einigermaßen geklärt. Müfits Familie sei etwas zugänglicher geworden. Aus materiellen Gründen hätten sie sowieso nicht für die Kinder sorgen können. Zelihas Mutter sei ebenfalls krank. So würden sie die Kinder also wohl bald zu Zeliha schicken, aber zuerst sollte sie sich scheiden lassen, dann heiraten, und danach. Und wenn sie nun nicht geflohen wäre? Wenn sie bis zum Ende ihres Lebens um der Kinder willen (und diese dafür beschuldigend) gezwungen gewesen wäre, mit einem ungeliebten, ja verabscheuten Mann zusammenzubleiben, das wäre der Tod gewesen.

Sie verdanke mir sehr viel. Manche Leute hätten ja eine Wut auf mich, aber sie verdanken mir wirklich sehr viel. Diejenigen, die eine Wut hätten, seien sowieso Männer, oder aber Frauen ohne Mut. Wohingegen sie jetzt ebenfalls davon überzeugt sei, daß Menschen aus einer Umwelt, die sie unglücklich mache, weglaufen müßten. Das Leben sei ein Geschenk, das man nicht festhalten könne, es heiße, stark zu sein, und das sei das Glück. Und eine Frau sollte bei der ersten Ohrfeige auf jeden Fall aufmerksam werden.

7

Aydın hat die Samthose und das Hemd, das ich ihm zum Geburtstag geschenkt hatte, nie angezogen. Als vierzehn Tage vorbei waren, fragte ich: »Warum ziehst du die Sachen überhaupt nicht an?«

»Hast du mich je mit einer so weiten Hose gesehen, oder habe ich etwa auch nur ein solches buntkariertes Hemd?« fragte er.

»Nein, nicht daß ich wüßte«, antwortete ich mit ruhiger Stimme. Aber innerlich fing es in mir zu brodeln an. Was wäre denn dabei gewesen, wenn er die Sachen getragen hätte und sei es, weil ich sie gekauft habe?

Während ich darüber nachdachte, wuchs meine Verletztheit. Das war doch ganz schön stoffelig, ich schenkte ihm Sachen, und er benutzte sie nicht. Wenigstens mir zuliebe hätte er sie tragen können. Nicht mal so viel Höflichkeit besaß er?

Später ging mein innerer Dialog wieder los: Vielleicht hat er recht, du hättest seinem Kleiderstil etwas mehr Aufmerksamkeit schenken sollen. Die Art von Klamotten trägt er ja eigentlich wirklich nicht. Im Grunde könnte er dir böse sein, daß du so unaufmerksam bist.

Das ist uns nun mal so eingedrillt worden: Auf jeden Fall suchen wir den Fehler am Ende eines Streites immer bei uns. Um ja nicht zu verletzen, nicht zu beleidigen, den Streit nicht auszuweiten, zügeln wir absichtlich unsere Gefühle. Wir sind ja so geneigt, sie immer im Recht, uns selbst im Unrecht zu sehen. Sogar in Situationen, wo wir nur zu sehr recht haben, denken wir da nicht doch in irgendeiner Ecke unserer Seele ein kleines bißchen, daß auch sie recht haben könnten?

Und nun zu unserem Fall: wer sollte entscheiden, wer von uns beiden recht hat, wer unrecht?

Aydın hat am Sonntag die weiten Samthosen angezogen. Aber er ist ja keinen Schritt vors Haus gegangen. So hat dieses überaus wichtige Problem also schließlich auch eine Lösung gefunden.

Jeden Abend komme ich heimgerannt. Ich habe Sehnsucht nach ihm. Ich zähle die Minuten, bis es soweit ist, daß wir zusammen ins Bett gehen können. Ihn beim Einschlafen zu berühren, gehört zu den lustvollsten Augenblicken meines Lebens. Aber wir haben auch ein paar Probleme, die sich unmöglich verleugnen lassen. Eigentlich sind das meine Probleme. Ich möchte einfach nicht zugeben, daß diese Probleme mit der Ehe zu tun haben. Aber in Wirklichkeit ist es doch so.

Die Sache mit dem Essen. Wahrscheinlich könnten berufstätige verheiratete Frauen Bände über das Essen schreiben. Es ist dies ein fürchterliches Problem, das Unverheiratete nicht kennen: das Problem des Einkaufens und Essenkochens.

Den Hausmeister kriegen wir für gewöhnlich nicht zu Gesicht, weil wir längst aus dem Haus sind, wenn er kommt, Bestellungen aufzunehmen. Deswegen müssen wir selbst einkaufen. Frühmorgens geht das nicht, weil wir sowieso in großer Hetze sind und unseren Arbeitsplatz erst in letzter Minute erreichen. Zudem kann man die Einkäufe ja nicht gut den ganzen Tag im Auto lassen. Also liegen unsere Einkaufsstunden am Abend. Ja, aber wer von uns soll es dann tun? Manchmal macht Aydın sehr spät Schluß in der Firma, manchmal ich. Manchmal kommen wir beide erst spät nach Hause, so daß alle Läden geschlossen haben, und kein Stück Brot ist mehr im Schrank. Und zu allem Pech habe ich gerade an diesem Tag kein bißchen Lust, noch mal zum Essen rauszugehen. Aber wir müssen essen, und so gehen wir aus.

Genauer gesagt: einer der größten Unterschiede zwischen einem Mann und einer Frau – das heißt, für mich augenblicklich der wichtigste Unterschied zwischen Männern und Frauen – besteht darin, daß für die Männer das Essen sehr wichtig ist. Für die meisten ist die Art und Qualität der Speisen unwichtig, Hauptsache, sie bekommen jeden Abend ihre zwei, drei Schüsseln vorgesetzt. Denn daran sind sie gewöhnt, sind sie gewöhnt *worden*. Ihre Mütter, die ihnen zu Diensten waren, hätten sie niemals hungern lassen. Wenn sie spät nachts noch heimkamen, warteten ihre Mütter, eingenickt auf der Polsterbank, weil sie nicht zulassen konnten, daß ihre Söhne auch nur einen Tag ohne einen Teller warmes Essen blieben. Morgens standen sie früh auf, damit die Söhne nicht ohne zwei Glas Tee und zwei Scheiben Röstbrot hinausgehen mußten. Die Mütter hatten sich vorgenommen, auch wenn die Welt zusammenbräche, auf jeden Fall für ihre Söhnchen Essen zuzubereiten.

Für die Töchter jedoch wurden im allgemeinen nicht solche Umstände gemacht. War es denn etwa egal, wenn sie hungrig blieben? Wurden sie denn nicht ernährt? Doch, doch auch für sie wurde Essen gekocht, aber das stand im Kühlschrank. Wenn die Töchter spät nach Hause kamen, hieß es, Kind, das Essen ist im Kühlschrank, nimm es schnell raus und mach es dir warm! Sogar wenn die Töchter mit den Söhnen zusammen spät nach Hause kamen, sagten die Mütter: Los Mädchen, mach deinem Bruder das Essen fertig und eßt zusammen.

Später, wenn diese Mütter für ihre Söhne eine Braut aussuchten, achteten sie darauf, wie es um deren Hausfrauenkünste bestellt war. Auf jeden Fall mußte sie etwas vom Kochen verstehen. Diese Schwiegertöchter zeigten, besonders wenn sie zu Gast im Haus der Schwiegermutter waren, ihre Kunstfertigkeit. Die Söhne, um ihre Mütter nicht zu betrüben, gingen dann um keinen Preis in die Küche zu ihren lieben Frauen hinein. Damit die

Mutter nicht traurig sein sollte, wenn sie mit ansah, wie ihr Sohn seiner Frau half. Und die Schwiegertöchter verhielten sich in dieser Situation verständnisvoll. Wenn der Mann auch sonst half, sobald seine Mutter dabei war, ließ die Frau ihn nicht arbeiten. Denn sowohl die Schwiegertöchter als auch die Schwiegermütter waren Frauen, denen beigebracht worden war, den Männern zu dienen.

Dabei waren das Verhalten und die Ansichten der Schwiegermütter einigermaßen folgerichtig. Denn wenn die jetzigen Schwiegertöchter einen Sohn hätten, würden sie sich als Schwiegermutter genauso verhalten. Sie würden ihre Schwiegertöchter beobachten, ob sie ihre Söhne gut bedienten, ihnen schön, fein Essen kochten, und die besten Teile davon den Männern gäben.

Unser Problem unterscheidet sich von dem Gesagten kein bißchen. Offensichtlich braucht Aydın jeden Abend eine Folge von mehreren warmen Speisen. (Was ist daran so verwunderlich?) Was daran verwunderlich sein soll? Nun, ich selbst brauche das keineswegs unbedingt. Ich komme am Abend mit zwei Äpfeln, einem Sandwich, oder einem Ei und ein paar Würstchen aus. Andererseits ist klar, daß Aydın eine Mahlzeit braucht, weil er daran gewöhnt ist. Das erkennt man daran, daß er, sobald zu Hause kein Mahl gekocht ist, unbedingt auswärts zum Essen gehen will. Ich dagegen habe eigentlich nicht die Absicht, aus dem Essen ein Problem zu machen. Aber Aydın kommt nach Hause, geht sofort in die Küche, wühlt im Kühlschrank rum und sagt: »Wir gehen wohl wieder mal zum Essen aus.«

»Es ist Brot und Käse da, es ist Obst da«, sage ich. Er zieht sein Jackett an, nimmt die Autoschlüssel, und das bedeutet, nein, ich will kein Brot mit Käse, ich will eine richtige Mahlzeit. Ich muß an die Hausfrauen denken, die, wenn ihre Männer auf Reisen sind und die Kinder aus irgendeinem Grund woanders, so daß die Qual des abendlichen Essenkochens wegfällt, total glücklich an ihren Sandwiches knabbern. Es ist ja eine ihrer größten Freuden, alleine zu Hause zu sein und einmal ohne Gedanken ans Essenkochen zu leben.

Ich muß ständig darüber nachdenken.

Aydın will Essen, ich nicht. (Wenn Aydın Essen will, könnte

er doch einfach in die Küche gehen, sich was kochen, sich hinsetzen und essen.) Aber ich finde auch, daß, wenn er es möchte, es gar nicht schlimm wäre, wenn wir gemeinsam säßen und äßen. Bloß wie. (Die Eheleute sollen frei sein, jeder sollte in seiner Welt leben wie es ihm paßt, keiner sollte den anderen unter Druck setzen. Wenn der Mensch immer wieder zu Dingen, die er nicht möchte, gezwungen wird, erzeugt das Streß.) Beim Essenkochen abwechseln können wir uns auch nicht, weil Aydın außer Eiern und Salat nichts »kochen« kann. Diese Sachen macht er schon mal ab und zu. Ich habe zwar auch keine große Ahnung, war aber wenigstens so gescheit, mir von meiner Mutter einige Rezepte abzuschauen und in einem Heft zu sammeln und aufzuheben. Ab und zu richte ich mich nach ihnen. Das ist überhaupt nicht schwer. Nur der Zeitaufwand. Was für diese Arbeit für Zeit verplempert wird!

Weshalb bloß wollen die Männer unbedingt gekochte Mahlzeiten essen?

Ich habe Aydın gefragt: »Warum bleibst du nicht bei deiner Mutter zum Essen, wenn du sie besuchst?« Aydın geht zwei-, dreimal in der Woche zu seiner Mutter. Seine Mutter will Aydın, genau wie ihre anderen Kinder, unbedingt sehen. Seine Mutter hat ihr Leben lang nichts anderes getan, als ihre Kinder zu gebären und großzuziehen. Sie kocht für die Kinder Essen, zieht sich für die Kinder neue Kleidung an, sie streitet mit den Kindern und lacht mit ihnen. Außer ihnen liebt sie niemanden, spricht mit niemanden. Selbst die Enkel lädt sie nicht ein, sie interessiert sich nicht für sie. Als wäre es ihre Pflicht, so besuchen die Kinder zwei-, dreimal in der Woche ihre Mutter. Die Mutter jammert ihnen ständig vor, wie furchtbar alleine, krank, traurig sie sei. Und die Mutter beschwert sich bei ihnen über die Häßlichkeiten, Bosheiten der Schwiegertöchter und Schwiegersöhne.

Aydın rennt nun nicht mehr nur schnell zu seiner Mutter, redet nicht nur schnell ein bißchen, um dann schnell nach Hause zu kommen. Er ißt die Speisen, die seine Mutter für ihn gekocht und, wenn er nicht gekommen ist, im Kühlschrank für ihn aufgehoben hat, und er kehrt mit reichlich vollem Magen heim. So ist er an drei Tagen der Woche gerettet. An diesen Abenden sitze ich glückselig vor dem Fernseher und knabbere an meinem Sandwich. Wenn er zu seiner Mutter geht, muß ich nicht mitkommen. Danach haben wir alle drei kein Verlangen.

8

Wie weit her es mit Aydıns peinlicher Ordnungsliebe, mit seiner Pedanterie ist, habe ich gemerkt, nachdem wir geheiratet hatten. Hinter manche Eigenarten eines Menschen kommt man wahrscheinlich erst dann, wenn man mit ihm zusammenlebt. Auch habe ich erst eine Weile nach der Hochzeit registriert, daß Aydın stets seine Schuhe mitten im Korridor, wo er sie von den Füßen zieht, stehen läßt, und sie auch nachher nie in den Schuhschrank stellt. Ebenfalls erst eine Weile nach der Hochzeit merkte ich, daß Aydın nie eine Schranktür oder Schublade schließt. Aydın ist ein Feind aller Verschlüsse. Die Rasiercremetube, die Zahnpastatube, den Kleiderschrank, die Küchenschubladen schließt er nie.

Ich drücke die Zahnpastatube vom Ende her, er genau von der Mitte her. Wenn ich jeden Morgen und jeden Abend die in der Mitte eingedrückte Zahnpastatube offen daliegen sehe, und die Zahnpasta quillt auf die Ablageplatte, dann packt mich die Wut. Aber ich weiß, es ist überhaupt nicht wichtig, ob die Zahnpastatube nun von der Mitte oder vom Ende her gedrückt wird! Und jedesmal drücke ich wieder vom Ende her, wische die Platte sauber, schließe die Tube. Eigentlich sind auch die Schranktüren und die Schubladen keine gravierenden Probleme, das weiß ich.

Jeden Tag schließe ich alle die von ihm offengelassenen Türen, Schubladen, Verschlüsse. Auch seine Schuhe sammele ich ein und stelle sie an ihren Platz. Mir will scheinen, diesen Film habe ich schon einmal gesehen.

Eines Tages will ich ihn testen und lasse also alle Schubladen und Schränke offen. Sie bleiben offen, den ganzen Tag und die ganze Nacht über. Aydın macht nichts zu. Aber was er offen läßt, mache ich zu.

Ach, das ist doch kein Problem, überhaupt nicht wichtig. Er

weiß natürlich nicht, welche inneren Stürme in mir wegen der Schranktüren, Schubladen und Zahnpastatuben toben. Bis zu dem Morgen, als ich in aller Eile aus dem Haus muß und im Korridor über seine großen Schuhe stolpere, mir das Aktenbündel aus der Hand rutscht und sich auf den Fußboden verteilt. Bis ich wütend meine Papiere wieder einsammele und laut brülle: »Ich hab die Nase voll von diesen rumliegenden Schuhen, von diesen offenen Schränken!« In Hetze verlasse ich das Haus.

Aydın kam an jenem Abend spät heim. Er stellte seine Schuhe in den Schrank. Aber die Schranktüren bleiben offen, wenn ich sie nicht schließe.

9

Ich werde allmählich zu so vielen Vorträgen und Diskussionsrunden eingeladen, daß es mich selbst erstaunt. Nachdem ich bei meiner ersten Rede so aufgeregt gewesen war und die unaufmerksamen, schwatzenden Zuhörer angefahren hatte, wollte ich mir meine große Nervosität einfach nicht verzeihen und nahm jede Einladung an, um meiner Aufregung Herr zu werden. Denn ich fand, wenn ich diese Arbeit nun schon mal machte, mußte ich sie gut machen und deshalb die Sache in den Griff kriegen.

Wenn ich jetzt Vorträge halte, versuche ich, nicht auf den Gesichtsausdruck und das Verhalten der Zuhörer zu achten. Aufgeregt bin ich inzwischen überhaupt nicht mehr; ich muß nicht mal mehr meinen Text vom Blatt ablesen, und ich spüre, daß mir das Ganze sogar anfängt, Spaß zu machen. Aber ich spüre auch andere Dinge.

Eine der Veranstaltungen, zu denen ich eingeladen bin, ist in einer anderen Stadt. Ich spreche vor einem Club, dessen Mitglieder nur Männer sind. Am Morgen fliege ich hin, am Abend zurück, wobei ich das Flugticket und alle Ausgaben aus eigener Tasche bezahle. Ein andermal spreche ich in einem Club vor Frauen; es ist ein Club reicher Damen. Sie genießen ihr Essen, ich habe nicht einmal Zeit dafür. Sie hören mir zu, während sie Kaffee trinken und untereinander plaudern.

Bei einem anderen Verein, einer Vereinigung, die sich mit intellektuellen Fragen beschäftigt, findet das Gespräch mit mir an der Bar des Vereinslokals statt, wo die männlichen und weiblichen Teilnehmer mir zuhören, während sie ihre Getränke schlürfen. Hier sind in der Mehrzahl Leute, die ihr Gegenüber liebend gerne durch Fragen in die Enge treiben möchten. Sie nippen an ihrem Gin tonic, rauchen ihre Pfeifen und setzen mich unter Druck. An der Bar werden ständig Getränke verkauft. Mir ist die Kehle ausgetrocknet, ich bitte die Veranstalter um ein Glas Wasser, trinke Wasser.

Einen anderen Vortrag halte ich im Konferenzsaal einer großen Bekleidungsfirma für die Kunden. Der Verkaufsleiter gibt mir durch Zeichen zu verstehen, daß ich mich kurz fassen soll. Ich soll zu Ende kommen, damit die Kunden vor Geschäftsschluß noch Gelegenheit haben, durch die Abteilungen zu bummeln und einzukaufen. Ein anderes großes Kaufhaus schenkt mir am Ende eines Vortrags für die Kunden eine große Schachtel Schokolade.

Wie gerne lassen wir uns doch ausbeuten. Das sind nun Geschäftsleute, auch Geschäftsfrauen. Weshalb sagt nicht eine(r) von denen mal: »Um diesen Vortrag auszuarbeiten, haben Sie mindestens einen Tag gebraucht. Sie haben sich die Mühe gemacht, herzukommen. Wir sind eine Wirtschaftsvereinigung und veranstalten das alles nicht bloß für Heimat und Nation, sondern auch ein wenig, um Kunden zu werben und natürlich ein ganz kleines bißchen, um Geld zu verdienen. Deswegen wollen wir Ihnen dafür eine Entschädigung geben. Wieviel Honorar hätten Sie denn wohl gerne?«

Steckt vielleicht, wenn Aydın seine Schuhe nicht aufräumt, derselbe Grund dahinter, wie wenn diese Leute alle nicht daran denken, mir Geld zu geben?

Ausbeutung nähert sich dem Menschen meistens unauffällig, hinterlistig. Sie dringt wie eine Flüssigkeit langsam überall ein, ohne sich zu verraten. Sie tritt in verschiedenen Verkleidungen auf, als Liebe, als gutaussehender Mann, in ein paar netten Worten, in einem sympathischen Chef, in der Berühmtheit und manchmal sogar im Geld. Die Ausbeutung ist sehr klug, geht sehr schlau vor. Zuerst macht sie euch glücklich, gibt euch Hoffnung, aber dann trocknet sie euch ganz langsam aus. Wenn sie euch einmal ganz umgarnt hat, läßt sie euch nie wieder frei. Ihr müßt euch entscheiden. Sobald ihr die Ausbeutung spürt, müßt ihr euch selbst zurückziehen, sonst hat das nie ein Ende mit freiwilligen Leistungen nur für Liebe, Berühmtheit, Schmeichelei.

An diesem Abend sage ich zu Aydın, er solle seine Schuhe in den Schrank stellen und die Türen und Verschlüsse schließen.

Am folgenden Tag mache ich dem Beauftragten eines großen Kaufhauses klar, daß ich in Zukunft für meine Vorträge Honorar verlangen werde.

Aydın schließt die Schranktüren und Schubladen.

Der Beauftragte des Kaufhauses zahlt mir ein gutes Honorar.

10

Zeitweise habe ich wahnsinnige Sehnsucht nach dem Alleinsein. Als ich allein lebte, habe ich dieses Glück gar nicht so richtig zu schätzen gewußt. Jetzt bin ich praktisch keinen Moment mehr allein, habe ich heute festgestellt, als ich in der Firma auf der Toilette saß, zehn Minuten ganz allein, mit dem Kopf zwischen den Händen.

In der Firma sind ständig viele Menschen, ebenso dort, wo ich von Berufs wegen hin muß, auf den Reisen genauso. Und wenn ich nach Hause komme, ist Aydın da. Wir haben es nicht fertiggebracht, für jeden ein eigenes Zimmer einzuteilen, ein Zimmer, in das jeder sich zurückziehen könnte, wenn ihm danach wäre. Vom Schnitt her eignet sich die Wohnung sowieso wenig dazu. Ein Zimmer ist vollkommen mit Kleiderschränken vollgestellt. Dann haben wir ein Wohnzimmer, das auch Gästezimmer ist, und unser Schlafzimmer. Außerdem kann man sich nicht gut in ein extra Zimmer zurückziehen, wenn jemand anderer in der Wohnung ist. Und wenn man sich doch zurückzieht, fühlt man sich eigenartig, denn man ist ja nicht in dem Zimmer, in dem man täglich lebt.

Dabei malt sich jeder, solange er noch nicht mitten in der Sache drinsteckt, aus, daß er zum Beispiel, obwohl verheiratet, dem Partner sagen können muß, wenn er allein sein will. Natürlich kannst du es immer sagen, aber wohin soll der andere gehen, wenn du mal zu Hause allein sein willst? Wenn er nun auch erschöpft einfach zu Hause sitzen will? Oder wenn er da, wo er hingegangen ist, sich plötzlich nicht mehr wohlfühlt und wahnsinnig gerne heim möchte? Soll er, weil du alleine sein möchtest, dafür leiden? Und wirst nicht du, während du alleine zu Hause sitzt, anfangen darüber nachzudenken, wo er nun wohl ist und ob er nicht lieber heimkommen möchte? Manchmal ist es sehr einfach, sich Dinge theoretisch vorzustellen, aber sehr schwer, sie in die Praxis umzusetzen. Ich jedenfalls möchte ab und zu alleine sein, und zwar, ohne auf einen anderen Rücksicht zu nehmen.

11

Eines Abends, als ich im Supermarkt beim Einkaufen bin, hält mir jemand von hinten die Augen zu. Ich fasse die Hände und schiebe sie weg. Als ich mich umdrehe, sehe ich eine wunderschöne große Frau mit dunkelblonden Haaren, die mich liebevoll anblickt. Sofort wird mir ganz warm ums Herz, ich mag sie sehr, diese Frau. Bloß, woher kenne ich sie, ich werd' verrückt, sie ist mir vertraut, nur – wer ist sie?

»Ich bin Şebnem, du hast mich nicht erkannt, was?« sagt sie.

Şebnem, Şebnem.

Ich halte nichts davon, mich zu verstellen und so zu tun, als erinnerte ich mich, während ich krampfhaft überlege, wer sie ist. Deswegen sage ich ganz offen: »Meine Güte, Şebnem, entschuldige, dein Gesicht ist mir keineswegs fremd, aber ich weiß einfach nicht, wo ich dich hintun soll.«

»Sind wir nicht auf dem Weg in die Mittelschule immer im selben Kleinbus gesessen? Im Bus von Ali *abi*. Weißt du noch, einmal haben wir uns doch ganz heimlich auf die *Çamlıca*-Hügel fahren lassen.«

In dem Moment erinnere ich mich. Ach ja, sie war die Freundin meiner Schwester, das mutwilligste Mädchen der Klasse, Şebnem mit den grünen Augen.

»Du hast dich sehr verändert, Şebnem. Wie schön, wie jung siehst du aus.«

»Ich bin sehr glücklich«, sagte sie. »Für Schönheit und Jugend ist die einzige Vorbedingung das Glücklichsein, nichts anderes, und weißt du, glücklich zu sein ist überhaupt nicht schwer.«

Mit meiner schweren Einkaufstasche in der Hand, die Regale absuchend nach Würstchen – oder soll ich doch lieber Wurst nehmen –, bleibe ich erstarrt stehen. Das Echo ihrer Stimme dröhnt in meinen Ohren nach. Glücklich zu sein ist überhaupt nicht schwer, weißt du?

Wir verabreden uns sofort für den nächsten Tag. Ich mag Şebnem sehr gerne, und ich fühle, ich werde sie noch sehr liebhaben.

Zu Hause mache ich die Würstchen warm. Aydın sagt: »Wenn du sie in ein klein bißchen Fett anbrietest, würden sie viel besser schmecken.« Schon der Gedanke an Bratfett verursacht mir Übelkeit. Und ich bin so müde. Trotzdem wende ich die Würstchen also in Fett hin und her. Beim Essen kriege ich lediglich Salat mit Zitrone runter. Mit den Würstchen spiele ich rum. Aydın möchte ins Kino, ich habe überhaupt keine Lust und so gehen wir nicht.

Am Morgen kann ich kaum aufstehen, ich fühle mich krank. Aydın sagt: »Geh halt nicht zur Arbeit.« Das könnte ich machen, aber wer soll dann nach mir schauen? Wer wird da sein, um mir eine heiße Suppe zu machen, Medikamente aus der Apotheke zu holen? Vielleicht der Hausmeister? Wer sonst?

Ich muß wohl überhaupt nicht begeistert gewirkt haben von Aydıns Vorschlag, nicht zur Arbeit zu gehen. Als ob er alle meine Gedanken lesen könnte, sagt er: »Wenn du etwa Fieber hast, dann bleibe ich zu Hause. Sei doch nicht so grantig.«

Doch, ich bin böse auf alle, die eine Mutter, einen Vater haben. »Nein, nein, ich stehe sofort auf, es ist nichts, ich bin bloß ein bißchen schwach«, sage ich und stehe auf.

»Wenn der Mensch will, kann er glücklich sein, und auch ich bin glücklich«, sage ich.

In der Kneipe ziehen Şebnem und ich uns in die hinterste Ecke zurück. Ich wollte mich mit ihr nicht zu Hause treffen, denn wenn zwei Frauen beisammen sind und viel zu bereden haben, stört es, wenn ein Mann dabei ist. Ein Mann kann sich nicht am Gespräch zweier Frauen beteiligen. Die Themen, die die beiden zu besprechen haben, kommen doch nicht aufs Tapet, solange er dabei ist. Die Frauen fühlen sich eingeengt, weil sie nicht besprechen können, was sie wollen, und die Männer unbehaglich, weil sie merken, daß sie fehl am Platz sind. Deshalb wollte ich mit Şebnem ganz allein sein.

ŞEBNEM

Şebnem erzählt über ihre Zeit in Amerika. Sie sei nach der Mittelschule zu ihrer Tante nach New York gezogen und habe dort studiert. Dann habe sie sich in jemanden verliebt. Geradezu wahnsinnig habe sie ihn geliebt. Sie habe ein Kind geboren, es sei ein wunderschöner Junge. Aber plötzlich sei die große Liebe zu Ende gewesen, so sei sie hierher zurückgekehrt. Nun habe sie sich wieder verliebt, deswegen könne sie nicht abreisen. Doch das Kind sei gut aufgehoben beim Vater, und ihre Geschäfte liefen so gut, daß sie ruhig mal sechs Monate wegbleiben könne, dort käme man schon ohne sie aus.

Sie rattert wie eine Maschine ihr ganzes langes Leben innerhalb von fünf Minuten herunter.

»Halt, Şebnem, halt mal an, was für Geschäfte machst du denn?«

»Schätzchen, dort gibt es eine Form von Maklergeschäften, mit der du, wenn du erfolgreich bist, sehr viel Geld verdienen kannst, Kommissionsgeschäfte eben. Ich habe auch so eine Firma eröffnet, im Laufe der Zeit ist sie wirklich wahnsinnig gewachsen; ich habe ungeheuer viel Geld verdient und besitze ganz in der Nähe der Stadt ein Haus mit Swimmingpool usw.«

»Und deine Liebe?«

»Welche Liebe? Fragst du jetzt nach Erol?«

»Şebnem, woher soll ich Erol oder wen immer kennen, du hast andauernd von der Liebe geredet. Wie ist es damit ausgegangen?«

»In Bob war ich unsagbar verliebt, du warst bestimmt auch mal verliebt. Ich war verrückt nach ihm. Im fünften Monat unseres Zusammenseins wurde ich schwanger. Kannst du dir das vorstellen? Der Mann, den ich so sehr liebte, und ich haben ein gemeinsames Wesen ins Leben gesetzt, das ist doch eine irre Sache! Ich habe das Kind sofort geboren, das heißt natürlich nicht sofort, erst nach neun Monaten, klar.«

(Şebnem hatte nicht gesagt, ich will heiraten, eine verheiratete Frau sein; sie hatte nicht gemeint, daß für die Ehe, um das Heim wirklich zum Heim zu machen, ein Kind nötig sei. Sie hatte sich verliebt und wollte die freudige Spannung erleben, die ein gemeinsam geschaffenes Lebewesen bringt. Das hatte sie durchlebt.)

»Habt ihr geheiratet?«

»Nein, haben wir nicht. Glaub mir, das Wort Ehe ist mir nie auch nur in den Sinn gekommen, bis jetzt, wo Erol mich heiraten will. Stell dir vor, du bist sehr in jemanden verliebt und willst mit ihm zusammensein. Und eine Menge Leute verfolgt euch, damit ihr in einem Buch eine Unterschrift leisten sollt. Das ist doch unglaublich! In Gegenwart von Zeugen läßt du dein Zusammensein mit einem Menschen rechtlich bekräftigen. Und die Trennung natürlich auch wieder. Sie fragen dich, ziehen dich zur Rechenschaft, Leute, die dich überhaupt nicht kennen. Willst du ihn oder nicht? Ihr sollt euch lebenslang treu bleiben, Partner fürs Leben sein. Warum trennen Sie sich? Bringen Sie doch mal Zeugen herbei! Behandelt dieser Mann Sie schlecht, beschimpft er Sie?

An all das habe ich überhaupt nicht gedacht. Dort interessiert das auch niemanden, ob du, um miteinander zu schlafen, irgendwo unterschrieben und von völlig unbekannten Leuten die Erlaubnis dafür erhalten hast. Aber stell dir vor, Erol hat mich neulich gefragt, ob ich ihn heiraten will; hierzulande sei es doch sehr schwer, unverheiratet zusammenzuleben. Es kann sein, daß du deswegen Unannehmlichkeiten bekommst. Wenn du willst, heiraten wir sofort, hat er gesagt.«

»Ganz genau dasselbe hat mir auch Aydın gesagt.«

»Und du hast auch geheiratet, nicht wahr?«

»Ja, aber wir sind gar nicht wie verheiratet, sondern ganz frei. Schau doch, zu dieser späten Stunde bin ich mit dir zusammen in einer Kneipe, und kein Mensch mischt sich ein oder so.«

(Als müßte ich mich bei Şebnem entschuldigen, als beichtete ich bei ihr.)

»Na, und was hast du Erol geantwortet, Şebnem?«

»Was soll ich sagen? Noch ist ja nicht mal klar, ob ich hier bleibe oder nicht. Und meine Liebe zu ihm, natürlich auch seine Liebe zu mir, wer kann denn schon wissen, wie lange sie dauert? Du weißt doch sicher, was für eine wunderbare Sache die Liebe ist. Alles beginnt ganz neu und von vorn, du brauchst dich nicht mit abgetanen Geschichten herumzuschlagen, kannst ganz neue Gefühle erleben. Das ist einfach alles ein großes Glück. Es kommt auch gar nicht in Frage, daß ich Erol heirate. In meinem Wörterbuch steht Zusammensein, aber nicht Ehe. Ich kann keinem anderen zuliebe irgendwo eine Unterschrift leisten. Mein guter Ruf hängt nicht von einer Unterschrift ab.«

»Und wo ist dein Kind, Şebnem?«

»Ach, wenn du den Kleinen doch mal sehen könntest, ein süßer Bursche, er ist bei seinem Vater sehr glücklich, es geht ihm gut. Sein Vater hat auch das Sorgerecht. Da gibt es keine Probleme. Nur haben wir Sehnsucht nacheinander, sobald wir getrennt sind, das schon.«

Als Şebnem und ich uns trennen und ein weiteres Treffen in zwei Tagen verabredet haben, fühle ich mich, als hätte man mir eine schwere Last aufgebürdet. Sie hatte gesagt, es sei so leicht, glücklich zu sein, und sie selbst wirkte ja auch wirklich sehr glücklich.

Wenn es so einfach ist, warum bin ich dann nicht glücklich? Und wenn ich für mich genommen glücklich wäre, wer ist es, der mich unglücklich macht? (Bin ich denn nicht glücklich?)

12

Ich bekomme eine Einladung zu einem Konzert einer ausländischen Musikgruppe. Es ist die Art Musik, die ich mag, und die Gruppe ist berühmt. Ich bin ganz aufgeregt vor Freude und rufe sofort Aydın an, um ihn zu fragen, ob wir gemeinsam hingehen wollen. Er hat viel Arbeit, kann nicht kommen, er hat diese Musik sowieso nicht so gerne. Da ich die Einladung erst spät erhalten habe, findet sich auch niemand anderer, der mitkommt, und so gehe ich also alleine ins Konzert. Mein Platz ist in der allerersten Reihe.

Schon nach dem zweiten Stück merke ich, daß ich die Musik gar nicht richtig wahrnehme, sondern daß meine Augen und Gedanken von etwas ganz anderem gefesselt sind. Auf der Bühne spaziert von einem Ende zum anderen ein junger Saxophonist, ein schmaler, dunkelhaariger Mann. Von diesem Menschen kann ich den Blick nicht wenden, von seiner Art, das Saxophon zu spielen, die Kinnpartie anzuspannen, von seinem ernsten Gesicht mit den im Gegensatz dazu stehenden sanften Augen. Mir geht es jetzt gar nicht mehr darum, die Musik zu hören; es scheint mir so, als wäre ich ins Konzert gekommen, um diesem Mann zuzuschauen. Als gälte es, diese beiden Stunden nicht zu vergeuden, wende ich meine Augen auch nicht eine Sekunde von ihm ab. Er schaut auch mich an. Unsere Blicke begegnen sich ständig, als liebte ich ihn. Ich meine, ihm durch Blicke meine Sehnsucht nach ihm zu gestehen. Und das kommt bei ihm auch so an, glaube ich.

Ich fühle mich, als umarmte ich ihn, und das bringt mich völlig durcheinander. Ich möchte ihn eng umschlingen, er soll meinen

Kopf, indem er mir sanft auf den Nacken drückt, auf seine Schulter legen, und ich wünsche mir, daß er mich in dieser Stellung hält. Später, viel später, werde ich meinen Kopf zu ihm aufheben und ihm genauso wie jetzt in die Augen sehen, und er soll mich an den Haaren fassen, und seine Lippen sollen ganz zart meine Lippen berühren. Wir küssen uns lange, intensiver, härter, dann plötzlich scheu, ganz zärtlich. Vielleicht wird ein Rand meiner Lippe sogar bluten, und in Schweiß gebadet machen wir Liebe miteinander.

In diesen zwei Stunden höre ich außer den Tönen aus seinem Saxophon rein gar nichts; die Anwesenheit all der anderen Menschen nehme ich überhaupt nicht wahr. Ich liebe ihn. Ihn möchte ich berühren. Während sich unsere Augen treffen, füllt sich mein Inneres mit Schauern des Glücks.

(Nach dem Konzert gehe ich hinter die Bühne. Er muß seine Kleidung nicht wechseln, denn sie ist so natürlich und einfach: verknitterte schwarze Hose und weißes Hemd. Während er mit jemand anderem spricht, sieht er mich und sagt: Guten Tag, so eine hingebungsvolle Zuhörerin habe ich mein Lebtag noch nicht gehabt. Sie haben so wunderbar zugehört, daß ich praktisch nur für Sie gespielt habe. Ich strecke die Hand aus und berühre seinen Arm. Ich habe sowieso nur Ihnen zugehört, sage ich. Er faßt meine ausgestreckte Hand und hält sie fest. Ihn zu berühren, ist ebenfalls wunderbar, ich habe mich in ihn verliebt. Morgen fahren wir in ein anderes Land, wollen Sie mitkommen, sagt er, und später leben wir zusammen in meiner Heimat, kommen Sie mit? Ich lege meine Hand auf sein Gesicht, schaue ihn verliebt an und sage, ich komme, ich komme, laß uns in dein Land gehen und dort miteinander leben, du und ich. Ich komme.)

Sie haben so viel Beifall bekommen, daß sie fünfmal wieder auf die Bühne mußten. Während sie das Publikum grüßten, schaute er immer nur zu mir her.

Ich konnte einfach nicht hinter die Bühne gehen. Während ich mich im Gedränge ganz alleine vorwärtsschob, fragte ich mich, ob meine Phantasien wohl Wirklichkeit geworden wären, wenn ich zu ihm hinter die Bühne gegangen wäre. Wer weiß? Bis nach Hause hatte ich ein kindisches, verschämtes Lächeln im Gesicht, und ich litt unter einer unerträglich quälenden Scham beim Gedanken an mein Erlebnis. Ich brachte es nicht fertig, mich zu analysieren, ob irgend etwas in meinem Leben mir fehlte.

13

Letzten Donnerstag und am darauffolgenden Freitag passierten einige für mich sehr wichtige Dinge. Am Donnerstag finde ich auf meinem Schreibtisch die Notiz, Aydın habe angerufen, er würde abends etwas später kommen. Kurz nachdem ich zu Hause mein Abendbrot gegessen habe, kommt Aydın heim. Er ist hungrig und bereitet sich selbst etwas zu essen.

»Was war los, wo warst du?« Ich weiß seit unseren Anfängen, daß Aydın Fragen wie diese überhaupt nicht mag. Im Gegensatz dazu bin ich geradezu scharf darauf, solche Fragen zu stellen.

»Ich habe etwas getrunken, mit jemandem von den Arbeitskollegen.«

»Mit wem?«

Auch die Frage »mit wem?« liebt Aydın überhaupt nicht. Solche Fragen vermitteln ihm das Gefühl, zur Rechenschaft gezogen zu werden.

»Mit Ayla.«

»Welche Ayla? Die Buchhalterin Ayla?«

»Ja, die.«

Aydın schweigt. Ich schweige. Noch jetzt denke ich: Ob sich mir wohl das Herz so zusammengekrampft hätte, wenn er ›mit Osman‹ gesagt hätte? Ob mir Hände und Füße eiskalt geworden wären? Mein innerer Kampf nimmt schreckliche Dimensionen an. Derart ausgeprägt war er noch nie. (Laß doch, frag nicht. Wenn es wichtig ist, redet er von selbst darüber. Er sagt bloß nichts, weil es nicht so wichtig ist.

– Aber ich muß fragen. Ich möchte es wissen.

– Frag nicht, oder wenn, dann laß dir nicht anmerken, daß du gekränkt bist; du verleitest den Mann sonst zur Lüge.

– Gut, nur warum schweigt er? Warum erzählt er nicht, weshalb er mit Ayla einen trinken gegangen ist?

– Wenn er gesagt hätte, er hätte mit Osman einen getrunken, wärest du dann auch so neugierig gewesen?

– Wohl nicht, verflucht, nein doch, bedräng mich doch nicht so.)

Aydın schweigt hartnäckig. Er weiß, wie wahnsinnig gerne ich mehr erfahren möchte, aber er setzt sich einfach hin und ißt sein Essen. Dieser Mann kennt mich, er weiß hundertprozentig, daß ich möchte, daß er redet. Also, weshalb schweigt er dann derart hartnäckig?

(Frag nicht, halt dich zurück, sei doch ein bißchen geduldig, halt, halt nicht fragen.)

»Warum hast du mit Ayla einen getrunken? Was ist denn los?«

»Sie hat, wie sie sagt, eine Affäre mit unserem Freund Kemal. Du weißt ja, daß Kemal verheiratet ist, aber er hat angeblich dem Mädchen erzählt, seine Ehe sei zerrüttet, er wolle sich von seiner Frau trennen. Nun hat das gute Kind aber rausgekriegt, daß die Ehe gar nicht so zerrüttet ist. Sie wollte mit mir reden, weil Kemal ja mein Freund ist. Sie hat mich um Rat gefragt.«

»Gibt es keinen anderen Freund von Kemal, den Ayla um Rat fragen könnte?«

»Wahrscheinlich nicht. In der Firma bin ich Kemals bester Freund.«

»War es denn nötig, um das zu besprechen, in eine Kneipe zu gehen?«

»Ich weiß schon, worauf du hinaus willst. Fang nicht an, Unsinn zu reden. Frage ich dich etwa nur ein einziges Mal, mit wem du wohin gehst, warum du irgendwo hingehst? Bitte fang nicht wieder an.«

»Ich fange überhaupt nicht an. Aber ich gehe mit keinem männlichen Kollegen in eine Kneipe.«

»Wenn du möchtest, könntest du, das weißt du.«

»Freilich könnte ich, wenn ich wollte. Dafür brauchte ich deine Erlaubnis nicht. Aber du weißt genau, daß jeder uns kennt, und daß die Leute sich gerade für solche Sachen wie, wer mit wem, bzw. wer wen betrügt, sehr interessieren. Wäre es nun wohl angenehm, daß man denkt, du würdest mich betrügen?«

»Was die Leute denken, interessiert mich nicht. Hauptsache du weißt, daß ich dich nicht betrogen habe.«

»Ich weiß, und wenn, dann wäre es mir auch egal. Der Mensch muß doch alles tun dürfen, was er möchte, nicht wahr, Liebster. Morgen abend gehe ich ebenfalls mit einem von den Kollegen in eine Kneipe, und ich komme spät zurück.«

Ich renne ins Bad und fange an zu weinen. Diese kalte, verständnislose und lieblose Art entdecke ich an Aydın erst neuerdings. Wenn ich zurückdenke, fallen mir zwar einzelne Vorkommnisse ein, wo er sich in der Vergangenheit ähnlich verhalten hat, aber damals habe ich das nicht wichtig genommen, eigentlich kaum bemerkt. Denn damals war für mich nur wichtig, seine Hand zu berühren, ihm zu gefallen, noch einmal mit ihm zu schlafen, noch einmal einen Orgasmus zu erreichen. Zu der Zeit lagen seine Schuhe nicht in meinem Korridor, seine Rasierseife nicht in meinem Bad und seine Haare nicht in meinem Waschbecken.

Mir wird übel. Unter Tränen erbreche ich alles, was ich gegessen habe.

14

Am Freitag sitze ich an meinem Schreibtisch und gebe mich den finstersten Gedanken hin. Die künstlichen Blumen, die ich in dem Laden an der Ecke gekauft habe, stehen in der Vase vor mir; sie sind wunderschön. Meine Sekretärin sagt: »Warum haben Sie künstliche Blumen gekauft? Wenn es frische gibt, ist es verkehrt, künstliche hinzustellen.« Dabei hatte sie im ersten Moment gesagt: »Was für schöne Blumen, fast wie künstliche.« Das kann ich nun wirklich nicht verstehen. Was für genormte Vorstellungen. Wir sehen echte Blumen und sagen, ach, wie hübsch, gerade wie künstliche, und umgekehrt beim Anblick künstlicher Blumen: herrlich, ganz wie echte! Ich finde: Was schön ist, ist schön. Und diese Blumen sind einfach sehr schön.

Aber es gibt ein viel wichtigeres Problem als künstliche und echte Blumen. Darüber muß ich jetzt nachdenken. Ich bin wahrscheinlich schwanger. Erstens sind meine Tage längst überfällig.

Zweitens ist mir übel, ich muß brechen und möchte dauernd was Saures essen. Ich wähle lässig die Nummer meines Arztes und verlange noch für denselben Tag einen Termin. Am Nachmittag bin ich beim Arzt. Und ja, ich bin schwanger. Aufgeregt drücke ich die Zigarette, die ich mir gerade angezündet habe, im Aschenbecher aus.

Auf dem Weg zu der Kneipe, wo Aydın gestern mit Ayla einen getrunken hat und wo ich mich mit Şebnem treffen will, bin ich wie in Trance. Gedanken, die ich mir selbst nicht eingestehen wollte, vor denen ich ausgewichen bin, machen sich in meinem Gehirn breit, ohne um Erlaubnis zu fragen:

Warum warst du sofort einverstanden, Aydın zu heiraten?

Warum hast du dir keine neue Spirale einsetzen lassen?

Warum hast du vergessen, Aydın zu sagen, daß du die Spirale hast rausnehmen lassen?

Warum hast du auf die Mitteilung des Arztes hin, du seist schwanger, sofort aufgeregt die Zigarette ausgedrückt?

O Gott, das heißt doch wohl: Ich will dieses Kind haben.

III.
Schwanger? Das paßt doch überhaupt nicht zu dir!

Şebnem wartet schon auf mich in jenem versteckten Eckchen in der Kneipe. (Ob wohl Aydın und Ayla auch an diesem Tisch gesessen haben?)

»Was ist denn los mit dir, du bist ja weiß wie die Wand?«

»Şebnem, du bist eine Quasselstrippe, ist dir das klar? Heute wirst du mal überhaupt nichts sagen, dein Erol interessiert mich kein bißchen. Jetzt hörst du mir mal zu! Wenn du wüßtest, was mir passiert ist.«

»Was ist los? Ich bin sicher, etwas ganz Schlimmes kann es nicht sein.« (Was für eine kluge Frau ist sie doch.) Ich erzähle. Zuerst die Katastrophe von gestern abend. Zum Ausgleich müsse ich nun mit einem männlichen Kollegen in diese Kneipe kommen und hier sitzen, sage ich. Voll Verblüffung lächelt Şebnem mir ins Gesicht.

»Das kann ich nicht glauben«, sagt sie. »Diese Gesellschaft, diese Menschen, was haben die aus euch gemacht? Eine wie du kann doch nicht so denken, nein, das ist unglaublich.«

(Ich bin Şebnem nicht böse. Denn sie bewahrt mich davor, bis zur Erschöpfung mit mir selbst zu sprechen. Şebnem hat die Funktion meiner inneren Stimme übernommen. Ich liebe sie.)

»Şebnem, du hast vergessen, wie es hier zugeht. Hier ist eine Klatsch- und Tratschmühle. Der Mensch kriegt Kopfweh, wenn er in dieses Getriebe fällt.«

»Ich kann's nicht glauben«, sagt sie erneut. »Eine wie du. Wie kannst du so reagieren, dich aufregen, daß Aydın mit einem Mädchen etwas trinken gegangen ist, und dir vornehmen, zum Ausgleich mit einem Mann in die Kneipe zu gehen. Was ist aus euch geworden hier?«

»Und, Şebnem, hör mal, was ich dir außerdem noch sage: Ich bin schwanger.«

»Klasse. Das ist toll. Du wirst es doch kriegen, oder?«

»Ich weiß nicht. Eigentlich sollte ich es wohl nicht zur Welt bringen, das weiß ich schon. Aber, und das gestehe ich jetzt bloß dir, ich glaube, ich möchte ein Kind haben.«

An diesem Punkt des Gesprächs zieht eine Wolke über Şebnems Gesicht. Unbestimmt und fast unmerklich, aber ich spüre die Wolke doch, denn ich bin selbst in diesem Moment höchst sensibel.

»Aber du liebst Aydın doch?«

»Ich liebe ihn. Nur, Şebnem, Şebnem, wenn ich dieses Kind will, dann nicht aus den gleichen Gründen wie du. Ich will das Kind nicht als Frucht unserer Gemeinsamkeit, sondern für mich, ganz allein für mich. Denn ich glaube nicht, daß ich mit einem Mann ein Leben lang zusammenbleiben kann. Ein Mann bedeutet eigentlich überhaupt nichts. Einen Augenblick, einen Zeitabschnitt.«

»Hör mir mal zu, wie siehst du denn aus, bist weiß wie die Wand, sogar dein Make-up ist verwischt. Das sind doch für sich genommen überhaupt keine Katastrophen, weder daß Aydın mit einem Mädchen hier gesessen hat, noch daß du schwanger bist und das Kind austragen willst. Vergiß das alles, entspann dich und find deine gute Laute wieder. Hergottimhimmel! Das paßt doch alles überhaupt nicht zu dir, überhaupt nicht.«

Ach, du meine geliebte innere Stimme, meine kleine Şebnem.

2

Nun muß ich Aydın endlich sagen, daß ich ein Baby erwarte. Für diese Erklärung werde ich weder zu Hause den Tisch mit Kerzen und Wein vorbereiten, noch meine schönsten Kleider anziehen und ihn irgendwohin einladen. Ich werde das Gespräch nicht so anfangen, daß ich mich hinsetze, als hätte ich etwas äußerst Wichtiges zu sagen. Auch mein Gesicht soll nicht allzu ernst wirken. Vielleicht sollte ich sogar in der Küche, beim Salatmachen mit ganz natürlicher Stimme: »Aydın, ich bin schwanger«, sagen. Aber nein, diese übertriebene Nüchternheit wirkt ebenfalls künstlich. Denn die natürlichste Sache der Welt ist es nun auch wieder nicht, daß ich ein Kind erwarte.

In der Nacht, als ich mit Şebnem in der Kneipe gewesen war, bin ich erst sehr spät heimgekommen und habe kein Wort mehr mit ihm gesprochen. Als ob er es extra darauf anlegte, fragte er mich überhaupt nichts. Wahrscheinlich wollte er demonstrieren, wie ich es im umgekehrten Fall zu machen hätte, zur Nachahmung empfohlen. Ich habe aber auch nicht gesagt, daß ich mit Şebnem zusammen gewesen war. Wenn er es nicht wissen will, warum soll ich es sagen.

Heute nacht muß die Nacht der Versöhnung sein, denn ich kann niemandem lange böse sein. Einer der deutlichsten Unterschiede zwischen mir und ihm, die ich nach der Hochzeit festgestellt habe, ist der, daß ich nicht lange maulen und verstimmt sein kann, während er, wenn ich den ersten Schritt nicht tue, tagelang mit mürrischem Gesicht herumläuft. Solange wir getrennte Wohnungen hatten und uns nur trafen, wenn wir Sehnsucht nach einander hatten, gab es nie einen Grund, mürrisch zu sein. Wir hätten dafür gar keine Zeit gehabt. Mehr noch, es wäre uns gar nicht in den Sinn gekommen, einander böse zu sein. Oder wenn schon, dann waren das kurze Verstimmungen, die wir gleich bereinigten, denn wir hatten keine Zeit; anders gesagt, unsere Zeit war zu kostbar für so etwas. Jetzt haben wir genügend Zeit, uns gegenseitig anzubrummen. Auf jeden Fall sind wir ja morgen auch noch beisammen und übermorgen ebenso. Und irgendwie werden wir uns eines Tages schon versöhnen.

Die Verschleißerscheinungen fallen nur nicht so auf wie bei einem abgetragenen Kleid.

Aydın zieht sich um und kommt zu mir in die Küche. Er küßt mich auf die Wange. Donnerschlag, sonst kam doch der erste Schritt immer von mir. Aber irgendwie kann ich beim Salatmachen nicht so einfach sagen, daß ich ein Baby erwarte. (Aydın, in acht Monaten werden wir ein Kind haben.) Ich kann es nicht aussprechen. Dem so geliebten Mann, meinem besten Freund, kann ich nicht sagen, daß wir beide ein Kind erwarten.

Aydın wird in Kürze Vater sein. Das weiß er nicht.

Daß ich jedoch Mutter sein werde, weiß ich sehr wohl.

Wir setzen uns zum Essen hin. Nach jedem Bissen nehme ich mir vor, es nun zu sagen. Aber es geht einfach nicht. (Aydın, wir werden ein Baby haben.) Er erzählt angeregt von seiner Arbeit. Wir beginnen den Tisch abzuräumen. Ich will mit zwei Tellern, der Salatschüssel obendrauf und dazu einem Glas zwischen die Finger geklemmt aus dem Zimmer gehen, da drehe ich mich in der Tür plötzlich um. Er ist gerade hinter mir mit dem anderen Glas, der Wasserkaraffe und dem Salzfaß. Wir stehen uns gegenüber.

»He, Aydın, ich muß dir was sagen, da fällst du um!« Ich fange an zu lachen. »Du fällst um, wenn du das hörst«, wiederhole ich unter Lachen. Auch er fängt zu lachen an. »Paß auf, du läßt noch die Teller fallen«, sagt er und versucht mir zu helfen.

Als wir in die Küche kommen, drängt er mich: »Los, sag's!« Sein Gesicht ist so ruhig, so ahnungslos. Er ist überhaupt nicht darauf vorbereitet, daß er ein Kind haben wird. Ich gehe wieder ins Zimmer rüber und setze mich auf das Sofa. Er kommt mit dem gleichen ahnungslosen Gesicht hinterher und setzt sich hin. Ich nehme seine Hand und lege sie auf meinen Bauch. »Und hier drin, Geliebter, liegt unser Kind«, sage ich, wobei ich meiner Stimme eine scherzhafte Nuance gebe. Aydın lacht, sagt: »O je!« und zieht seine Hand weg.

»Aydın wirklich, ich mache keinen Spaß. In diesem Alter wäre so ein Spaß unpassend, glaub mir, ich bin schwanger.«

»Im Ernst?« fragt er.

»In allem Ernst«, sage ich und lache überhaupt nicht mehr. Er ist kein bißchen beeindruckt, regt sich überhaupt nicht auf.

Er fragt nur: »Was wirst du jetzt machen?«

(Zu sagen: Was werden *wir* jetzt machen? kommt ihm wohl überhaupt nicht in den Sinn. Aber eigentlich hat er die Frage wohl schon ganz richtig formuliert, denn ihm bleibt gar nichts zu tun.)

Ich möchte am liebsten weglaufen. Mit dieser ständigen Übelkeit im Bauch, meinem müde sich hinschleppenden Körper, mit den Widersprüchen und Black-outs in meinem Kopf und – nicht zuletzt doch wohl – dem fingergroßen Baby, das in mir wächst, möchte ich irgendwo hin, sehr weit weg. Das sage ich aber nicht. Ich verfluche mich dafür, daß ich so schnell beleidigt bin, und in

Gedanken daran, was ich bei meiner ersten Schwangerschaft falsch gemacht habe, antworte ich lächelnd: »Ich will es kriegen.«

Aydın reicht mir die Hand. »Im Ernst, willst du es kriegen? Übrigens, hattest du nicht eine Spirale?«

»Nein, ich hab sie rausnehmen lassen.«

»Ja, um Himmelswillen, warum denn das? Du bist doch eigentlich keine Frau, die ein Kind haben will?«

»Ich habe sie eben rausnehmen lassen, Aydın. Sie war zwei Jahre drin, und weil das schädlich ist, mußte sie raus. Vielleicht bedeutet das, daß ich unterschwellig das Kind wollte.«

(Gott sei dank sagt Aydın jetzt nicht: Warum hast du mich nicht gefragt, ob ich das auch wollte. Gott sei dank sagt er *das* nicht.)

»Wir hatten uns doch das Leben so schön eingerichtet, alles lief prima. Hat dir etwa was gefehlt? Warum hast du dir ein Kind gewünscht? So jung sind wir nun auch wieder nicht. Hast du dir die Schwierigkeiten vorgestellt, die nach der Geburt auftreten können?«

Ich antworte: »Ich habe mir nichts vorgestellt und will mir auch nichts vorstellen, aber dieses Kind möchte ich unbedingt kriegen.«

»Für dich ist offenbar gar nicht so wichtig, was ich denke, ich kann sagen, was ich will, du hast wohl deine Entscheidung schon getroffen, nicht wahr?« fragt er.

»So ist es«, sage ich.

Aydın legt seine Hand auf meinen Bauch, küßt mich auf die Lippen und sagt: »Herzlich willkommen, Baby.«

Doch ich merke, daß er dieses Kind überhaupt nicht haben will.

3

Immer wieder betrachte ich meinen Körper im Spiegel. Nicht im Traum wäre mir eingefallen, daß es mir einmal so viel Spaß machen würde, eine schwangere Frau zu sein. Meine Brüste haben sich auffallend vergrößert, sind härter, gespannter geworden. Ich ziehe mich aus, stehe nackt vor dem Spiegel, schaue mich an und bin von mir selbst begeistert. Noch sieht man von der Schwangerschaft nicht das geringste. Es kommt mir vor, als sei ich schöner geworden. Wie wunderbar sind meine Brüste, ich streichele sie; meine Hand gleitet zu meinem Bauch hinunter, mein Bauch ist wie früher, ganz klein, aber vielleicht doch schon etwas gespannt, oder? Ja, etwas gespannt, als wollte sich da ein Bäuchlein wölben. Aber wunderschön. (Eigentlich gucke ich ja immer deswegen nach, weil ich wissen will, ob ich häßlicher geworden bin. Ich untersuche mich, ob ich einen dicken, rissigen Hängebauch kriege.)

In den letzten Tagen umarmt mich Aydın dauernd. Seine Hände sind ständig auf mir. So wie ich mich selbst streichele, so streichelt auch er mich. Er spürt, wie ich gespannt, fest werde. Und er streichelt meinen Körper so, wie ich ihn selber streichele. Er ist hingerissen von mir und sagt: »Ich habe noch nie eine so schöne Schwangere gesehen.« Als hätte er mich neu entdeckt, feiern wir Sexorgien wie in unseren ersten Tagen.

Die große Vertrautheit mit meinem Körper und das starke Interesse Aydıns an mir verändern mein Selbstgefühl. Mir ist, als wäre ich irgendwo oben auf den Spitzen der Berge, als flöge ich. Wenn er mich liebt, kommt es mir vor, als sei ich nicht ich, sondern eine ganz andere. Ich bin hingerissen davon, daß er so große Lust durch mich empfängt, daß er mich derart begehrt. Ich möchte ihm noch mehr Lust, noch mehr Genuß verschaffen. Beim Lieben bewirke ich Wunder. Ich bin von mir selbst begeistert.

4

Ständig habe ich Harndrang. In der Firma habe ich noch niemandem von meinem Zustand erzählt. Vermutlich werden alle von den Socken sein. Das Komischste ist (jetzt ist es inzwischen komisch), daß jener junge Mann immer noch anruft. Ich habe keine Lust mehr, wie früher ein bißchen mit ihm am Telefon zu plaudern. Eines Tages werde ich ihm sagen, Kleiner, ich bin eine schwangere Frau, wer bist denn du, was willst du von mir. Aber ich möchte ihn keineswegs verletzen, denn ich spüre, es ist ein anständiger Mensch.

Und ich bin immerzu am Einschlafen. Neulich habe ich meinen Kopf auf die Schreibmaschine sinken lassen, und um ein Haar war ich weg. Weshalb ich so oft Wasser lassen muß, weiß ich zwar, aber weshalb ich so müde bin, weiß ich nicht, das muß ich bei der nächsten monatlichen Kontrolluntersuchung den Doktor mal fragen. Mir tut auch das Kreuz weh. Mein Arzt hat zwar gesagt, daß der Rücken so früh nicht anfangen dürfte wehzutun, aber er tut halt weh. Ich habe ja schon immer Rückenschmerzen gehabt. Genau drei Kilo habe ich zugenommen.

Bei der letzten Begegnung mit meinem Körper habe ich Neues entdeckt. Meine Brustwarzen sind größer geworden, ihre dunklen Höfe haben sich verbreitert, die Brüste selbst sind noch etwas gewachsen. Es will mir auch scheinen, als wären meine Hüften breiter, aber ich kann meine Hosen noch genauso anziehen und die Reißverschlüsse leicht schließen, bloß bei den engen Jeans natürlich nicht. So wie ich in Augenblicken des Glücks die Linien in meinem Gesicht zärtlich betrachte, so liebe ich jetzt meinen Körper. Noch nie habe ich derart in Einklang mit mir gelebt.

Das kommt von der Entschlossenheit, sage ich mir. Am Unglücklichsein ist meistens Unentschlossenheit schuld. Ich bin jetzt so entschlossen, daß es einfach keinen Grund mehr gibt, unglücklich zu sein. Was auch kommen mag, ich weiß, was ich will. Ich bin glücklich, ich liebe mich selbst.

5

Früher habe ich wenigstens noch schlecht und recht in die Küche gehen können. Inzwischen ist Kochen zum Alptraum geworden, zu einem Angsttraum. Zum einen fühle ich mich sowieso sehr müde und schwach, zum anderen kann ich die Essensgerüche nicht ertragen. Gottseidank kocht Halide *hanım*, unsere Zugehfrau, aber mir wird es oft sogar zuviel, das Essen auch nur anzuwärmen. Überdies ist die Kocherei von Halide *hanım* ebenfalls zum Problem geworden. Früher kam sie zwei Tage in der Woche, aber da wir öfter eingeladen waren, haben wir so viel Essen wegschütten müssen, daß wir ihr Kommen schließlich auf einen Tag reduziert haben. Auch jetzt bereitet sie viele verschiedene Speisen in einer solchen Menge vor, daß wir sie nicht schaffen. Zudem macht es wenig Spaß, tagelang an denselben Sachen zu essen. Öffne ich den Kühlschrank, stehen da drei verschiedene Gerichte mit Olivenöl. Ich bringe alle drei auf den Tisch, und wir nehmen von allem. Ich denke mit Sehnsucht an die Tage zurück, als kein gekochtes Essen im Haus war und wir uns Brot geröstet haben wie beim Frühstück. Das Essen steht mir bis zum Hals. Wie undankbar ist der Mensch doch, wie schwer zufriedenzustellen.

Mein Bauch wird immer dicker. Ich habe das erste Umstandskleid meines Lebens gekauft, aus Jeansstoff, ein süßes Hängekleid. Da kann ich alles drunter anziehen und es sowohl im Sommer als auch im Winter tragen. Dann bin ich noch mal losgegangen und habe mir eine Hose gekauft mit riesigem Vorderteil, das sich je nach Bauchgröße mit Knöpfen verstellen läßt.

In der Firma habe ich die Kollegen von meinem Zustand unterrichtet. Sie reagierten schockiert, und wie. Ich habe aufgepaßt, niemand hat gesagt, du bist bald vierzig, wie kannst du in dem Alter noch ein Kind kriegen. Es weiß auch niemand, wie alt ich eigentlich bin. Sie sind deshalb so erstaunt, weil ich mich bisher nie fürs Kinderkriegen interessiert und Kinderlosigkeit sogar verteidigt habe; weil ich mich gegen den Begriff der heiligen Mutterschaft gewendet habe und nie ein Kind hatte zur Welt bringen wollen. Ich sage ihnen, daß ich noch immer finde, daß eine Frau nicht unbedingt ein Kind kriegen müßte, auch nicht, um aus der Ehe eine Familie zu machen. Wenn ich ein Kind als unverzichtbar notwendig für die Frau und den Bestand einer Ehe angesehen hätte, dann hätte ich schon früher eins machen können, erkläre ich ihnen. Trotzdem sind sie noch immer sehr geschockt und sagen, sie könnten sich mich im Traum nicht als besorgte Mutter vorstellen. (Im Grunde fällt mir diese Vorstellung selbst schwer. Wahrscheinlich möchte ich einfach ein Spielzeug für mich haben. War vielleicht mein Leben doch zu monoton?)

Eine meiner Kolleginnen sagt, sie könnte sich weder vorstellen, daß ich mich um ein Kind kümmern, noch daß sie mich bald mit dickem Bauch rumlaufen sehen würde.«Du hast hier alle Frauen schwer enttäuscht«, sagt sie.

Ich weiß, ich habe alle Frauen schwer enttäuscht.

6

Im Theater habe ich meinen Ex-Mann Gürkan gesehen. Neben ihm seine neue Frau. Hat er nun etwas zugenommen, ist er breiter geworden? Wahrscheinlich ein leichter Ansatz von Bäuchlein. Seine Haltung hat sich auch seltsam verändert, wirkt übertrieben, unangenehm. Ebenso sind die Falten, die sich in seinem Gesicht herausbilden, eigenartig. Nach dem ersten Akt beobachte ich ihn in der Menge. In mir regt sich nichts, weder Freude noch Aufregung, noch Herzklopfen.

Aydın neben mir spricht mit jemand anderem. Ich schaue ununterbrochen zu Gürkan hin und strenge mich an, ein Gefühl zu produzieren; es entsteht nicht. Wie komisch. Dabei habe ich diesen Mann einmal wahnsinnig geliebt. Wie traurig war ich, wenn er zur Arbeit ging, habe sogar geweint, weil wir uns trennen mußten und bis zum Abend nicht sehen konnten, und abends bin ich ihm entgegengegangen und habe auf sein Kommen gewartet. Wie verrückt war ich danach, ihn zu berühren. Und später ist mir fast schlecht geworden vor Abneigung, wenn er mich berührte.

Also nichts, rein gar nichts bleibt so wertvoll und wichtig wie im Moment des Erlebens. Selbst die größten Gefühle sind nur in dem Moment selbst wichtig. Alles kann vergehen und sich vollkommen verändern. Nichts ist im Grunde wichtig. Nichts ist eigentlich ganz wirklich.

Plötzlich drehe ich mich um und schaue Aydın an.

7

Noch erstaunter als Aydın und meine Arbeitskollegen war mein Chef. Er wollte es einfach nicht glauben, er fand keine Worte und fing plötzlich an zu stottern. »Wie denn, was denn, Sie erwarten ein Kind, wie ist denn das möglich?« (Das ist schon möglich, so wie Sie drei Kinder haben. Diese Fähigkeit, die Ihre Frau besitzt, habe ich nämlich auch.)

»So erstaunlich ist das nun auch wieder nicht. Früher habe ich zwar keines gewollt, aber jetzt dafür um so mehr.«

»Aber Sie hatten sich doch nie für so etwas interessiert?«

(Der Kerl sagt ständig dasselbe, der macht mich noch verrückt.)

»Ich sag doch, das war früher. Ich verstehe gar nicht, weshalb Sie so erstaunt sind.«

»Um ehrlich zu sein, weil ich Sie als eine wichtige Führungskraft betrachte, verblüfft es mich, Sie schwanger zu sehen.«

»Ja, männliche Führungskräfte werden nicht schwanger, aber sie werden Vater, das verblüfft Sie sicher nicht, nehme ich an.«

»Ich wußte, daß Sie dies sagen würden. Aber Letztere nehmen eben auch keinen Mutterschaftsurlaub, sie kriegen für die Geburt nicht frei.«

»Ja, sie werden bloß Vater, und zwar völlig umsonst. Mir scheint, es gibt auf der Welt keinen Titel, den man leichter und mit mehr Spaß erwerben kann. Überhaupt, wieso bin ich bloß hergekommen, um Ihnen diese Nachricht zu bringen? Was geht es Sie denn an?«

Beim Rausgehen mache ich die Tür rasch zu, daß es knallt. Seit einiger Zeit ist meine Sympathie für ihn immer geringer geworden. (Weil er keinerlei Anstalten macht, mein Gehalt zu erhöhen. Und seit ich weiß, daß einer der Männer mehr als ich verdient.) Jetzt mag ich ihn überhaupt nicht mehr.

8

»So eine schöne Schwangere wie dich haben wir noch nie gesehen«, sagen sie zu mir. Ich tue aber auch etwas für meine Schönheit. (Sind meine Lippen etwa dick heute?) Zweimal die Woche gehe ich zum Friseur, ständig schaue ich in den Spiegel, um mein Make-up zu kontrollieren und aufzufrischen. Ich habe mindestens so viele Umstandskleider wie normale Kleidung. Ich trage sehr schicke, hübsche Sachen. (Bloß meine Füße sind so geschwollen, daß man meine schönen Füßchen nicht wiedererkennt. Ich mag gar nicht hinschauen. Sie scheinen aus meinen flachen Schuhen geradezu herauszuquellen, wie häßlich, wie ekelhaft.)

Mein Arzt sagt, daß meine Kreuzschmerzen und das Anschwellen der Füße etwas Normales seien. Ich möchte mal eine Laboruntersuchung machen lassen. Er hält das für unnötig. Wie gleichgültig dieser Arzt doch ist.

Die Bücher, die ich zum Thema Schwangerschaft gelesen habe, kann ich langsam auswendig. Jetzt lese ich Bücher über Kinder. Was für Probleme es doch gibt, die ich nicht kannte! Was für mögliche Komplikationen, an die ich nicht mal denken möchte.

An meiner Hüfte sind weiße Streifen entstanden, und mir ist klar, daß diese nun nie wieder verschwinden werden. Ich schaue wieder in den Spiegel. Doch über meinem ziemlich dick gewordenen Bauch sind die riesigen Brüste. Ich mag gar nicht hingukken. Ich ziehe meinen Hausmantel an und beginne zu lesen, und wie immer schlafe ich mit dem Buch in der Hand ein.

9

Es ist, als zerrissen mich die Wehen. Zwischen meinen Beinen brennt es wie Feuer. Als müßte mein Bauch platzen, so krümme ich mich vor Schmerz. Ich kreische: Halt, halt Schluß mit dieser Qual! Als müßte mir die Gebärmutter reißen. Die Vagina brennt. Ich drücke die Hände auf den Leib, werfe mich hin und her. Ich will sterben, der Schmerz ist unerträglich.

Der Arzt mit weißem Mundschutz und weißer Mütze schaut mich wütend an. Du bist nicht die einzige, die diesen Schmerz bisher zu ertragen hatte, sei ein bißchen tapfer, tapfer sein, da kommt es ja schon. Ich kann es nicht aushalten, ich will nicht mehr, ich will nicht mehr, brülle ich. Im ganzen Krankenhaus hallt es wider. Meine Schreie kommen als Echo zurück.

Ich will nicht mehr, ich will nicht mehr. Der Arzt drückt mir die Beine auseinander; in dem Moment ist es, als flösse mein gesamtes Inneres nach außen, etwas Dickflüssiges strömt aus mir heraus, ich hebe den Kopf und sehe, es ist dickes Blut, das sich in breitem Strom aus mir ergießt. Das Blut fließt über die Füße des Arztes hinweg ins Zimmer hinein, verteilt sich, alles ist rot. Der Arzt steckt seinen Kopf zwischen meine Beine, da, da kommt es, sagt er. Ich stoße Schreie aus: Ich will nicht mehr, schickt es zurück, schickt es zurück! Ach du lieber Gott, sagt der Arzt, ach du lieber Gott, während er das Baby herauszieht. Das Baby ist voller Blut. Seine langen schwarzen Haare hängen runter. Gebt es mir! Der Arzt schmeißt es mir in den Arm, nimm! Das Kind schaut mich an, lacht und zeigt dabei seine Zähne. Ich halte es mit beiden Händen fest, damit es nicht fällt, und schreie: Es ist behindert, seht doch, behindert. Der Arzt lacht mich aus. Mit Haaren und Zähnen heißt nicht, daß es behindert ist, sagt er.

Schreiend und in Schweiß gebadet wache ich auf. Aydın schaut mich mit bleichem Gesicht an. »Sollen wir einen Doktor rufen«, fragt er. Schluchzend renne ich ins Bad und erbreche mich. Ich kann ihm nichts erzählen. Aydın klappt das Buch zu, das bei dem Kapitel »Gründe für angeborene Behinderungen von Kindern« aufgeschlagen lag. Er zieht sich aus, löscht das Licht und legt sich neben mich. Ich liege auf dem Rücken mit weit geöffneten Augen und schaue in die Dunkelheit. Und denke nach.

Mein Baby, vielleicht wirst du mit Haaren geboren werden, vielleicht mit Zähnen. Aber wie auch immer, ich weiß schon jetzt, daß ich dich sehr lieben werde. Mein Baby, ich wünsche mir, daß du mir ähnlich siehst, daß du wie ich sein sollst. Und Babylein, wenn du es möchtest, lasse ich dich Ballerina oder Schauspielerin werden. Ich werde dich auch nicht hindern, zu den Pfadfindern zu gehen. Oder vielleicht wirst du Klavier spielen mit langen blonden Haaren im weißen Kleid. Niemand soll dir etwas zuleide tun, mein Kind, ich werde immer um dich sein. Wenn du aber gehen willst, werde ich dich nicht hindern. Auf den besten Schulen sollst du lernen, den schönsten Beruf ergreifen. Und ich werde dich nicht verlassen, mein schönes Mädchen. Ich werde immer für dich da sein. Du wirst die größte Freiheit haben, mein Kind, ich werde dir ersparen, was ich gelitten habe, du wirst von mir kein böses Wort hören, ich werde dir nie wehtun. Kleines, ich werde dich behüten, aber das wirst du nicht merken, sondern dich frei fühlen. Ich werde dich frei lassen.

Ich umarme Aydın. Er hat Angst, mich zu berühren. Aber vorsichtig berührt er mich doch (wie kann jemand mit so einem Körper Liebe machen wollen?), er streichelt mich und zieht mich langsam auf sich (gut, daß das Licht aus ist). Vielleicht macht er das, weil er denkt, ich hätte es gerne so. Macht er mit mir Liebe, weil er denkt, ich will es? Als ob das Baby zwischen uns wäre. Als ob wir zu dritt Liebe machten. Irgendwie kann ich mich Aydın nicht hingeben, es kommt mir vor, als hätte ich mein Baby damit gekränkt. Ich muß immer an es denken. Auch Aydın spürt das.

»Wenn es dir schwerfällt, lassen wir's.«

»Mich stört es nicht, aber das Baby vielleicht.«

»Das ist noch klein, das merkt nichts, da mach dir mal keine Sorgen«, sagt er.

Ich glaube, das Baby merkt etwas, es bewegt sich. Aydın hat keine Ahnung davon, daß wir zu dritt Liebe gemacht haben.

Aydın hat auch von anderen Dingen keine Ahnung. Er erlebt sie nicht. Während ich mich erbreche, bricht er nicht, während ich ständig einnicke, schläft er nicht, während ich abends jetzt nicht mehr auf Einladungen gehen will, hat er Lust dazu, während mir das Kreuz wehtut, schmerzt seines nicht, während meine Füße häßlich sind, schwellen seine nicht an, und in seinem Bauch turnt kein Baby rum. Aydın weiß nicht, was das Baby mag und nicht mag, wann es sich bewegt, wann es schläft, wann es Hunger hat und wann es sich langweilt.

Ich weiß das alles.

10

Schon seit geraumer Zeit kommt Aydın abends immer spät heim. Entweder arbeitet er lange, oder er ist bei seiner Mutter. Auch bei mir nimmt das Arbeitstempo nicht ab. Mein Chef verhält sich nach jenem Gespräch mir gegenüber, als wäre ich gar nicht schwanger. Er macht keinerlei Andeutungen und fragt auch nichts. Ich dagegen möchte mich im Grunde gerne mit ihm streiten. Er selbst ist Vater einer Herde von Kindern geworden, was seiner Karriere nie hinderlich war. Was irritiert ihn also an meiner Mutterschaft? Er meint, daß mein Muttersein meine Arbeit beeinträchtigt, und es tut ihm leid, daß die Investition in mich verloren ist. Als ob er eine Garantie darauf hätte, daß ich mein Leben nur für ihn und neben ihm aufbrauchen würde, wenn ich kein Kind hätte.

Er weiß, daß der Vater meines Kindes sich niemals frei nehmen wird, um nach dem Kind zu schauen, daß der Vater meines Kindes nicht die Nächte für das Baby durchwachen wird, daß er wegen des Kindes keine Geschäftsreise aufgeben wird, auf keinen Fall von der Arbeit wegbleiben wird. Selbst wenn er sich abends Akten mit nach Hause nimmt, wird er sich durch das Weinen des Babys nicht stören lassen. Er wird sich nicht damit abgeben, das Baby zur Ruhe zu bringen. Denn Babys sind Sache der Mütter.

Wenn Aydın nicht zu Hause ist, rufe ich ihn weder in der Arbeit, noch bei seiner Mutter an. Ich kann Frauen nicht leiden, die ihren Mann ständig in der Firma anrufen, und ich weiß, daß man am Arbeitsplatz von langen Privatgesprächen gestört wird. Aber dieses Mal langweile ich mich zu Hause schrecklich; wenn ich auf meine Füße schaue, möchte ich heulen. Wegen der Umwälzungen in meinem Leben habe ich anscheinend schon lange nicht über Aydın und unsere Beziehung nachgedacht. Manchmal will ich ja drüber nachdenken, aber dann verdränge ich es bewußt, weil ich schon weiß, daß beim Nachdenken einige unschöne Tatsachen rauskommen werden. Das Baby und die Arbeit hindern mich daran, zu realisieren, daß die Beziehung zu Aydın längst nicht mehr ist wie früher, daß sie zu einer monotonen Angelegenheit geworden ist, die im Alltagstrott versackt.

Ich erfahre, daß Aydın schon aus der Firma weg ist, also rufe ich seine Mutter an, aber dort ist er auch nicht. Es ist ja noch nicht mal zehn Uhr; er wird auf einer Besprechung sein. Normalerweise hätte er Bescheid gesagt zu dieser Zeit, aber wahrscheinlich ist er noch irgendwo vorbeigegangen. Noch ist es zu früh, sich Gedanken zu machen. Es wird zehn, es wird elf. Soll ich etwa seine Kollegen anrufen? Ich mache mir Sorgen. Sollte ich etwa Krankenhäuser, Polizeistationen anrufen? Ach was, es ist schon nichts passiert, eine schlechte Nachricht bekommt man sofort. Aber wenn doch? Es ist zwölf. Ich wandere mal zum Telefon, mal zum Fenster; sogar eine Zigarette zünde ich mir an, ohne an das Baby zu denken.

Ich setze mich hin, stehe wieder auf, gehe zum Fenster, nehme den Telefonhörer hoch und lasse die Hand wieder sinken. Ich esse etwas. Ich werde wütend, sorge mich, nehme ein Buch zur Hand und lese drei Seiten, dabei fasse ich gar nichts auf.

Die Zeit schleicht dahin. Ich rede mit mir selbst, befehle mir, Ruhe zu bewahren, du wirst sehen, in ein paar Minuten wird er heil und gesund zur Türe reinspazieren, du regst dich umsonst auf, sage ich mir. Aber es hilft alles nichts. Wenn ein gewisser Punkt überschritten ist, hast du dich nicht mehr in der Gewalt.

Um zwanzig nach eins klingelt Aydın an der Tür. »Ich habe Licht gesehen, du schläfst noch nicht?« sagt er und knipst mich scherzhaft in die Wange. Auch ich versuche zu lächeln und gebe mir sehr Mühe, so zu tun, als wäre nichts passiert. Aber das klappt nicht. Außerdem ist ja nicht nichts passiert. Er ist, ohne Nachricht zu geben, spät gekommen, ich habe mir Sorgen gemacht, mich gegrämt. Er zieht die Schuhe aus und läßt sie mitten im Flur liegen, zieht das Jackett und das Hemd aus und hängt sie auf den Garderobenständer, sogar die Krawatte. Er schaut mich überhaupt nicht an und sagt kein Wort.

Ich kriege eine Wut auf mich selbst, weil ich mir stundenlang wie ein Idiot die größten Sorgen gemacht habe. Und während ich darüber nachdenke, schwappt mein Ärger immer höher. Als er schließlich die Hose aufhängt, ziehe ich ihn heftig an der Hand und frage: »Wo warst du?«

Mit einer Stimme, die zeigt, daß er sich über mein heftiges Ziehen geärgert hat, sagt er: »Ich war im Büro.«

Alle Muskeln in meinem Gesicht verspannen sich, und ich bin werweißwie häßlich, als ich sage: »Da habe ich aber angerufen, und du warst nicht da.«

»Oho, alle Achtung, jetzt fangen die Kontrollen an.«

»Aydın, wie redest du denn mit mir, ich hab mir Sorgen gemacht, wo hast du denn gesteckt.«

»Du siehst gar nicht aus wie eine Frau, die sich Sorgen gemacht hat. Macht man sich so Sorgen?«

»Wie soll eine Frau denn aussehen, wenn sie sich Sorgen macht? Gibt's dafür Vorschriften? Ich hab mir eben Sorgen gemacht. Aber als ich dich, als wäre nichts gewesen, heil und gesund vor mir sah...«

»Wenn ich verwundet gewesen wäre, hättest du dich wahrscheinlich gefreut. Deine Sorgen waren umsonst, nicht wahr? Du hast dich umsonst gegrämt. Schade, die gnädige Frau sollte sich doch nicht betrüben müssen.«

»Aydın, bist du blau? Wie redest du denn bloß? Wo warst du?«

»Das ist ja ein richtiges Verhör. Ich war im Büro, später sind die Herren in der Besprechung hungrig geworden, sie wollten was essen gehen, ich habe dich nicht anrufen können.«

»Das hättest du wohl können. Was soll das heißen, mich nicht anrufen können. Wer waren diese Herren?«

»Neue Kunden, Leute, die ich erst neu kennengelernt habe. Wir sind ganz schnell vom Konferenztisch aufgestanden und losgefahren. Ich konnte nicht sagen, daß ich noch telefonieren müßte.«

Fluchend gehe ich zu Bett, weine leise, leise vor mich hin. Er legt sich neben mich, aber er berührt mich nicht, sagt kein Wort. Ich denke, warum weine ich denn heimlich und ziehe ein paarmal geräuschvoll die Nase hoch. Vielleicht hört er es ja und interessiert sich doch dafür, warum ich weine, sage ich mir, aber er kümmert sich nicht darum. Etwas später wird sein Atem tief und regelmäßig, und er schläft ein. Wir schlafen wie zwei Fremde nebeneinander. Nicht zu glauben. Dieses Gespräch mit Aydın und dieses Zubettgehen, nicht zu glauben.

Am Morgen gehe ich mit geschwollenen Augen und scheußlichem Gesicht zur Arbeit. Mustafa *bey* sagt: »Sie sehen müde aus. Aber abends werden Sie jetzt doch wohl kaum viel ausgehen, oder?«

»Doch, doch, ich gehe schon aus«, sage ich. Er habe gestern abend Aydın gesehen, wie er sich mit Kollegen aus seiner Firma amüsiert habe, und angenommen, es sei mir vielleicht so mies gegangen, daß ich nicht teilnehmen konnte. »Wer war denn alles dabei?« frage ich, wobei ich in Kauf nehme, mich zu erniedrigen.

Aha, also Ayla, Ayşe und Konsorten, Ercan *bey* und so weiter, Hasim *bey*. »Hat er Sie gesehen?« frage ich.

»Selbstverständlich, wir haben sogar miteinander gesprochen.«

Am Abend, als ich Aydın zur Rede stelle, sagt er lachend: »Ach ja, das war später, als die anderen gegangen und wir unter uns waren.« Ich erinnere mich an ein Gespräch aus unserer ersten Zeit. Die Worte habe ich mir gemerkt: »Wenn du erwischt wirst, mußt du bis zuletzt leugnen. Selbst wenn du im Bett erwischt wirst, mußt du sagen, wer ist denn diese Frau hier, die kenne ich nicht.« Und dazu hatte er ganz unverschämt gegrinst.

Diese Männer sind doch alle gleich. Soll ich das nun sehr klug nennen oder sehr dumm, sehr unzuverlässig oder im Grunde sehr berechenbar? Was von allem sind sie denn eigentlich?

11

Es geschieht etwas Wunderbares, das mich all das Unangenehme, das ich durchgemacht habe, vergessen läßt. In dem Preisausschreiben der ›Zeitung‹ hat der von mir eingeschickte Artikel – über ein schwieriges Thema – den ersten Preis gewonnen. Ich hatte schon gar nicht mehr daran gedacht. Aydın hatte eigentlich auch etwas einschicken wollen, aber keine Zeit zum Schreiben gefunden. Ich habe abends zu Hause geschrieben, habe am Wochenende geschrieben, habe, während Aydın sich auf dem Boot eines Freundes aalte, geschrieben; als alle Frauen am Meer in der Sonne, beim Vergnügen waren, habe ich zu Hause geschwitzt und geschrieben.

Von nichts kommt nichts, man muß Opfer bringen. Aber diese Opfer sollen für dich sein, so daß du selbst den Nutzen davon hast. Möglicherweise opfern sich manche für fremde Leute völlig auf und kommen doch nicht weiter; das ist ihnen so anerzogen worden, insbesondere den Frauen, nein, nicht insbesondere: *nur* den Frauen. Du sollst hingebungsvoll sein, dem Mann Vergnügen bereiten, dich seinetwegen abmühen, immer hinter ihm bleiben, denn hinter jedem erfolgreichen Mann steht eine Frau. Na, und wer steht etwa hinter jeder erfolglosen Frau?

Ich habe an den heißen Sommertagen zu Hause gesessen und gearbeitet, aber das habe ich für mich selbst getan, denn dadurch bin ich in meinem Beruf wieder ein Stückchen weitergekommen. Jetzt bin ich noch stärker, jetzt kann ich die Einsamkeit etwas besser ertragen, jetzt habe ich einen weiteren Schritt in die Unabhängigkeit getan. Glück und Freiheit erreichst du nämlich nicht dadurch, daß du dich im Strom des Lebens treiben läßt und herumjammerst.

Die Preisverleihung, die Gratulationsfeiern, Essen, Fernsehauftritte, Zeitungsinterviews. Bei den Einladungen sind alle um mich herum, während Aydın in der Ecke bleibt; er hält Abstand. Als er mir gratuliert, wirkt er nicht sehr begeistert. Wir haben den gleichen Beruf, aber ich bin die wichtigere Persönlichkeit. Wenn ich mit ihm rede, fühle ich das Bedürfnis, mich selbst ständig zurückzustellen und seine Qualitäten hervorzuheben. Ich denke, wie sehr ich mich gefreut hätte, wenn er diesen Preis gewonnen hätte, wie überschwenglich ich ihm gratuliert, ihn gefeiert hätte, wie stolz ich auf ihn gewesen wäre.

Um sie glücklich zu machen, mußt du immer einen Schritt hinter ihnen bleiben; sie sind es, die reich, erfolgreich, berühmt werden. Wenn ihr zusammen irgendwo hingeht, soll die Aufmerksamkeit ihnen zuteil werden. Frauen können höchstens durch ihre Schönheit oder ihre Kleidung Aufmerksamkeit erregen. Aber dies auch nur von ferne. Um die Frauen herum sind unsichtbare Fäden gezogen, die auf keinen Fall überschritten werden dürfen. Meine Frau ist schön, aber es ist meine Frau. Hej! Halt! Bleib weg, keinen Schritt weiter, sie gehört mir. Dir steht es nicht zu, sie schön zu nennen, sie zu berühren, ihr Anteilnahme zu zeigen, sie gehört mir. Wenn ich mich auch kaum noch um sie kümmere, egal, ich hab sie nun mal genommen, sie gehört mir schließlich. Weiß sie etwa nicht, daß ich sie liebe? Doch, sie weiß es. Na, dann muß ich sie ja nicht ständig anfassen, ihr nicht ständig sagen, daß sie schön ist.

Als wir von der Party wieder zu Hause sind, hätte ich mir so gewünscht, daß Aydın mich begeistert umarmt und mir gratuliert hätte. Aber das tut er nicht, er sagt bloß in einem Ton, als wollte er sich über mich lustig machen: »Na, da hast du ja ganz schön aufgedreht. Aber immerhin läuft bei dir der Laden.«

Das kann doch nicht mein Aydın sein! Er kann doch nicht einer von den Männern sein, die sich nach der Hochzeit so verändern, besitzergreifend, eifersüchtig werden. Ich bin riesig enttäuscht. Was gäbe ich darum, daß Aydın den Preis gewonnen hätte. Das würde gar nichts machen, ich könnte wieder arbeiten und noch einen gewinnen. Außerdem wäre ich richtig glücklich gewesen, wenn er gewonnen hätte.

Jetzt habe ich den Preis und bin unglücklich.

12

Verliebte sind wirklich blind, und zwar ganz unabhängig vom Alter. Eigenschaften, die man bei anderen als Fehler ansieht, werden bei dem geliebten Menschen positiv gedeutet. Sogar Aydıns mürrische, distanzierte Art hat mir seinerzeit sehr gefallen. Ich sagte mir, er wirkt mürrisch, weil er besonnen ist, und distanziert, weil er nicht schmeichelt. Ich habe nicht mal richtig mitgekriegt, daß Aydın mich nur selten umarmte, küßte, mit mir Hand in Hand ging, Komplimente machte. Wir haben uns so selten getroffen, daß es mir schon genügte, ihn bloß zu sehen. Selbst wenn wir miteinander schliefen, habe ich nicht erlebt, daß er viel küßte und streichelte. Aydın wartet, bis die Frau zum Höhepunkt kommt; er weiß, was er tun muß, damit die Frau einen Höhepunkt erlebt, aber Aydın tut sonst nichts für die Frau. Hat er mich vielleicht nicht aus Liebe geheiratet, sondern um verheiratet zu sein? Und dabei bin ich doch nicht gerade die Frau, die man heiratet, um verheiratet zu sein!

Eines Abends entsteht aus unserem Gespräch ein fürchterlicher Streit. Er entbrennt an der Behauptung, daß die Männer schwangerer Frauen gerne fremd gingen. Natürlich habe ich das behauptet. Die Beispiele habe ich entweder selbst erlebt bei den Männern, die sich an mich rangemacht haben, oder im Bekanntenkreis beobachtet. Sobald Frauen schwanger werden, scheinen sie nicht mehr mit ihren Männern zu schlafen, so daß diese wie die Märzkater herumschleichen.

Aydın ahnt, daß ich ihn verdächtigen will und reagiert überaus empfindlich. »Jetzt reicht's mir mit deiner Eifersucht«, sagt er. »Alles siehst du einseitig, interpretierst alles zu deinen Gunsten. Du vertraust niemandem, nicht einmal dir selbst. Zwar willst du ganz frei sein, aber dafür alle anderen beherrschen«, schreit er laut. Früher habe ich zwar auch mit Aydın gestritten, aber nie in diesem Ton. Natürlich, denn jetzt gehören wir einander, jeder ist der Besitzer des anderen, also können wir alles machen, wir können uns gegenseitig verletzen, denn wir gehen doch morgen wieder zusammen ins Bett, nicht wahr?

Auf diesen Riesenkrach folgt auch noch eine sexuelle Katastrophe. Im Bett schmiege ich mich an ihn, küsse ihn, er umarmt mich, fängt an, mich zu lieben. Aber irgend etwas stimmt nicht, Aydın ist schweißgebadet. Sein Körper spielt nicht mit, nichts regt sich bei ihm. Aydın hört mittendrin auf, Liebe zu machen; er kann mit mir keinen Sex machen. Da kriege ich einen Rappel, springe weinend aus dem Bett. »Du liebst mich nicht mehr, du willst mich nicht mehr. Es gibt eine andere in deinem Leben, stimmt's?« sage ich und ziehe mich an. Ich werde weggehen, aus diesem Haus weggehen. Wie soll ich diese Beleidigung bloß ertragen. Auch Aydın springt wie wild aus dem Bett und schreit: »Halt, wo willst du hin? Red' keinen Blödsinn.«

Als hätte ich das bis heute nie gehört und wüßte nicht, daß Männer ab und zu von so einem Zustand betroffen werden. Aber nun erlebe ich es zum ersten Mal selbst – und gebe mir die Schuld. Ich beschuldige meinen Körper. »Es hat nichts mit dir zu tun. Ich bin nicht ans Streiten gewöhnt; ich bin gedanklich übermüdet, so was kann vorkommen«, sagt er.

Ich weiß, daß es vorkommen kann, aber bei uns sollte es eben nicht so sein. Wenn mir das schon mit Aydın passiert, wie ist es dann bei anderen Paaren? Ich versuche einzuschlafen. Vergiß nicht, du hast auch Gürkan und Mehmed sehr geliebt. Die letzte Liebe sieht immer wie die größte aus, so ist es aber nicht, alle sind schön, alle groß. Die Liebe zu Aydın wird auch zu Ende gehen, sie verbraucht sich, man gibt sich keine Mühe, auch die Liebe hat ihre Regeln, man müßte etwas für sie tun, sie ziselieren. Wenn du sie nicht hegst und pflegst, wird sie nicht groß.

Aydın wirkt, als machte er sich nichts aus dem, was an jenem Abend geschehen ist, aber er ist nicht der Typ, der so etwas vergessen könnte. Die Angst, daß es wieder passiert, hat sich bei ihm eingeschlichen. Und wenn es nun öfter passierte, wenn er gar nicht mehr könnte? Er ist ja überdies in den Vierzigern. Obwohl er versucht, es mich nicht merken zu lassen, weiß ich doch sehr gut, daß seit jenem Tag etwas Unangenehmes, Gezwungenes dabei ist, wenn wir miteinander schlafen. Aydıns Penis wacht nur mühsam auf, und wer weiß, was er leidet, bis er die Erektion zustandebringt. Ich weiß nicht, was ich machen soll, ob ich mich mehr mit ihm und seinem Penis beschäftigen, oder ob ich tun soll, als sei nichts.

Selbst der kultivierteste Mann hat den Verstand im Penis. Wenn dessen Funktion ausfällt, bricht die Welt zusammen. Anscheinend wissen sie noch immer nicht, daß es für die Frauen am wichtigsten ist, geliebt zu werden, feurig und verlangend geliebt, stürmisch umarmt und geküßt. Damit die Frau zur Befriedigung kommt, ist der Penis nicht unbedingt notwendig, manchmal sogar hinderlich. Er ist nicht das Symbol von Stärke; es reicht nicht, mit ihm so tief wie möglich einzudringen, möglichst schnelle, lange Bewegungen auszuführen.

Jedoch selbst Aydın macht sich etwas daraus, er ist arg bedrückt, offenbar ist unser Sexleben in eine Sackgasse geraten. Den Grund dafür errate ich nicht. Fühlt sich dieses kleine Organ vielleicht gegenüber der starken, berühmten Frau unzulänglich? Muß diesem kleinen Organ eine schwache, scheue, zarte, alltägliche Frau gegenübertreten, damit es zustoßen, eindringen, Besitz ergreifen, nehmen kann?

13

Wir sind bei einem Betriebsessen von Aydıns Firma. Neben mir sitzt Aydın, auf der anderen Seite sein Chef. Neben Aydın sitzt Ayla, neben Ayla Kemal, neben Kemal seine Frau. Ich bin am Platzen von dem stundenlangen Sitzen, die Schuhe mit den kleinen Absätzen an meinen Füßen drücken, ich überlege, ob ich sie unter dem Tisch ausziehen soll, aber weil ich sie nachher vielleicht nicht wieder ankriege, lasse ich es lieber. Ich wende mich vorsichtig an Aydın und sage: »Könnten wir nicht gehen, ich habe Blähungen und fühle mich nicht wohl.«

»Gedulde dich noch ein bißchen, du weißt, dieses Essen ist sehr wichtig«, sagt er und führt sein Gespräch mit Ayla weiter.

»Aydın, ich kann's nicht aushalten, ich fühle mich wirklich nicht wohl, los, laß uns gehen.«

Er guckt mich wütend an und sagt: »Noch fünf Minuten.« In dem Augenblick beginnt sein Chef, mir etwas zu erzählen. Ich verfluche innerlich meinen Arzt, der weder gegen meine geschwollenen Füße noch gegen meine Blähungen etwas unternommen hat. Wie will er mir dann Geburtshilfe leisten, so ein teilnahmsloser Kerl. Einen Arzt mit allen erwünschten Eigenschaften zu finden, ist wahrhaftig ein großes Problem. Ich kriege einen Haß auf den Chef und die armseligen Kollegen von Aydın, diesen Kemal, diese Ayla und alle. Was soll ich denn hier? Ich mache jetzt alles das mit, was ich eigentlich nie wollte, nie gutgeheißen habe. Dabei sollte unsere Ehe doch anders sein. Waren wir nicht, jeder für sich, eine Einzelpersönlichkeit, und hatten wir eigentlich nie etwas bloß dem anderen zuliebe, ohne ein eigenes Interesse an der Sache, tun wollen? Wir hatten einander doch nicht überreden wollen, dies und jenes zu tun, weil uns klar gewesen war, daß diese ganz gewöhnlichen Opfer, wenn sie sich ständig ansammeln, zu einer Streßbelastung für den Menschen werden.

Was habe ich hier zu suchen? Das ist Aydıns Essen, betrifft seine Arbeit. Warum nur hat er darauf bestanden, daß ich mitkomme, und warum bin ich auch noch mitgekommen? Weshalb lassen wir einander nicht so leben, wie jeder will? Ich schiebe meinen Stuhl vorsichtig zurück, nehme meine Tasche und verlasse fluchtartig das Restaurant. Ich fahre mit dem Taxi heim. Wieder beginnen die Selbstbeschuldigungen, daß ich den guten Mann bei einem Firmenessen gestört habe; was hätte es schon ausgemacht, wenn ich die Zähne zusammengebissen und noch ein bißchen ausgehalten hätte. Ich habe mich geärgert, daß er sich mit Ayla unterhalten hat, dabei ist Ayla seine Arbeitskollegin. Habe ich nicht auch Arbeitskollegen, mit denen ich eng befreundet bin? Du bist eine böse Frau, eine wirklich böse Frau.

(Ja, ist dieses Baby aber nicht unser beider Kind? Ist mir nicht deswegen unwohl? Ich ertrage alle Belastungen der Schwangerschaft allein; er denkt nicht mal daran, meinetwegen ein Essen zu unterbrechen. Mit welchem Recht wird ihm später dieses Kind gehören? Mit welchem Recht wird er die Entscheidungsgewalt darüber haben? Er weiß gar nicht, was ich aushalten muß und versagt mir dazu noch jegliches Entgegenkommen.)

So langsam komme ich zu der tiefen Überzeugung, daß die Väter keinerlei Rechte an ihren Kindern haben. Wie denn auch! Und was für Väter ich kenne. Manche stellen Vermutungen an, ob sie von einem bestimmten Mädchen ein Kind haben oder nicht, und dabei wollen sie sich ausschütten vor Lachen. Andere reden von ihren Kindern, die irgendwo im Ausland geboren wurden, etwa so: »Wer weiß, wie alt er oder sie jetzt wohl ist, was es wohl für ein Kind ist?« Wieder andere, deren Frauen bei der Scheidung die Kinder bekommen haben, wollen nie mehr von ihnen hören oder besuchen sie nur auf Drängen der Frau mit Ach und Krach alle sechs Monate. Manche versuchen, so wenig wie möglich Unterhalt für die Kinder zu zahlen, obwohl sie vermögend sind. Manche sprechen mit den Müttern überhaupt nicht über die Kinder und tun so, als ob sie von deren Schwierigkeiten keine Ahnung hätten, um sich die gute Laune nicht verderben zu lassen.

Ist das nun Vaterschaft?

Nach genau anderthalb Stunden kommt Aydın heim und sagt: »Du bist doch selbst berufstätig. Das war für mich nun beruflich ein wichtiger Abend. Wie konntest du einfach weggehen, noch dazu, ohne Bescheid zu sagen? Du hast mich blamiert.«

»Du meinst, es war ein Gesprächsabend mit Ayla. Das war dir wohl das Wichtige?«

»Fang nicht mit Eifersüchteleien an. Was hat das ganze mit Ayla zu tun?«

»Deine Ayla soll mich gerne haben. Muß ich auf die eifersüchtig sein? Noch in meinem Zustand bin ich schöner als das blöde Weibsbild. Du armseliges, auf Ruhm versessenes Geschöpf, denk mal darüber nach, wie du das fertigbringst«, sage ich.

»Was soll ich denn gemacht haben, sag, was habe ich getan? Du kreist einzig um dich selbst. Als wärest du die erste Frau auf dem Erdenrund, die schwanger geworden ist. Was wäre schon dabei gewesen, wenn du noch fünf Minuten sitzengeblieben wärst? Ist Schwangerschaft etwa eine Krankheit? Alle werden schwanger, aber deine Schwangerschaft ist natürlich sehr wichtig, denn du bist nicht wie alle.«

Aydın kotzt seinen Haß geradezu aus. Seine Augen sprühen Feuer. Wie ist es soweit gekommen, wie bloß? Unglaublich. Wie hat sich diese Beziehung abgenutzt, mehr noch, wie ist sie zerbrochen? Was haben wir getan? Bei wem, wo liegt der Fehler?

In dem Moment wird mir deutlich klar, daß Aydın und Ayla ein Verhältnis haben. Eine Frau hegt meist nicht ganz ohne Anlaß Mißtrauen. Frauen sind so sensibel in diesem Punkt, daß sie an einem Blick, einer Bemerkung, einer kleinen Handbewegung sofort merken, daß zwischen zwei Menschen etwas Spezielles ist. Aber zum Kuckuck, Aydın mit diesem Mädchen, wie geht denn das? Ich bin schöner, gescheiter, erfolgreicher, amüsanter, attraktiver. (Das bedeutet alles nichts. Er kennt mich zu lange, ich kann ihn durch das alles nicht mehr fesseln.)

Jetzt liebe ich Aydın überhaupt nicht mehr. Weil ich eine eigenständige Frau bin, die sich immer darauf vorbereitet hat, stark und glücklich zu sein, darf ich nicht bleiben, muß ich gehen. Ich erkenne, wenn ich mit Aydın unter diesen Umständen noch eine Zeitlang zusammenbleibe, werden wir uns schließlich im Haß trennen. Ist es das wert?

Ja, Aydın, ich bin nicht wie alle, und das wirst du in Kürze merken. Unter den gegebenen Umständen hättest du mich nicht so behandeln dürfen. Das war Unrecht.

14

Ich beauftrage meine Sekretärin, mir im nächstmöglichen Flugzeug nach Paris einen Platz reservieren zu lassen. Dann rufe ich Bircan an; sie freut sich sehr und sagt, sie erwarte mich. Ich bitte sie, mir einen Arzt zu suchen und gleich einen Termin auszumachen. Mein Baby und ich, wir fahren, wir beide. Nur wir beide. Wir beide lieben einander, wir genügen einander.

Wenn du nichts unternimmst, dich nicht rührst, ihm nicht

dauernd nachläufst, tut es von sich aus nichts, um dich zu finden. Es, es, es, dieses verflixte Glück.

Im Flugzeug verwünsche ich alle und alles: Zum Teufel mit meiner Firma und meinem Chef, zum Teufel mit Aydın, mit meiner Wohnung, meinem Geld. (Nein, nein, halt, Geld brauchst du; Geld ist nicht für Brillanten und Pelze nötig, aber für deine Unabhängigkeit.) Was gibt es Wichtigeres als mich selbst in dieser Welt. Wir sind einsam, ganz einsam. Einsam in der Krankheit, einsam im Schmerz, einsam beim Weinen, einsam mit dem Baby in uns, einsam in unserem Mißtrauen, in unserer Eifersucht, im Betrogenwerden. Die Menschen sind wie Raubvögel. Selbst wenn uns jemand unterstützt, müssen wir uns noch fragen, ob derjenige das für sich selbst tut, um zu zeigen, wie hochherzig er ist. Wir sind einsam, wenn wir Erfolg haben und einsam, wenn wir Mißerfolg haben. Deswegen: Was gibt es Wichtigeres als mich selbst auf der Welt? Wer ist mir näher als ich mir selbst? Wer wird mir aufrichtiger helfen? Nur von mir brauche ich nichts Schlimmes zu erwarten. Also liebe ich mich, vertraue auf mich.

Aydın war baß erstaunt über meinen Aufbruch. Aber er brachte es auch nicht fertig zu sagen: bleib. Was ist das für ein Stolz, was für ein kaltes Benehmen. Zwei Tage nach jenem Streit bin ich gefahren, wir hatten inzwischen nicht miteinander gesprochen. Daß ich fahren würde, habe ich erst zuletzt gesagt. Was für ein Blödsinn! oder etwas ähnliches hat er gemurmelt, nicht mehr. Er amüsiert sich ja auch, läßt sich's wohl sein, und weshalb sollte sich der gute Mann die Laune verderben lassen von einem Ereignis, das ihn weder von nahem noch von ferne berührt. Ob nun meine Füße geschwollen sind, ob ich Blähungen habe, ob mir übel ist, die Sorge, das Baby könnte behindert sein oder mir könnte bei der Geburt etwas passieren. Ich bin doch nicht die erste auf dem Erdenrund, die schwanger ist. Und da machst du dem armen Mann mit deinem ständigen Gemeckere das Leben schwer.

Ach, wie schön: Am Tage der Geburt wird er vor der Tür Zigarette über Zigarette rauchen, weil er ganz schrecklich aufgeregt ist. Und dann wird er mit einer Blume zu der Mutter, die mit bleichem Gesicht und einem Haarband im Bett liegt, hintreten und ihr ein Küßchen auf die Wange plazieren. Dann wird er nach dem Baby fragen, und sie werden es bringen; er wird aufgeregt und flüchtig einen Blick darauf werfen und sagen: ach, was für ein kleines Ding. Wenn es ein Mädchen ist, wird er nicht zeigen, daß er enttäuscht ist. Wenn sie sagen, es ähnelt der Mutter, wird er die Enttäuschung sogar zeigen. Man wird es ihm in den Arm legen, er wird es nicht halten können und sagen: das ist aber schwierig, daran bin ich nicht gewöhnt, nehmt es wieder weg. Dann wird er aus dem Krankenhaus wegstreben, und am Abend wird er selbstverständlich mit ein paar Leuten zum Saufen gehen und sich als neugebackenen Vater feiern lassen.

Wenn das Kind dann nach Hause gekommen ist, wird er ab und zu mal nachts aufstehen – natürlich nur, wenn es ein guter Mann ist –, es jedoch nicht schaffen, das Baby zu beruhigen, so daß diese Arbeit auch wieder der Mutter überlassen bleibt. Sobald das Baby etwas größer ist, wird der Vater schimpfen, wenn das Kind nicht still ist. (Das ist immer noch der Typ ›guter Vater‹; es gibt auch solche, die sich durch die Geburt nicht in der Arbeit stören lassen und nicht mal ins Krankenhaus gehen.) Die Frau wird nun mit der Krone auf dem Haupt ihre lebenslängliche Pflicht der heiligen Mutterschaft auf sich nehmen. Wohingegen der Mann wie von ungefähr und völlig kostenlos zu seinem Vatertitel kommt, den er ein Leben lang behalten darf.

Während ich meinen Arbeitsplatz aufräumte, kam ein netter Anruf des jungen Mannes. Wie gerne ich diese Stimme am Telefon mochte, so verhalten, fast erstickt, eine kindliche Stimme voller Liebe. »Weil Sie es so wünschten, habe ich Sie lange Zeit nicht angerufen. Ich wollte Sie nicht verärgern. Ich habe gehört, daß Sie gehen, ich sehe, daß sie unglücklich sind. Ich liebe Sie, immer, ich mag Sie unheimlich, mehr als das Wort Liebe ausdrückt.«

Dieses Mal wurde ich nicht ärgerlich. »Es tut mir leid, daß ich dich nicht kenne, aber vielleicht ist es besser so, manchmal geht etwas verloren, sobald man sich kennt«, sagte ich.

»Glauben Sie mir, bei mir wäre es nicht so gewesen. Ich liebe Sie wirklich aus tiefstem Herzen«, sagte er. Wenn er wüßte, daß ich anriefe, würde er mir seine Telefonnummer geben. Wenn er nur ein wenig hoffen könnte, daß ich ihm schriebe, würde er mir seine Adresse geben. Aber er wisse wohl, auch ich sei ein Teil dieser Gesellschaft und könne mich über gewisse Regeln nicht hinwegsetzen und mich trotz allem nicht verhalten, wie ich wollte und meinem Herzen nicht folgen.

»Aber ich fahre ja weg«, sagte ich.

Ja, das sei auch schon etwas, und zwar etwas ganz Wichtiges.

Er sei sich aber trotzdem sicher, daß ich gerne mit ihm gesprochen hätte. Aber ich täte es wohl deswegen nicht, weil es einen anderen in meinem Leben gäbe. Er würde also auf mich warten.

Ich durchbreche die von ihm erwähnten Regeln und sage, was ich wirklich empfinde: »Auch ich liebe dich sehr, denk mal. Obwohl ich dich überhaupt nicht kenne, weiß ich, daß du ein Mensch bist, der der Liebe wert ist. Manchmal habe ich dich verletzt, aber das hat mir hinterher sehr leid getan. Manchmal habe ich gehofft, du würdest anrufen. Du bist mir irgendwie vertraut, und ich bin mir sicher, wir könnten sehr gut befreundet sein. Und ich glaube auch, daß es eines Tages soweit kommen wird.«

»Ich werde dich nie vergessen«, sagt er. »Paß gut auf dich auf. Und sei nicht traurig.«

15

Nachzudenken ist für mich die beste Art, meine Flugangst zu überwinden. Ich denke an Şebnem und unser letztes Gespräch. Voller Sorge, sie könnte mich als sehr verwöhntes Kind verurteilen, als eine, die vom Leben zu viel erwartet, hatte ich mich mit ihr getroffen. Sie bestätigte mich aber in allem. In diesem Land ergäben sich ja vor allem die Frauen in ihr Schicksal, es käme ihnen nicht im entferntesten in den Sinn, für irgend etwas zu kämpfen. »Du bist die einzige, die versucht, sich aus unbefriedigenden Lebensumständen zu befreien, die etwas Besseres, das Vorzügliche sucht«, sagte sie. »Ich finde keinen Ausdruck für die allgemein verbreitete Haltung der Frauen«, sagte sie immer wieder. »Sie sind so ›einverstanden‹ alle, ja einverstanden. Dafür gibt's keine andere Bezeichnung.«

Wir haben lange, lange über die Bedeutung des Fremdgehens gesprochen. Selbst wenn Frauen ein anderer Mann auch nur gefiele, hätten sie das Gefühl der Schuld. Der moralische Druck auf sie sei so stark, daß sie schon Gewissensbisse hätten, wenn sie einen anderen Mann auch nur nett fänden und gerne anschauten. Erst recht, wenn Frauen mit einem fremden Mann eine Beziehung eingingen und für den Augenblick sehr glücklich seien, wenn sie für das zu Hause nicht Erlebte, für vieles bis dahin Versäumte durch diese intensive Affäre entschädigt würden, säßen ihnen doch die Schuldgefühle im Genick.

In langandauernden Beziehungen ist es unmöglich, nicht irgendwann auch mal einen anderen Menschen zu mögen. Es wäre wohl sogar entgegen der Natur und ihrer Gesetze. Wenn du mit dem einen zusammen bist, warum sollst du den anderen eigentlich nicht mögen? Die Augen, das Gehirn, der Verstand sagen dir das. Allerdings herrscht bei den Spielregeln innerhalb der Ehe eine Doppelmoral, die absurd und ungerecht ist. Weshalb sollen die Frauen in ihre vier Wände eingesperrt sein, während die Männer unbegrenzt in der Außenwelt frei herumspazieren? Weshalb werden die Frauen durch die Sittengesetze für die kleinste Abweichung schuldig gesprochen, während die Männer dafür gelobt werden? Weshalb ist für das eine Geschlecht alles frei, für das andere dagegen alles verboten?

»Möglicherweise ist mein Vergleich ein bißchen banal, aber ich sehe Parallelen zwischen dem Essen und der Mann-Frau-Beziehung«, sagte Şebnem. »Man sagt doch immer: Iß nur jeden Tag dein Lieblingsgericht, und langsam widersteht es dir, und wenn dann eine Speise kommt, die du früher gar nicht mochtest, wirst du sie begeistert essen. Bei langandauernden Beziehungen ist es nämlich ganz genauso. Es widersteht dir alles, du kannst den Wert nicht mehr schätzen, suchst einen anderen Geschmack. Du liebst ihn/sie zwar immer noch, aber sobald du einen anderen/eine andere siehst, möchtest du ihn/sie haben.«

Ich wiederum sage zu ihr: »Şebnem, hast du mal darauf geachtet: Wenn ein Mensch lange allein war, gefällt ihm schneller etwas, er ist weniger wählerisch. Jemand, der dir nicht gefallen hätte, solange du einen Partner hattest, den magst du möglicherweise, wenn du alleine bist. Es ist wie in Zeiten der Diät, wo du

das erstbeste Nahrungsmittel, das dir unterkommt, mit Heißhunger verschlingst.«

»Ja, genau. Und deshalb mußt du, wenn du alleine bist, aufpassen, um nicht die falschen Schritte zu tun«, antwortete sie.

Wir passieren die niemals lächelnden, aber dennoch sehr höf-
lichen, gutaussehenden französischen Polizisten. Bircan umarmt
mich, wir steigen in ihr kleines Auto und fahren durch die Straßen von Paris, bis wir vor einem großen Apartementblock außerhalb der Stadt anhalten. Sie zeigt auf den Eingang der Metro,
nicht weit vom Haus, und sagt: »Vergiß nicht, du solltest die
Metro nicht spät nachts benutzen, das könnte gefährlich werden,
besonders weil man in unserer Metro durch lange Gänge laufen
muß, da mußt du aufpassen.«

Muß man jetzt hier schon Angst haben wie in Amerika? Geht
es mit den Überfällen jetzt auch hier im Herzen der Zivilisation
los?

»Wenn du wüßtest! Neulich haben sie in einem Zug eine Frau
vergewaltigt, niemand hat auch nur einen Piep gesagt. Es wurden
Zeugen gesucht, kein Mensch hat sich gemeldet. Der Vergewalti-
ger soll ein Araber gewesen sein.«

Ganz sicher war es einer von denen, die alle Stadtfrauen für
Huren halten. Man hat sie ja so erzogen, daß sie Frauen mit kurzen Ärmeln und kurzem Rock als Dirnen ansehen. Wenn eine
unverheiratete Frau eine Beziehung hat, dann muß sie – von seiner Logik her – auch für ihn da sein. In seinem Dorf hat er nicht
mal die Gesichter der Frauen gesehen, und eine Frau, die ihre
Haare zeigte, galt als verdorben. Da muß er doch hier in der
Bahn, wo die Frauen mit nackten Armen und Beinen vor allen
Leuten sich mit den Männern lachend und scherzend unterhalten, einen Schock kriegen – wer von uns hat sich das eigentlich
mal richtig überlegt? Wer von uns ist schon auf die Idee gekommen, nicht diese Männer zu beschuldigen, sondern das System,
das ihnen gewaltsam derartige Überzeugungen einprägt? Wer
hat sich schon allen Ernstes einmal gegen unsere Politiker, unser
Fernsehen, unsere Presse gewehrt, wenn sie sich bemühen, unsere Gesellschaftsordnung noch rückschrittlicher als bisher zu
gestalten? Wer hat den Mut gefunden, wenn auch vereinzelt, ih-

nen entgegenzutreten und sie zu bekämpfen? Wer von uns allen hat es geschafft, geradlinig seine Gedanken und sein Leben in Übereinstimmung zu bringen? Selbst wer in Abweichung von den gesellschaftlichen Regeln lebt, wie es ihm paßt, hat der nicht auch so getan, als sähe er diejenigen nicht, die diese Normen wie die Ritter verteidigen? Haben wir uns nicht vor dem hohen Ansehen dieser Leute verbeugt?

Bircan ist über mein Aussehen erstaunt. Sie findet mich gar nicht dick und außerdem sehr schön. Dabei komme ich mir selbst wie ein Elefant und unglaublich häßlich vor. »Es ist bestimmt ein Junge, denn ein Mädchen hätte der Mutter die Schönheit geraubt, heißt es doch«, sagt sie.

Bircan lebt mit Mann und Tochter in einem Vorort von Paris in einem der großen Apartementhochhäuser im achten Stock. Jetzt wo ich da bin, richtet sie der Tochter das Bett im Wohnzimmer. Bircans Mann ist drei Jahre jünger als sie, aber er wirkt älter mit seinen ergrauten Haaren und den tiefen Falten im Gesicht. Er ist ein ruhiger, feiner, weicher Mann, der Bircan im Haus ständig zur Hand geht. Auf den ersten Blick wirken sie wie ein harmonisches Paar, aber wenn man etwas länger mit ihnen zusammen ist, spürt man eine unsichtbare Trauer zwischen den beiden, und selbst das kleine Mädchen scheint davon betroffen.

An dem Tag, als ich mich entschließe, sobald wie möglich in eine billige Pension umzuziehen, fleht mich Bircan regelrecht an, noch etwas zu bleiben. »Ich weiß, daß du meinst, du störst uns, aber in Wirklichkeit hast du uns Fröhlichkeit ins Haus gebracht; glaub mir, trotz der Probleme in deinem Leben bist du für uns ein Sonnenstrahl. Dein Selbstvertrauen strahlt auch auf andere aus, weißt du? Du bist einmalig in deiner Natürlichkeit, Toleranz, Herzlichkeit, Aufrichtigkeit. Auch Sinan ist über deine Anwesenheit glücklich. Falls es dir nichts ausmacht, bleib noch ein bißchen.«

»Bircan, zunächst einmal mußt du dir selbst vertrauen. Anders gesagt, du mußt etwas dafür tun, dir selbst vertrauen zu können. Es muß nämlich Gründe geben, daß du dich selbst liebst und für wert achtest. Dann werden auch die anderen dir vertrauen und dich lieben.«

Darauf antwortet Bircan, die an einem Ort wie Paris lebt und in einem großen Verlag eine erfolgreiche Grafikerin ist: »Ich habe im Grunde alles Selbstvertrauen verloren.«

BIRCAN UND SINAN

Während Sinan sich auf der Kunstakademie bemühte, ein guter Maler zu werden, lernte er Bircan kennen, die ihm um zwei Studienjahre voraus war und Grafikerin werden wollte. Als Studentin war Bircan bei allen bekannt wegen ihrer ausgeflippten Kleidung und ihrer netten Art, die sie mit jedem Freundschaft schließen ließ. Sinan dagegen war ein introvertierter junger Mann, der sich anderen nicht leicht anschloß und ein recht »klassisches« Aussehen hatte.

Beim Jahresfest der Akademie wird Bircan zur Studentin mit der interessantesten Kleidung gewählt, während Sinans Bilder in einer Gemeinschaftsausstellung hängen und ein Galerist sich dafür interessiert und ihn fragt, ob er nicht an eine Einzelausstellung dächte. Zufällig geschieht beides am selben Tag, und ohne voneinander zu wissen, sitzen Bircan und Sinan abends auf zwei nebeneinanderstehenden Bänken am Meeresufer nahe der Akademie. Beide sind müde, beide sind glücklich. Bircan beißt voller Heißhunger in ihr Wurstbrötchen. Da weht plötzlich ein Glückswind und trägt das mit Senf und Ketchup beschmierte Brotpapier davon, um es genau auf Sinans weißes Hemd zu plazieren. Als Sinan versucht, das Papier mit der Hand wegzuscheuchen, schmiert er sich das Hemd erst recht mit Senf und Ketchup ein.

Bircan erschrickt, sie steht auf und entschuldigt sich ein über das andere Mal bei Sinan. Als sie in sein bedripstes Gesicht schaut, möchte sie sich ausschütten vor Lachen und sagt: »Überlaß mir das Hemd. Ich werde es mit jenem berühmten Waschmittel waschen, dann ist es in zehn Minuten wieder wie neu.«

Auch Sinan fängt an zu lachen, es wäre eigentlich alles kein Problem, wenn nicht in einer Stunde die Party anfinge. Während Bircan die Reste auf dem Hemd mit einem Papiertaschentuch abzuwischen versucht, sagt sie: »Laß uns zusammen zu der Party gehen, dann brauchst du dich wenigstens vor den anderen Mädchen nicht zu schämen.« Sie gehen zusammen hin, Sinan vergißt sein beflecktes Hemd, und tatsächlich ist es nicht mehr nötig, sich vor anderen Mädchen zu schämen.

Von dem Tag an sind sie irrsinnig ineinander verliebt und essen ständig zu Hause Wurtbrötchen. Als sie heiraten, hat Bircan die Ausbildung beendet und arbeitet, während Sinan noch studiert. Das Geld, das sie verdient, reicht gerade für die Miete ihrer winzigkleinen Wohnung. Bircan finanziert zwei Jahre lang das Studium von Sinan, und als er schließlich fertig ist, gewinnt er ein Stipendium in Frankreich. Sie denken lange über diese aufregende Wendung ihres Lebens nach. Bisher hatten sie in größter Not gelebt, schlimmer konnte es nicht kommen, deshalb entscheiden sie sich, ihr Glück zu versuchen. Sie verkaufen ihr bißchen Habe und gehen zusammen nach Frankreich. Bircan findet eine gute Arbeit, und auch Sinan arbeitet wie verrückt. Als sie sechs Monate in Frankreich sind, merkt Bircan, daß sie schwanger ist. Sie sind so glücklich – ihre materielle Lage hat sich ebenfalls gebessert –, also beschließen sie, das Kind zu bekommen. Das kleine Mädchen ist sehr hübsch und genau wie die Mutter immer lustig und guter Dinge; es macht sie unendlich glücklich.

Doch als das kleine Mädchen sechs Jahre alt wird, fällt es bei seinem fröhlichen Gerenne hin und schlägt sich den Kopf auf. Sie bringen es eilig ins Krankenhaus, und damit beginnt, ohne daß sie es ahnen, eine Wendung ihres bisherigen Lebensablaufs. Eine junge Krankenschwester bemüht sich sehr um Mutter, Vater und das kleine Mädchen, sie spricht dieselbe Sprache wie die Patientin und ihre Eltern. Ja, es sei nicht so leicht, sie sei auch schon sieben Jahre hier und ganz allein. Die Augen des Vaters und der jungen Schwester begegnen sich ein paarmal. Blicke lassen sich nicht kontrollieren, so sehr man sich auch bemüht, man kann sie nicht beherrschen. Im Grunde signalisieren Blicke Gefahr, aber selbst das war unseren beiden nicht bewußt. Die Mutter des Kindes war sowieso mit Weinen beschäftigt und der Angst, daß ihr Mädchen eine Gehirnblutung haben könnte. Auch der Vater war betrübt, auch er war aufgeregt, aber irgendwie konnte er seine Augen nicht im Zaum halten.

Zwei Tage später mußte der Verband gewechselt werden, und der Vater brachte seine Tochter hin. Es war nur natürlich, daß er die Krankenschwester suchte und fand, die seine Sprache sprach.

Während die junge Frau dem Mädchen den Kopfverband erneuerte, guckte sie ständig scheu wie ein Reh den jungen Mann an und offenbarte ihm, wie alleine sie doch sei. Der Vater meinte: »Besuchen Sie uns doch mal, in aller Freundschaft«, aber beide wußten, dafür war es bereits zu spät, und die junge Frau würde niemals zu ihnen in die Wohnung kommen.

Der Vater rief am nächsten Tag die Schwester an, die sich sehr freute. Sie trafen sich, und das Mädchen erzählte, wie sie vor ihrer Familie hierher zu entfernten Verwandten geflohen sei. Ihr Vater sei Trinker und hätte im Rausch immer Sohn, Tochter und Frau verprügelt. Die Tochter hätte immer zu den beiden anderen gesagt, sie sollten gemeinsam fliehen, sich erretten aus den Händen dieses Mannes, sie seien doch stark zu dritt und sich selbst genug. Es ist Schicksal, hätte die Mutter ständig gesagt und bloß geweint. Schicksal halt, da kann man nichts machen.

Eines nachts sei das junge Mädchen voll Schrecken aufgewacht und hätte auf seinem Körper eine klebrige, feuchte Hand gefühlt, sie hätte Alkoholdunst gerochen, und der Vater hätte sie gestreichelt. Aus Angst hätte sie keinen Laut von sich gegeben, jedoch als sie sich im Bett umgedreht hätte, sei der Vater abgezogen. Als diese Dinge sich wiederholten, hätte das Mädchen der Mutter einen Brief hinterlassen, Geld für den Reisebus zusammengekratzt beziehungsweise sich geliehen und sei hier in die Fremde geflohen. Ihre Augen sind voll Tränen, und ihre Stimme zittert, als sie Sinan das erzählt und ständig wiederholt: »Da mußte ich gehen, da mußte ich unbedingt fliehen, solange es noch nicht zu spät war. Ich konnte mich doch nicht diesem Ungeheuer ausliefern.«

Und von jenem Tag an begann zwischen Sinan und der Krankenschwester mit dem naiven Blick eine Liebesgeschichte. Jedesmal nach der Arbeit trafen sie sich, wobei Bircan von allem noch nichts wußte, denn Sinan liebte Bircan auch. Er wollte sie selbstverständlich nicht verlieren, denn mit ihrem Töchterchen bildeten sie ja eine glückliche Familie. Aber trotzdem mußte Sinan daneben doch noch eine Liebesaffäre haben.

Die Krankenschwester mit dem naiven Blick wird ein Jahr später schwanger. Sinan tut das aufrichtig leid, er möchte, daß sie abtreiben läßt, aber das Mädchen schaut ihn zum Erbarmen unschuldsvoll an und meint: »Um alles in der Welt, mein Liebster, ich bin doch so alleine, und ich liebe dich doch auch so. Schau, ich habe ja auch nicht verlangt, daß du dich von deiner Frau trennst und deine Familie verläßt; aber dies wünsche ich mir nun so sehr, das ist doch wohl nicht zu viel verlangt. Ich werde ja auch keinen anderen als dich lieben; um alles in der Welt, laß mich das Kind kriegen, damit ich etwas habe in meinem Leben, das mich liebt und mir gehört.« Sie umarmen sich und weinen zusammen und beschließen, dieses Kind soll existieren.

Jedoch ist Sinan in seinem eigentlichen Zuhause nun unglücklich und schon so sorgenvoll und aufgeregt, daß Bircan nicht umhin kann, etwas zu merken. Sinan behandelt seine Frau keineswegs schlecht, aber auch nicht gut. Er fängt an, abends etwas zu trinken, mit dem Trinken wird er melancholisch, und in der Melancholie entfernt er sich von ihr. So nimmt Bircan eines Abends den Kopf ihres Mannes zwischen die Hände und fragt: »Bin ich denn nicht der Mensch, der dir am nächsten steht? Warum erzählst du mir nichts?« Und Sinan erzählt.

Bircan nimmt sich das Ganze so zu Herzen, daß sie gleich am nächsten Morgen das Kind, das sie erwartet, abtreiben läßt. Sinan erfährt weder von dieser Schwangerschaft noch von der Abtreibung etwas.

Dann schlägt Bircan ihm die Scheidung vor. »Schau, wir verdienen beide gut, und offensichtlich liebst du mich nicht; also ist ein weiteres Zusammenleben sinnlos. Du glaubst doch wohl nicht, ich werde mich an dich klammern und darauf bestehen, daß wir unbedingt zusammenbleiben?«

Sinan verflucht sich nicht bloß dafür, daß er Bircan so tief verletzt hat, er selbst leidet ebenfalls. Er kauert sich ihr zu Füßen und weint und beteuert, sie und die Tochter so zu lieben, daß er ohne sie nicht sein könnte. »Das ist kein kleiner Seitensprung, ich weiß nicht wie es kam, aber ich hatte mich nicht in der Gewalt; es ist eben passiert«, sagt er schluchzend.

Bircan glaubt ihm, und obwohl ihr seine Art von Liebe nicht recht in den Kopf will, glaubt sie auch daran.

Die Krankenschwester mit dem naiven Blick bringt ein Mädchen zur Welt.

Während Bircan unter Tränen ihre Geschichte erzählt, muß ich bloß immer eins denken: Wer hat hier recht, wer unrecht? Etwa Sinan oder Bircan oder die naiv blickende junge Krankenschwester? Wer hat recht, wer unrecht, wer ist schuld? Muß es denn unbedingt einen Schuldigen geben?

16

Mein Arzt wirkt ernsthaft, ist aber freundlich. Er hält mein Gewicht für normal und schreibt vor, daß ich nicht mehr als neun Kilo insgesamt zunehmen dürfe. Ich sage ihm, daß ich noch immer heißhungrig sei, ständig Verlangen nach Saurem hätte, daß mir oft übel würde und das Kreuz weh täte. Er sagt: »Die Geburt ist etwas ganz Natürliches, keine Krankheit. Den Heißhunger bilden Sie sich ein, das sollte Ihnen klar sein, und Sie sollten das nicht hochspielen.« Aber ich habe eben Heißhunger! Meine Gewichtszunahme sei teils das Baby, teils Wasser, teils das an Hüften und Brust jetzt von Natur aus entstehende Fett; nach der Geburt hätte ich wahrscheinlich ein, zwei Kilo mehr als zuvor.

Als ich frage, ob wegen meines nicht mehr ganz jungen Alters nicht vielleicht Komplikationen bei der Geburt auftreten könnten, meint er: »Solche Gedanken sollten Sie vollkommen aufgeben.« Dabei denke ich ununterbrochen daran. Wenn nun das Kind irgendwie nicht normal ist, wenn es körperlich behindert oder geistig zurückgeblieben ist? Alles, was ich weiß und neu erfahren habe, dringt in der Nacht in meine Träume ein. Nichts anderes bewegt mich ja mehr, nichts macht mir mehr Sorgen.

Der Arzt rechnet aus, daß die Schwangerschaft neun Monate und zehn Tage dauert. Ich lache innerlich, das weiß doch jeder, aber ganz genau weiß man es sowieso nicht. Und siehe da, noch vierzehn Tage vor dem vollendeten neunten Monat beginnt in der Leistengegend ein leichter Schmerz. Also doch, sage ich mir, jetzt verläßt mich das Baby, das ich die ganze Zeit behütet, genährt und voll Sorge getragen habe. Als ich den Arzt anrufe, rät er: »Warten Sie noch ab, passen Sie auf, ob die Schmerzen im Rhythmus kommen und gehen, schauen Sie auf die Uhr, und wenn sie in gleichen Abständen kommen, rufen Sie mich wieder an.«

Ich vermute, die Schmerzen haben einen Rhythmus, aber vor lauter Aufregung bin ich mir dessen nicht ganz sicher. Ich kann auch keine Zeiten festhalten, bin leicht in Panik. Ich versuche ruhig zu sein und mich nicht wie ein verzogenes Kind zu benehmen, aber mit den Stürmen in meinem Inneren werde ich nicht fertig. Es wäre mir sogar recht, das Kind plötzlich mitten hier in diesem Zimmer zu gebären. Langsam hört die Sache auf, ein Spaß zu sein. Wie wird es denn gehen? Werde ich sehr leiden müssen? Wird man mich da und dort aufschneiden müssen? Wird das Kind mit dem Kopf oder mit den Füßen voraus kommen? Und was für ein Kind wird es sein, Mädchen oder Junge?

Auch tausend andere Sachen, an die ich bisher nie gedacht habe, bestürmen auf einmal meinen Kopf. Mir fällt seit langer Zeit erstmals meine Mutter wieder ein. Wäre sie hier bei mir, wäre alles anders, so bilde ich mir ein. Ich bin allein, fürchterlich allein. Sofort greife ich zum Telefon und rufe den letzten Menschen an, der mich mit meiner Mutter verbindet, meine Schwester. »Aber heute ist doch nicht der errechnete Geburtstermin. Paß auf und gerate bloß nicht für nichts und wieder nichts in Panik«, sagt sie. Auch sie hat Angst am Ende der Leitung. Als ich das spüre, freut es mich, weil ich ja doch nicht ganz allein bin. Und dann fällt mir Aydın ein, ob er wohl auch aufgeregt wäre, wenn ich ihn anriefe? Ich rufe ihn nicht an. Dafür telefoniere ich noch einmal mit dem Arzt. »Haben Sie auf die Uhr geschaut?« fragt er. Obwohl ich das nicht getan habe, gebe ich zu Protokoll, ja, die Wehen kommen alle halbe Stunde. »Dann fahren Sie sofort in die Klinik. Ich komme auch«, sagt er.

Bircan bringt mich in die Klinik, bei deren Anblick ich mich etwas beruhige. Sie ist so komfortabel, daß ich den Eindruck habe, ich käme in ein Fünfsternehotel. Der Arzt hat gesagt, wir sollten zum Notfalleingang fahren. Dort kommt uns eine Schwester entgegen, die mich auf einen Rollstuhl setzt, ehe ich sagen kann, daß ich laufen will. Und alle zusammen fahren wir mit dem Lift nach oben. Auch das Zimmer ist sehr hübsch. Neben dem Bett steht ein winziges Kinderbettchen. Mein Herz spürt einen Druck, mir wird komisch.

Und wenn mein Baby nun mit einem anderen vertauscht wird? Ich ziehe mein Nachthemd an und lege mich aufs Bett. Die Schmerzen gleichen dem leichten Ziehen während der Monatsregel. Ich fühle einen Schmerz in der Leistengegend, als würde mir am Bein gezogen, hoffentlich ist das keine Blinddarmentzündung. Danach glaube ich, Durchfall zu haben. Unterhalb des Magens, in meinem Gedärm beginnt ein Krampf, als hätte ich Verdauungsstörungen.

Nach einer Weile kommt der Arzt und sagt, die Geburt habe eingesetzt.

Diese sogenannten Geburtswehen werden aber allgemein sehr übertrieben, als wären sie die schlimmsten Krämpfe, die ein Mensch ertragen könnte. Die Frauen schreien doch immer lauthals dabei. Ich lache mir eins, weil ich vermute, daß seit Urzeiten alle Gebärenden sich in diesem Punkt endlich mal einig waren, den Männern insgesamt diesen Bären aufzubinden. Täten sie sich in allen Dingen zusammen, wie schön könnte das Leben sein, sage ich mir. Schau an, sie können, wenn sie wollen; sie haben keinen Abstrich gemacht und keine ist ausgeschert und hat erzählt, daß die Geburtswehen eigentlich so harmlos wie Durchfallbauchweh sind.

Der Arzt kommt alle halbe Stunde, untersucht mich und geht wieder. Ich frage die Schwester, was los sei. Sie antwortet: »Der Zustand ist nicht normal, die Schmerzen müßten stärker sein.« Man würde dies faule Wehen nennen, und noch hätte ich nicht die Wehen, die den Muttermund öffneten; bei mir sei er bloß wenig geöffnet. In dem Moment kommt der Arzt mit zwei Schwestern ins Zimmer. »Wir haben abgewartet, ob die Wehen stärker würden, aber dies ist nicht der Fall. Wir dürfen nicht länger warten, sondern müssen einen Kaiserschnitt machen«, sagt er. Alle Ängste, die ich bis jetzt ausgestanden habe, sind wie weggeblasen. Ach, das ist fein, ich werde keine Schmerzen haben, nicht hier und da eingerissen werden, und das Kind wird unverletzt herauskommen.

Sie ziehen mir das Nachthemd aus und ein weißes, hinten offenes Krankenhausnachthemd an, fahren mich auf dem Rollstuhl ins OP, legen mich hin wie bei der gynäkologischen Untersuchung, mit den Beinen zu beiden Seiten geöffnet, und – die Wehen werden stärker. Wieder wie ein Durchfallbauchweh, aber derart schmerzhaft. An den Arm bekomme ich jetzt auch einen Tropf, ich denke, es sei Serum, dabei ist es ein Mittel, um die Wehen zu beschleunigen. Andererseits heißt es, ich solle bloß nicht drücken. Wie soll ich denn nicht drücken, ich kann nicht anders. Ich schreie nicht, das wäre ungehörig, aber ich flehe die Umstehenden an, bitte, macht mir doch einen Kaiserschnitt, betäubt mich doch. Es ist nicht mehr nötig, sagen sie. Ich muß einerseits pressen, andererseits soll ich nicht pressen. Mich zerreißt es vor Schmerzen, ich beiße die Zähne zusammen, ich bin selbst erstaunt, daß ich nicht schreie. Der Arzt steht zwischen meinen Beinen und redet: »Wenn Sie pressen, wird das Baby zu plötzlich geboren, und dann gibt es einen Riß, holen Sie tief Luft, halt, nicht pressen, der Kopf des Kindes geht wieder zurück.« Ich stoß den Kopf des Kindes zurück! Zwischen zusammengepreßten Zähnen schreie ich: »Nicht zurück, es soll nicht zurückgehen, es soll kommen, daß die Sache endlich ein Ende hat!« »Nein, so öffnet sich der Muttermund langsam durch Dehnen, das geschieht alles zu Ihrem Besten.«

Ich schwitze dicke Tropfen und glaube, ich kann ihn nun nicht länger aushalten, diesen schrecklichen Schmerz. Außerdem tun mir die Frauen leid. Hatte ich doch geglaubt, sie hätten sich wenigstens in dem einen Punkt verschworen, aber das war ein Irrtum. Sie haben nicht bloß so getan, verflucht, also nicht ein einziges Mal haben sie sich verschworen.

Der Arzt sagt: »Jetzt dürfen Sie aber mal pressen, wie Sie möchten.« Ein herrliches Gefühl. Alles kommt raus, der Schmerz ist zu Ende. Sie haben ein Mädchen. Sie haben ein Mädchen. Ich: »Ist es normal?«

Arzt: »Es hat sechs Finger.«

Ich: (glaube das und bin sehr traurig, aber andererseits denke ich: So eine schlimme Behinderung sind sechs Finger nun auch wieder nicht.)

Arzt und Schwester: »Wir durchtrennen die Nabelschnur.«

Ich: (O je, das wird weh tun... Aber es tut gar nicht weh.)

Baby: weint.

Arzt: »Jetzt drücken wir feste auf Ihren Bauch, damit die Nachgeburt kommt. Sie müssen noch 15–20 Minuten warten.«

Ich: »Wo ist das Baby denn? Es soll nicht verwechselt werden.«

Schwester: »Da ist Ihr Töchterchen. Gebadet, abgetrocknet, sauber. Schaun Sie her, was für ein hübsches Ding!«

Ich: »Mal sehen, wie viele Finger es an Händen und Füßen hat.« (Ach, doch fünf; Sie haben also bloß Spaß gemacht.)

Schwester: »Ich wische Ihnen das Gesicht ab.«

Arzt: »Los, stehen Sie auf.«

Ich: »Dieses Mal weiß ich, daß Sie bloß Spaß machen.« (Ich kann doch nicht aufstehen.)

Arzt: »Los, los, aufstehen, nehmen Sie meinen Arm, wir laufen zu Ihrem Zimmer.«

Ich: (Es ist doch kein Spaß.) »Warten Sie, Doktor, ich hake mich bei Ihnen ein, mir ist ein bißchen schwindelig.«

Arzt: »Darf ich Sie auf die Wange küssen? Sie waren sehr gut.«

Ich: (Was für ein netter Kerl, dieser Doktor.)

Arzt: »So, jetzt legen Sie sich hin; ich komme wieder vorbei.«

Ich: (Wäre es ungehörig, wenn ich nach dem Baby fragte?)

Schwester: »Da ist das Baby, angezogen und gewickelt, es wird bei Ihnen schlafen.«

Ich: »Es wird hier schlafen?«

Schwester: »Ja, so ist unser System. Die Babys schlafen bei der Mutter, aber keine Sorge, wir sind ebenfalls da.«

Könnte ich es doch berühren. Werde ich je wieder ein solch dichtes Gefühlsknäuel erleben? Alles in einem: tiefer Friede, Freude, Glück, das Bedürfnis zu weinen, Aufregung, Entspannung, Sorge.

IV.
Ein Mann, eine Frau, ein Kind

Nun ist der große Augenblick gekommen, sie haben mir das Kind in den Arm gelegt, ich soll es stillen. Ich habe keine Milch. Wenn das Kind saugt, kommt die Milch, sagt man. Das Baby saugt, meine Brustwarzen kribbeln, schmerzen, aber die Milch kommt nicht. Das Kleine kriegt die Flasche. Obwohl die Mutter gesund, die Brustgröße und alles normal ist, passiert so etwas ab und zu.

Sie geben mir das Baby nicht dauernd. Ich werde noch zehn Tage in der Klinik bleiben. Obwohl es keinerlei Komplikationen gibt, lassen sie einen »für alle Fälle« zehn Tage liegen, aber währenddessen auch schon aufstehen. Nach zehn Tagen werde ich mein Kind an mein Herz drücken, mir an die Brust legen und nicht mehr loslassen.

Das Baby ist fünf Tage alt, es wächst. Ich kann überhaupt nicht schlafen, ich stehe auf und schaue es dauernd verstohlen an, berühre seine Hände, Füße, Wangen. Es ist hell und hat Haare wie ich, aber die Augen hat es von Aydın. Plötzlich höre ich aus dem kleinen Bett ein Husten, aufgeregt springe ich auf und gehe hin, lieber Gott, es hat gebrochen, sein Hals, die Augen, die Nasenlöcher sind voll Erbrochenem. Außerdem hustet es. Mein Baby erstickt! Ich will es an den Armen hochheben, da fällt sein Köpfchen nach hinten wie bei einem toten Vogel, ich fange an zu weinen, wie denn, mein Baby stirbt ja, ich bin eine schlechte Frau, mein Kind stirbt, ich renne zur Klingel, läute, kehre wieder zum Kinderbett zurück. Ich wollte es bloß umdrehen, aber es war wie knochenlos. Habe ich zu fest gezogen, können seine Knochen brechen? Wieder renne ich zur Klingel, wieder zu dem kleinen Bett zurück. Ich überlege, ob ich es an den Füßen nehmen und schütteln soll. Als ich es an den Füßen halte und, mit dem Kopf nach unten, schüttele, fängt es an zu weinen. Ich nehme es in den

Arm und lege den kleinen Kopf an meine Brust, und wir beide weinen lauthals. Während ich, das Baby an mich gedrückt, hin und her schaukele, summe ich unbewußt das Versehen heraus, mit dem ich damals, als ich zwei war, meine weinende Schwester zu beruhigen versucht habe: »*Till, till, lebi Buba!*« Als ob das Baby wüßte, daß diese Worte: »Still, still, lebendige Puppe«, bedeuten sollen, wird es ruhig. Da kommt die Schwester rein, nimmt mir das Kind aus dem Arm und säubert es.

In dem Augenblick wird mir klar, daß dieses Kind für mich immer ein Baby bleiben wird und ich zu ihm ein Leben lang immer »*Till till, lebi Buba*« sagen werde.

2

Am sechsten Tag klopft es an meine Tür, die Schwester kommt mit einem riesigen Strauß weißer Blumen herein. Und hinter ihr Aydın. Als ich ihn sehe, rege ich mich sehr auf. Er hat abgenommen, sieht bleich aus, und seine Stimme zittert. In dem Moment stelle ich mir erstmals die Frage, inwieweit das, was ich getan habe, richtig oder vielleicht doch nicht richtig war. Bin ich zu grausam mit Aydın umgegangen? Ich bin so erfüllt gewesen von all dem, was ich in der ganzen Zeit erlebt habe, daß ich an seine Gefühle kein einziges Mal gedacht habe. Offensichtlich leidet er, offensichtlich hat es ihm weh getan. Zum ersten Mal sehe ich Aydıns Augen in Tränen schwimmen, als er sich herunterbeugt, mich auf die Wange küßt und mit unsicherer Stimme fragt: »War das nun gut so von dir? Bist du jetzt glücklich?« Er hätte vorgehabt, bei der Geburt dabeizusein, hätte mit Bircan gesprochen, mit ihr den Tag seines Kommens festgelegt, sie hätten mich überraschen wollen, aber das Baby sei ja so eilig gewesen.

Er ist so aufgeregt dabei, mit mir zu sprechen, daß er das kleine Bett, in dem das Kind kaum zu sehen ist, erst irgendwann später bemerkt. Sein ganzer Körper scheint gespannt zu sein, als er fragt: »Ist es dort?« Ich nicke mit dem Kopf. Sofort geht er zu dem schlafenden Baby hin, streichelt es sanft an der Wange und sagt: »Wie winzig, wie süß; es gleicht dir.«

»Wenn es die Augen aufmacht, ist es dein Abbild«, sage ich.

»Es hat auch Haare, schau. Mit heller Haut, blonden Haaren und dunklen Augen wird es mal ein wunderschönes Mädchen.« Er will es auf den Arm nehmen, mit einer Hand faßt er unter das Baby, mit der anderen hält er es von oben fest. Ich vergesse sofort meine Sehnsucht nach Aydın und alles und schreie: »Paß auf, paß auf den Kopf auf!«

Er zieht sofort seine Hände zurück und fragt: »Was hat es am Kopf?« Ich schäme mich für meine Panik und murmele erklärend: »Wenn man einen Säugling nicht am Kopf unterstützt, fällt er nach hinten runter.« Aydın ist verwirrt. Mit verständnislosem Blick lacht er eigenartig auf, und ich weiß nicht, ist in diesem Lachen Schmerz, ein Vorwurf oder Enttäuschung. Ich verfluche mich selbst für meinen Egoismus, meinen Stolz, meine herrische Art, meine Gedankenlosigkeit beim Kränken anderer Menschen. Auch wenn er mich noch so verletzt haben sollte, hatte ich dafür das Recht, ihn so leiden zu lassen?

Aydın kommt jeden Tag ins Krankenhaus. Jetzt kümmert er sich sogar mehr um das Kleine als um mich. Er hat gelernt, es auf den Arm zu nehmen. Wenn er ihm dabei eine Hand unter den Nakken legt, schaut er verstohlen zu mir hin, als wollte er sagen, schau mal, wie ich das kann.

Wir reden nicht über unser Verhältnis. Ich tue so, als hätte ich seine Lügen, Ayla, sein kaltes Benehmen vergessen. Daß er über mich irgendwelche Klagen haben könnte, habe ich mir bis heute nie ernsthaft überlegt. Nur manchmal fallen mir seine Worte ein: »Du bist besitzergreifend. Einerseits willst du selbst nicht beherrscht werden, andererseits mußt du alle Menschen in deiner Nähe beherrschen. Du bist von Natur aus dominant, und wer sich nicht deinen Regeln und Prinzipien unterwirft, macht alles falsch.« Hat er vielleicht recht? Aber wenn wir jeden so sein ließen, wie er selbst sein möchte? Das geht nicht, das klappt einfach nicht. Wir müssen den anderen unbedingt gemäß dem Wunschbild, das wir von ihm haben, verändern. Dabei waren wir doch, als wir uns verliebten, keine anderen. Vielleicht verändern wir einander ja, ohne es zu merken, aber wenn der Partner sich dann verändert hat, sehen wir, daß dies nicht mehr die Person ist, die wir geliebt haben, und unsere Liebe erkaltet.

Und was ist mit denen, die ihre schlechten Seiten verbergen, niemals zeigen?

Vor der Geburt hatten Bircan und ihr Mann einen Bekannten zu Besuch, zum Essen, einen gut aussehenden, gut angezogenen, schön redenden Arzt. Als er wieder weg war, habe ich zu Bircan die Bemerkung gemacht, was das doch für ein netter Mensch gewesen wäre. »Oh, sag das bloß nicht, dieser Mann schlägt seine Frau, stell dir vor«, entgegnete sie mir. Ich kriegte auf mich selbst eine Wut, konnte es gar nicht fassen, wie ich einen Mann hatte nett finden können, der seine Frau schlug.

»Warum solltest du ihn nicht nett finden, es steht ihm ja nicht im Gesicht geschrieben, daß er seine Frau verprügelt«, sagte Bircan. Freilich steht es ihm nicht im Gesicht geschrieben, aber ich hätte es trotzdem merken, ein innerer Instinkt hätte mich warnen müssen, denke ich.

Wie kann ein Mann eine Frau schlagen? Er schlägt sie nur, wenn sie es sich gefallen läßt, aber warum lassen sich diese Frauen die Schläge gefallen? Wie können sie sich selbst derart erniedrigen? Wie können selbst diejenigen, die ökonomisch nicht vom Mann abhängig sind, bei ihm wohnen bleiben und die Schläge einstecken? Das erscheint mir unfaßbar.

Mein Schamgefühl wird nicht dadurch verletzt, daß ich obszöne Bilder betrachte, wohl aber wenn ich höre, daß Männer Frauen schlagen.

3

Wir lassen Bircan, Sinan, ihr kleines Mädchen und die Phantasiegestalt der naiv blickenden Krankenschwester in Paris zurück und kehren heim. »Kommt wieder, ach bitte«, sagt Bircan. »Mit euch zusammen habe ich all mein Leid vergessen.«

»Bircan, eine Entscheidung ist schon die halbe Lösung des Problems. Entweder nimmst du das Geschehen hin, akzeptierst es, lebst damit. Oder, falls du glaubst, ein solches Leben sei unmöglich, laß alles zurück und geh fort. Es ist leichter, einmal einen starken Schmerz zu ertragen als ein Leben lang chronisch gewordene Schmerzen. So wie die Freude dauert auch der Schmerz nicht ewig. Auf dem Zahnarztstuhl, wenn ich auf den Arzt warte, denke ich immer die nächste halbe Stunde voraus, daß ich nämlich hinterher auf der Straße Schaufenster anschauen werde, und das wirkt. Was Seelenschmerzen betrifft, versuche ich inzwischen ebenso zu denken: Morgen wird alles besser, dieses Leid wird morgen schon nicht mehr so intensiv sein. Ich erleide den Schmerz in voller Stärke, und er wird eines Tages von selbst aufhören.«

»Du bist eine starke Frau und damit für uns alle eine Quelle der Hoffnung. Menschen, die dich sehen, sagen: ›Schau an, es geht!‹ Bald wirst du von mir hören, daß ich einen Entschluß gefaßt habe«, sagt Bircan, als sie mich ein letztes Mal auf die Wange küßt.

Im Flugzeug habe ich immer Angst, aber so etwas ist mir noch nie passiert. Jeder Signalton, das Laufen der Stewardessen, die Ansage des Piloten, das geringste Schwanken, die kleinste Kurve, alles macht mir Herzklopfen. Besteigt man mit so einem winzigen Baby denn auch ein Flugzeug? Hunderte von Szenarien blitzen mir durch den Kopf. Einmal ist das Flugzeug abgestürzt, alle Passagiere sind tot, nur mein Kleines hat überlebt, es wird von Wölfen gefunden, die beginnen, es zu ernähren, es wächst unter den Wölfen auf, später wird es entdeckt, aber es hat sich an seine Wolfsmutter gewöhnt und fürchtet sich vor den Menschen. Mein anderes Drehbuch ist noch schrecklicher. Dieses Mal überlebe ich, bin aber verwundet. Ich krieche auf allen vieren zwischen Leichen und Wrackteilen herum und suche mein Kind. Es herrscht eine fürchterliche Stille. Ich finde es nicht, aber schließlich höre ich in der Ferne ein Weinen, ach, da ist es ja und schaut mich an. Ich schließe es in die Arme.

Als Aydın sagt: »Du wirkst nervös«, komme ich wieder zu mir.

Es würde keinen Sinn haben, ihm meine Alpträume zu erzählen. Wie kommt der Mensch bloß dazu, sich so einen Blödsinn auszumalen? Ich klammere mich an Aydıns Hand. Noch immer, nach so vielen Jahren, finde ich es aufregend, seine Hand zu halten. Ob er wohl dasselbe spürt? Wahrscheinlich nicht; darüber beklagen wir Frauen uns doch alle, stimmt's? Nach gar nicht so langer Zeit halten die Männer nichts mehr von diesen einfachen Zärtlichkeiten. Dabei ist es das, was die Frauen wirklich wollen.

Warum zerstören die Männer alles Gefühlsmäßige so rasch? Warum reicht ihnen der Routinealltag und die normale Ordnung von Heim und Herd? Warum wollen sich Frauen an ihre Männer kuscheln, sie berühren und von ihnen gestreichelt werden, während die Männer das alles nicht so wichtig finden? Zu feurigen Küssen ist eine Ehefrau auch nach zwanzig Jahren noch bereit, sie hat Sehnsucht danach, während der Mann offenbar mit allem abgeschlossen hat.

Es genügt schon, sich die Paare anzusehen, die gemeinsam in den Urlaub fahren. Beim Spazierengehen hängen sich die Frauen bei ihren Männern ein und versuchen, die vor Jahren erlebten Liebesgefühle wieder aufs neue zu spüren, während die Männer immer geradeaus schauen und wie Roboter vorwärtslaufen. An der Abendtafel versuchen die Frauen, den vor ihrem Glas hockenden, schweigenden Männern etwas wie Gesellschaft zu leisten, während diese langsam, langsam trinken und verstohlene Blicke in die Runde werfen.

Geht eine größere Gruppe zusammen in die Feriensiedlung, sammeln sich auf der einen Seite die Männer, auf der anderen Seite die Frauen. Letztere reden darüber, wie die Kinder schlafen und aufstehen, bzw. wie es mit dem Essen und Trinken klappt. Von diesen Problemen kriegen die Männer nichts mit, ja, sie müssen verschont werden. Aus einiger Entfernung hört man Musik aus der Diskothek, was willst du denn jetzt dort, bei diesem Krach kann man sich doch nicht hinsetzen, außerdem sind da bloß junge Leute, wir könnten ein bißchen tanzen, um Gotteswillen, red keinen Blödsinn, wir wollen doch gleich schlafen, ich bin müde. Die Frauen untereinander tauschen neckische Blicke aus, versuchen die gute Laune nicht zu verlieren, sie könnten auch alleine hingehen, aber das zu sagen erfordert Mut; sie will mit ihrem Mann zusammen hingehen, mit dem sie zehn, fünfzehn Jahre verheiratet ist, mit ihm will sie tanzen, am Meeresufer Hand in Hand gehen, heimliche Küsse tauschen; sie wünscht sich das, während der Mann nicht fassen kann, wie nach all den Jahren jemand so etwas schön findet.

Ehepaare, die nachts zum Schlafen gehen, trennen sich vor der Tür, denn im Zimmer liegt ein Kind, paß auf, das Kind hört was. Am Morgen nach dem Aufstehen lacht eine andere Frau, sie hat gestern abend »Liebe« gemacht mit ihrem Mann. Zwar ist sie unbefriedigt geblieben, aber das tut ja nichts, selbst das ist schon eine »Beziehung«, wenn der Mann, nur an sich selbst denkend, seine Frau berührt.

In der Feriensiedlung können die Frauen leichter über Dinge reden, die in der Stadt nicht zur Sprache kommen. Eine gesteht ihrer Freundin, seit zehn Jahren keinen Höhepunkt erlebt zu haben, obwohl sie zwei Kinder hat. Die andere fragt, was das denn mit den Kindern zu tun hätte, und ob der Ehemann davon überhaupt wüßte. Nein. Die Sache dauerte sowieso bloß immer ganz kurz, und inzwischen hätte sie selbst es auch lieber, wenn es so schnell wie möglich vorbei wäre, sie würde ein, zwei Töne von sich geben, damit der Mann schneller zu Potte käme. Aber dafür kann dein Mann doch nichts, sagt die andere Frau. Eine Dritte sagt, im Laufe von zehn Jahren muß er das doch gemerkt haben, und sie gibt der Frau einen Rat: Ich mache es so, versuch es auch mal, es lohnt sich nicht, sich mit den Männern abzugeben. Gehst du nicht, wenn die Sache vorbei ist, sowieso ins Bad? Also, schraub den Duschkopf ab, so daß nur noch der Schlauch bleibt, dann richte das herausströmende Druckwasser auf dich, du brauchst gar nichts weiter zu machen, du bist gleich soweit, geh und probier es sofort jetzt aus, es entspannt dich, schau wie leicht das ist.

Die Familien in den Teegärten, Tee und Sesamkringel auf dem Tisch, und die Kinder, denen sie nachschreien, paßt auf und geht nicht zu nahe ans Meer. Bald muß man zurückkehren, die Kinder müssen noch für die Schule lernen. Sie sitzen da, ohne miteinander zu sprechen, und essen ständig Sesamkringel, Sonnenblumenkerne und Eis und schauen in die Weite, sehr weit weg.

Und in alledem eine unbewußte, unbemerkte Hoffnung auf morgen, ja, vielleicht ändert sich morgen etwas, eine neue plötzliche Liebe erwacht zwischen uns, genau wie früher.

Die Kleine schläft süß in meinen Armen, ach Gott, wie niedlich. Ich glaube nicht, daß es auf der ganzen Welt ein schöneres Kind geben kann. Ich schaue aufmerksam in sein Gesicht, wirklich unglaublich, mit der rein weißen Haut, den rosigen Wangen, den blonden Locken, der winzigen Nase, den runden tiefschwarzen

Augen gibt es doch sicher nichts Schöneres. Du spinnst, sage ich mir, alle Babys sind schön, oder jedenfalls erscheint es ihren Müttern so.

Ach nein, da ich meine eigenen Schwachpunkte nur zu gut kenne, würde mir etwas Häßliches an der Kleinen sicher auffallen. Ich bin doch wohl nicht blöd. »Aydın, das ist doch ein sehr schönes Kind, stimmt's?« Und er, schwitzend dem Haus zustrebend, die schweren Koffer in der Hand, antwortet: »Sehr schön, sehr schön.«

Ich renne sofort in das Zimmer, das ich für das Baby vorgesehen habe. Und hatte mir wohl irgendwie erträumt, in ein Kinderzimmer mit Mickymausvorhängen, einem bunten Mobile über dem Bettchen, großen und kleinen Bären und Hasen, rosa Rüschenbettwäsche einzutreten. Doch das Zimmer ist noch im alten Zustand mit einem Sofa, einem Schränkchen, Schreibtisch und abgenutzten Leinenvorhängen. Nicht mal ein Kinderbettchen, wo das Baby schlafen könnte, ist vorhanden. Es fällt mir schwer aufs Herz, daß ich ja praktisch von zu Hause geflohen bin und das, was ich vorhatte, nicht verwirklichen konnte, aber Aydın hätte sich doch wenigstens denken können, daß das Kind ein Bett braucht. Ich kriege eine Riesenwut und rufe voll Zorn nach Aydın: »Man denkt doch wenigstens an ein entsprechendes Bett! Was bist du denn für ein Mensch, wo wird das Baby heute nacht schlafen? So sieht das Vatersein aus! An alles müssen wir selbst denken, so ist es halt!«

Von Aydın kommt kein Ton. Ich stürze mit funkelnden Augen ins Wohnzimmer und möchte mich am liebsten auf ihn werfen und ihn zerreißen, Herrgottimhimmel, was für eine Gedankenlosigkeit!

Aydın ist nicht da. Ein paar Minuten später kommt er aus dem Lift mit dem letzten Koffer, den er noch aus dem Auto geholt hat. Ich baue mich vor ihm auf, schaue ihm wütend ins Gesicht, er merkt gar nichts und trägt unter Ächzen und Stöhnen den Koffer ins Zimmer. Ich halte den Mund, heute am ersten Tag soll es keinen Streit geben, heute ist der erste Tag von uns dreien zu Hause. Ich bringe es fertig, mich zu kontrollieren und sage: »Aydın, Schatz, das Baby hat kein Bett, weißt du, wo es heute nacht schlafen soll?«

Aber er kennt mich zu gut, so daß er aus meinem Ton meine Gefühle errät. Er versucht ebenfalls, seinen Ärger zu beherrschen, als er antwortet: »Du bringst den Menschen ja ganz aus dem Konzept, das ist mir einfach nicht eingefallen.«

Abends bauen wir dem Baby ein Bettchen am Fußboden neben uns. Ich drehe mich nach rechts und lasse eine Hand ein bißchen runterhängen. Ohne daß es Aydın merkt, lege ich meine Hand auf das Kind, damit ich gleich merke, wenn in der Nacht etwas los ist. Aydın legt seinen Arm um meine Taille, ich kriege einen Schrecken, daß er mit mir schlafen will, aber er will auch nicht.

Alle halbe Stunde stehe ich auf wie programmiert; ob das Baby weint oder nicht, ich wache auf, taste es mit der Hand ab. Ich muß an Ratten denken. Die Kleine liegt ja auf der Erde, und wenn nun eine Ratte über sie kommt? Man hört doch immer, daß im Atem der Ratte etwas den Menschen Betäubendes ist, und wenn es dann betäubt ist, fressen sie die Ohren und Nasen der Babys an. Meine Hand geht zum Gesicht des Kindes, falls eine Ratte kommt, merke ich es.

Aydın schläft sanft und selig. Ihm könnte ich nichts davon erzählen, er würde mich verspotten und sagen, in dieser Wohnung hat es doch noch nie eine Ratte gegeben. Kann sein, kann nicht sein. Seit Tagen war niemand in der Wohnung, das war ungünstig, vielleicht ist eine reingekommen! Hätten wir die Kleine vielleicht besser zu uns hochgenommen? Aber dann könnte sie erdrückt werden zwischen uns. Morgen müssen wir als erstes ein Bett kaufen gehen. Zwar können Ratten auch die Wände hochlaufen, aber in Wirklichkeit gibt es in der Wohnung keine Ratten.

Im Traum laufe ich mit dem Baby im Arm wie irre, ich weiß nicht warum, wir fliehen vor etwas, ich will bloß unbedingt das gegenüberliegende Haus erreichen und das Kind dort in Sicherheit bringen, dann muß ich kämpfen mit einem, der hinter mir ist. Während ich laufe, faßt jemand von hinten nach meinem Arm, der die Kleine hält und drückt und drückt, der Arm wird gefühllos. Plötzlich wache ich auf, mein nach unten hängender Arm ist über dem Kind eingeschlafen, schwer geworden wie ein Metallklumpen. Der Schreck fährt mir in die Glieder; hätte der

Arm sich auf sein Gesicht gelegt, hätte ich es ersticken können, was Gott verhüte. In dieser Nacht sehne ich den Morgen herbei.

4

Wäre meine Schwester an jenem Morgen nicht schnell gekommen, ich weiß nicht, wie wir das Kinderbett gekauft hätten. Ich kann Aydıns Geschmack nicht trauen, wenn er alleine losgeht, um eins zu besorgen. Es ist frühmorgens, und ich schlage vor, daß wir das Baby mitnehmen, aber meine Schwester sagt, es schläft schön, überlaßt es mir. Wir hätten ja einen großen Weg vor uns! Meinem Vorschlag, das Baby mitzunehmen und auch meine Schwester, sie könnten im Auto bleiben, begegnet doppelter Widerspruch. Wozu denn? Das Kind wird im Auto unnötig angestrengt, es schwitzt. Los geht schon, kauft ein und kommt wieder. Nur die Hin- und Rückfahrt wird zwei, drei Stunden dauern. Ich kann mich einfach nicht entscheiden, soll ich mitgehen oder Aydın allein schicken; schließlich wird meine Schwester ärgerlich, du bist richtig verblödet, sagt sie. Ich ziehe sofort meine ausgeleierten Bluejeans an und sage: »Dann also los!« Als Aydın sieht, daß ich meine Haare mit einer Spange zusammengefaßt habe, fragt er: »So willst du fortgehen?«

Klar, er ist nicht gewohnt, daß ich mit unfrisierten Haaren und ohne Make-up aus dem Haus gehe. »Freilich gehe ich so, wir haben es eilig.«

Die Einkauferei zieht sich hin, ich finde einfach nichts Nettes. Aydın hat es auch langsam satt und sagt: »Das hier ist doch ganz schön, das kaufen wir, und Schluß. Ich muß noch zur Arbeit.«

Aydın enttäuscht mich sehr. Ist seine Arbeit wichtiger, als das Bett für das Baby? »Dann gib mir das Auto und geh los«, sage ich aufgebracht, aber er will nicht, ich könne das Bett nicht tragen. Wenn ich es tragen könnte, würde er also gehen. Er könnte demnach am ersten Tag, wo das Baby zu Hause ist, seelenruhig zur Arbeit gehen.

Erst nach geschlagenen drei Stunden können wir heimkehren. Wie wird es meiner Schwester zu Hause mit dem Baby ergangen sein? Sie hat zwar zwei Kinder, aber die sind schon groß, sie wird vergessen haben, wie man mit einem Baby umgeht. Was macht sie, wenn es weint, wenn es Hunger hat, wenn es mich vermißt?

Es hat mich nicht vermißt. Es ist aufgewacht, hat seine Milch getrunken, jetzt liegt es auf dem Sofa und wedelt mit Armen und Beinen. Ich eile sofort hin und nehme es auf den Arm, wie habe ich mich nach ihm gesehnt, nicht eine Minute wäre ich freiwillig länger weggeblieben. Da schau her, das Fenster steht offen, und die Kleine hat genau davor gelegen. Ich schaue meine Schwester erzürnt an, sage nichts, sie hat ja doch vergessen, wie man ein Baby wartet. Sofort schließe ich das Fenster.

»Du mußt die Kinder genau wie uns behandeln, bemüh dich nicht, eine spezielle Umwelt für sie zu schaffen, wenn wir nicht frieren, dann frieren sie auch nicht«, sagt sie lachend.

Eine Woche später kommen ein paar Arbeitskolleg/innen zu Besuch. Ich war die ganze Woche weder aus dem Haus, noch habe ich mit jemandem gesprochen. Wenn man meine Schwester und Aydıns Mutter, die einmal da war, abrechnet, habe ich niemanden gesehen. Wie komisch, ständig zu Hause zu sein. Obwohl die Zugehfrau jeden Tag kommt, ist doch ständig etwas zu tun. Das Kind für sich alleine ist eine ganze Welt. Nur wenn es schläft, komme ich zum Atemholen. Aber was für eine Erholung ist das schon, wenn ich ständig nach ihm schaue, ständig an es denke.

Meine Kolleg/innen haben mir eine Menge Büroklatsch und viele Briefe mitgebracht. Einer davon ist von meinem Chef; den öffne ich sofort. Nach ein paar Höflichkeitsfloskeln heißt es: »Wir hoffen, Sie sobald wie möglich wieder bei uns zu sehen.« Da denke ich zum erstenmal wieder an meine Arbeit und bin selbst verblüfft, daß ich bis heute nie einen Gedanken daran verschwendet habe.

»Kommst du zurück?« fragen sie. Ich schaue sie verwirrt an und sage, daß ich für das Kind noch eine Betreuung finden müßte.

Die sechs Leute bleiben noch ein bißchen sitzen, und als das Kleine aufwacht, schäkern sie mit ihm herum und fassen es überall an. Als sie gegangen sind, bereite ich ihm sofort ein Bad. Es ist zwar heute das zweite, aber notwendig, weil mein Schätzchen so viel betatscht wurde, daß auf jeden Fall der Ansteckung durch Bakterien vorgebeugt werden muß.

Irgendwann später, natürlich als das Baby eingeschlafen ist, fällt mir ein, die anderen Briefe zu öffnen. Zwischen Einladungen und Geschäftspost kommt ein Brief mit dem Vermerk ›nur persönlich‹ zum Vorschein. Von wem kann dieser private Brief sein? Er beginnt: »Meine Geliebte, Du einzige Frau, an der ich je im Leben alles bewundert habe.« Ich schaue nach einer Unterschrift, da heißt es: »Der Mensch, mit dem Du am Telefon gesprochen, den Du manchmal runtergeputzt, manchmal auch nett behandelt hast.« Der Brief ist kurz:

»Ich weiß alles über Dich; ich beobachte Dich dauernd und habe Verständnis. Du sollst jedoch wissen, ich bin kein Verrückter, der Dir verfallen ist, der sich in die Vorstellung von Dir verrannt hat und kein normales Leben führt. Nein, mein Leben läuft wie das von jedermann auf ganz normale Weise ab, nur daß ich Dich liebe, und dies ist eine Tatsache. Du bist unter allen Frauen, die ich bis jetzt kennengelernt habe, die herrlichste. Glaube mir, Du bist die Frau meiner Träume. Es genügt mir schon zu wissen, daß eine Frau wie Du existiert. Eines Tages jedoch möchte ich mit Dir sprechen, Dich berühren, das ist mein heimlicher Wunsch. Selbst dieses kleine Geheimnis, das da zwischen uns entsteht, macht mich glücklich. Sei sicher, daß ich Dich nicht belästigen werde. Aber ich glaube auch, daß wir eines Tages zusammensein werden. Leb wohl.«

Ich bringe es nicht über mich, den Brief wegzuwerfen, will ihn aber auch nicht rumliegen lassen. Lange gehe ich umher, einen Platz zu suchen, finde aber keinen. Auch ist mir, als würde ich Aydın betrügen, wenn ich den Brief verstecke. So lese ich ihn noch einmal aufmerksam und werfe ihn weg.

5

Schließlich kommt eine alte, dicke, rotbackige, freundliche Kinderfrau. »Ei, was ist denn das für ein hübsches Ding«, sagt sie und nimmt das Kleine ziemlich ungeschickt in den Arm. Mir wird ganz anders, wie hart sie es angefaßt hat. Schlapp, küßt sie es auch noch auf die Wange. Ich nehme ihr das Baby sofort weg. Vom ersten Augenblick an hat mir die Frau nicht gefallen, obwohl man sie mir so empfohlen hatte. Sie hat es nicht nur auf den Arm genommen, sondern sich auch sehr täppisch angestellt und außerdem das Kind geküßt. Ich weiß nicht, was ich sagen soll. Wenn ich es ihr verbiete, wird dann am ersten Tag nicht schon gleich ein Mißton entstehen? Sie wird jeden Tag von morgens acht bis abends acht kommen und zweimal die Woche auch über Nacht dableiben. Ich sage bloß: »Wir wollen es aber nicht daran gewöhnen, daß es dauernd hochgenommen wird.«

In der Nähe der Frau steigt mir ein Geruch in die Nase, um Gottes willen, die Frau riecht nach Schweiß, was soll ich jetzt tun? Sie wird das Baby in ihre nach Schweiß riechenden Arme nehmen. Der Geruch wird das Baby belästigen und sich auf es übertragen. »Es gibt heißes Wasser; Sie können jederzeit baden«, sage ich, woraufhin sie mich verdutzt anschaut.

Am nächsten Morgen mache ich mir ein hübsches Make-up und beschließe, zum Friseur zu gehen. Als ich meine Hosen, die ich schon lange nicht mehr getragen habe, anziehen will, merke ich, daß ich dicker geworden bin. Und wie! Ich habe einen vortretenden Bauch wie die alten Weiber. Meine Brüste haben sich auch vergrößert und sind nicht wieder kleiner geworden, sogar die Beine scheinen mir dicker zu sein. Ich bin entsetzt. Habe ich denn all die Zeit nicht in den Spiegel geguckt, eine Frau wie ich, die so viel Wert aufs Äußere legt? Habe ich die ganze Zeit überhaupt nicht gemerkt, was mit mir los ist? Das erschreckt mich ebenso wie meine Gewichtszunahme. Ich ziehe den Bauch ein, drücke mit der Hand drauf, drehe mich vor dem Spiegel, eine Katastrophe, ich habe mindestens sechs Kilo zuviel drauf.

Ich fühle mich erst wieder wohl, als in einer langen weiten Bluse über einem schmaleren Rock die Pfunde nicht mehr zu sehen sind. Und davon abgesehen ist mein Gesicht ja immer noch schön.

In meiner Firma werde ich mit Hallo begrüßt. Meine Sekretärin arbeitet jetzt zwar mit einem anderen, aber mein Zimmer ist immer noch unbesetzt. Ich empfange meine Gäste in meinem alten Zimmer, bin verwirrt, daß hier eine so ganz andere Welt ist, so bewegt und anstrengend. Wie kann man bloß mit so vielen Menschen zusammensein? Wie redet man mit ihnen, wie geht man mit ihnen um?

Blitzartig zieht mein früheres Leben vor meinem inneren Auge vorbei, jeden Tag Gespräche mit Hunderten von Leuten, Konferenzen, Zusammenarbeit mit den Angestellten, Vorträge, Zeitungsreportagen, Kundenkontakte, Reisen, Einladungen, Cocktails, Berichte, Podiumsdiskussionen. Als sähe ich in einem Film eine andere Person. Bin ich das? War ich das? Wie habe ich diese ganze Arbeit gleichzeitig tun können? Wie habe ich alles bewältigt? Wie werde ich in Zukunft die gleiche Energie aufbringen?

Mein Chef kommt herein, umarmt mich freundschaftlich und sagt: »Sie sehen ja, wie gerne wir Sie haben, also, wann fangen Sie wieder an?« Ich bin völlig durcheinander, fühle mich wie an dem Tag, als ich meine erste Stelle angetreten habe. »Ein bißchen Zeit brauche ich noch, bitte«, sage ich.

»Ihr Zimmer halten wir Ihnen noch länger frei, aber entschließen Sie sich nicht allzu spät«, sagt er.

Als er gegangen ist und ich alleine bin, läutet kurz darauf das Telefon. »Willkommen, Sie sind sehr schön«, höre ich.

»Ach, mein Gott, dann bist du einer von den Mitarbeitern hier. Wie kommt es, daß ich das nicht längst gemerkt habe. Wer bist du denn?« frage ich.

»Darüber zerbrechen Sie sich mal nicht den Kopf. Ich bin bereit, mich vorzustellen, sobald Sie es wünschen. Wir sehen uns ja deshalb nicht, weil Sie es nicht möchten. Meine Gefühle sind noch dieselben. Sobald Sie mich wirklich sehen wollen, bin ich bereit. Übrigens bin ich sehr gespannt auf Ihr Baby. Sicherlich gleicht es Ihnen. Auch ich hoffe sehr, daß Sie bald wieder zu arbeiten anfangen, denn ich kann Sie bloß in der Arbeit anrufen. Sie möchten doch sicher nicht zu Hause angerufen werden, oder?«

Seine Stimme, so weich und warm, bringt mir zu Bewußtsein, daß ich schon lange keine so warme Männerstimme mehr gehört habe.

»Ich weiß es nicht, ich weiß nicht, auf Wiedersehen«, sage ich und lege den Hörer auf.

Ich habe insgesamt sechsmal zu Hause angerufen, aber trotzdem muß ich ständig an das Baby denken. Was mein kleines Mädchen wohl ohne mich macht, ob es die Frau mag? Wie konnte ich es ihr bloß überlassen und gleich weggehen? Eigentlich hätte ich noch ein paar Tage dableiben müssen, bis die Frau sich eingewöhnt hätte; was hätte es schon ausgemacht, wenn ich nicht gleich weggegangen wäre? Und wenn es geweint hat, und die Frau es nicht beruhigen konnte? Kann es etwa aus dem Bett fallen? Nein, das geht nicht, denn das Bettchen hat ja ein Gitter. Außerdem kann das Baby noch nicht mal sitzen. Aber trotzdem, es kennt ja nur mich. Wenn es jetzt statt meines Gesichtes das Gesicht jener Frau sieht und sich fürchtet oder böse wird? Wenn die Alte eingeschlafen ist und sein Weinen nicht gehört hat? Wenn das Baby vom Weinen lila angelaufen ist, erstickt ist? Ach, warum habe ich es einer fremden Frau anvertraut?

Im Fluge bin ich zu Hause. Die Frau strickt, das Baby ist wach und schaut herum. Ich frage sofort, ob es geweint hat. »Einmal hat es geweint, da habe ich es auf den Arm genommen«, sagt sie scheu. Als es mich sieht, lacht das Kleine, lacht es wirklich? Es hat noch sein Lätzchen an, zudem bekleckert. Ich ziehe das Lätzchen aus und lege es betont langsam, damit die Frau versteht, was ich meine, auf den Tisch, dann wechsele ich dem Kind die Wäsche. Das Windelpaket aufzumachen, ist eine besondere Freude; sobald der rosige Po frei wird, strampelt es kräftig mit seinen dicken Beinchen. Auf der Welt gibt es nichts Lustigeres, Schöneres. Ich wasche seinen Po gut ab und pudere ihn. Die Frau sagt: »Die Wäsche war doch noch ganz sauber.«

»Macht nichts, die muß oft gewechselt werden«, sage ich und küsse über und über die kleinen Füßchen, den pummeligen Po. Ich bin voller Glück, als ich mir sage, daß es auch heute nicht krank geworden ist, auch heute ruhig geschlafen hat, auch heute lacht und nicht zuviel geweint hat.

Soll ich wohl einen kleinen, rosa angestrichenen Käfig bauen und das Baby hineinstecken, so daß es vor allen Gefahren beschützt wäre? Was müßte man tun, um die Wohnung bakterienfrei zu machen? Ich müßte die Luft der ganzen Wohnung reinigen, das Baby in einen Käfig setzen, zu allen Leuten die Verbindung abbrechen, damit niemand es berührt, küßt, streichelt. Wenn ich es nie nach draußen brächte, so daß der Wind sein Gesicht nicht berührte, kein Staub und kein Regentröpfchen auf seinen Körper fiele. Wenn es nicht schwitzte, nicht fröre, nicht weinte, nicht traurig wäre. Wenn niemand seine rosigen Wangen, die blonden, seidigen Haare, die riesigen Augen anschaute, mit schmutzigen Händen berührte. Wenn es nur mich sähe, mich liebte, mich berührte, für mich weinte und lachte...

Wenn nur ich es lieben, küssen, berühren würde, alles Schöne nur ich ihm zeigen würde. Wenn auch ich in den rosa Käfig hineinschlüpfen und dort mit ihm leben würde, es laufen und sprechen lehren. Wenn ich es lieben lehrte, ihm von der Liebe, der Freiheit, der Unabhängigkeit erzählen würde; ihm die Geschichte vom Alleinseinkönnen erzählte und von meinem unglaublichen Kampf darum, zwar alleine, aber trotzdem glücklich zu sein.

Ich liebe dich, meine Kleine, und werde nicht satt, dir in die großen Augen zu schauen: und der blonde Flaum auf deinem runden Köpfchen! Wenn ich deine prallen Beinchen, deine Füße mit den winzigen Zehen und den rosigen Fersen berühre, wenn ich manchmal sogar reinbeiße, ob du dann wohl bemerkst, wie mein Herz klopft, mein Kind? Spürst du die Stürme, die in mir losbrechen, wenn du weinst? Ich weiß nicht, warum du weinst, ob dir irgendwo etwas weh tut, aber ich fühle einen Schmerz, als zerrisse es mir das Herz im Leibe, verstehst du? Und ich stehe Todesängste aus, daß du mich eines Tages verlassen wirst. Ach, du wirst doch nie weggehen, mich doch niemals verlassen? Ich werde dich so vieles lehren, daß du dich an mich krallen wirst, daß du wieder in mich hineinkriechst, und dann wirst du nie mehr wie vor drei, vier Monaten rausgehen. Was ich dir gebe, reicht dir.

Nein, nein, du wirst niemals weinen, mein Kind, ich lasse dich nicht weinen, ich werde dir alles Glück schenken und dich lehren, wie du mit unglückseligen Umständen kämpfen sollst. Halt meinen Finger fest mit deinen pummeligen Händchen, halt ganz fest, laß nicht los! Meine große Liebe, du... Ich weine, wenn ich dich anschaue. Ach bitte, mach mir nie Kummer. Du sollst wissen, daß ich dir nie Kummer machen werde, niemals, auf keinen Fall. Selbst wenn ich dich in den Käfig täte, würdest du dort glücklich; glaub mir, du wirst niemanden brauchen, denn ich bin ja da, mein Kleines, ich bin ja da.

Ach, mein Schätzchen, ich liebe dich so sehr, daß du höher stehst als alle Liebe und Leidenschaft. Und ich werde niemals sterben, dich nie verlassen. Ich weiß ja, daß du die ganze Liebe nur von mir bekommen kannst, deswegen sterbe ich nicht und verlasse dich nicht; du sollst diesen Schmerz, diese Einsamkeit nie erleben. Und du wirst immer wissen, wo du auch seist, viele Kilometer weit, dort hinten, jenseits der Meere, wo auch immer, du wirst es wissen, daß das Herz eines Menschen um dich zittert. Für dich werde ich immer da sein, für niemand anderen. Von jetzt an bin ich für dich auf der Welt.

7

Mein Baby brennt im Fieber, es ißt nichts, keinen Bissen. Zweimal am Tag rufe ich den Arzt an; der meint, es sei nichts von Bedeutung, kein Grund zur Panik, es würde vergehen. Es vergeht aber nicht. Drei Tage essen wir beide fast nichts. Es schläft, ich bewache es. Seine Bäckchen sind knallrot, die Stirn ist von Schweißperlen bedeckt. Auch Aydın macht sich Sorgen, aber er versucht, sich nichts anmerken zu lassen. Leg dich hin und schlaf, ich passe auf, sagt er dauernd. Aber ich kann mich nicht darauf verlassen, denn er könnte beim Wachen einschlafen, und dem Baby könnte etwas passieren.

Ab und zu holt das Baby tief Luft. Das kann ich nicht ertragen, ich halte es nicht aus, wenn dieses kleine Wesen nach Luft ringt, und ich vergieße lautlose Tränen. Wenn ich es anschaue, ihm den Schweiß abwische, kriege ich einen Knoten im Hals, ich muß mich schwer beherrschen, um nicht loszuheulen, aber ich glaube, wenn es mich hörte, würde es traurig werden. Ich weine ununterbrochen, aber mit fest zusammengepreßten Lippen, denen kein Laut entweicht.

Aydın sagt: »Schau bloß mal dein Gesicht an, wie du aussiehst du bist völlig außer dir. Ich bin ja hier, geh ein wenig raus, dreh eine Runde.«

Ich kann mein Gesicht nicht sehen. Wer weiß, wie lange ich schon in keinen Spiegel geschaut habe. Wenn es nur gesund würde, wenn es nur einmal wieder lächelte, würde ich es niemals mehr traurig machen, niemals mehr böse auf es sein, das schwöre ich.

Irgendwann in der Nacht, als Aydın in seinem Zimmer schnarchend schläft und ich meinem Kind ständig den Schweiß abwische und auf seinen kleinen Atem lausche, schlägt es plötzlich seine großen Augen auf und schaut mich unverwandt an. Ich kann meine Augen von den seinen nicht abwenden. In dem Moment durchbohrt ein Pfeil mein Herz, und zum ersten Mal wird mir klar, daß ich mein Leben lang um mein Kind leiden werde. Ich bekomme es mit der Angst. Mutterschaft ist keine Pflicht, keine Abwechslung, kein Abenteuer, das fühle ich. In dem Augenblick spüre ich, was Mutterschaft wirklich ist, aber ich kann es nicht erklären. Ich empfinde für alle Mütter, mich selbst eingeschlossen, einen schrecklichen Schmerz. Nun werde ich also mein Leben lang leiden.

Wenn ich es auch in den rosa Käfig einsperrte, es würde nichts nützen. Die winzigen Krankheitserreger kämen doch und würden es finden. Selbst wenn ich mich als Schutzschild vor ihm aufbaute, kämen die bösen kleinen Mikroben, würden durch mich hindurch in sein zartes Körperchen eindringen. Es wird leiden, weinen, stöhnen, und ich werde tausendmal, millionenmal mehr leiden, weinen, stöhnen. Und eines Tages wird es die Tür des Käfigs öffnen und nach draußen gehen. Es wird alles sehen, hören. Jene bösen Menschen, die Welt voller Häßlichkeit werden es einkreisen. Wenn ich auch alles schon erzählt hätte, wird es doch hören, sehen, wählen. Seine falschen Entscheidungen werden mich verrückt machen. Über seine richtigen Entscheidungen werde ich glücklich sein.

8

Nachts im Bett neben Aydın, als ich daran denke, wie er doch immer sofort in Schlaf sinken kann, und ich seinem tiefer werdenden Atem lausche, wird mir ganz plötzlich bewußt, wie total einsam ich bin, wenn das Kind nicht da ist. Die Haut, die Hände, die Berührung der Kleinen füllen meine Welt jetzt derart aus, daß ich nicht mal merke, daß eine andere Berührung fehlt. War Aydın immer so? Immer so unberührbar, so monoton, so kußlos? Schon seit langem berührt er mich nicht, küßt und streichelt mich nicht. Einmal die Woche, vielleicht, machen wir Liebe miteinander. Liebe machen? Am Morgen beim Aufwachen, samstags oder sonntags zieht er mich an sich; ohne mich zu küssen, sogar ohne mich zu berühren schläft er mit mir. Haben all die langen Jahre dies gebracht? Weshalb wächst mit den Jahren nicht auch die Liebe zueinander? Wir behandeln einander doch so rücksichtsvoll. Doch, wir sind rücksichtsvoll, denn wir sind klug; in der Ehe ist Rücksichtnahme notwendig. Na gut, aber alles andere? Liebe, Sehnsucht, Leidenschaft, Aufregung? Zum erstenmal seit ich das Baby habe, denke ich über Aydın nach.

Wir haben eine Kinderfrau und eine Hilfe. Auch ich bin den ganzen Tag zu Hause. Aydın ist früher eher nach Hause gekommen, jetzt aber kommt er reichlich spät. Er hat in der Firma eine Gruppe lustiger Leute gefunden und geht mit denen meistens irgendwo hin. Ein paarmal bin ich mitgegangen, aber es war mir stinklangweilig. Ich mußte die ganze Zeit nur an Zuhause denken. Und die Leute gingen mir auf den Wecker.

Weshalb denkt Aydın nicht ständig an Zuhause? Das kapiere ich einfach nicht. Er liebt die Kleine, soviel steht fest. Sobald er nach Hause kommt, es mag so spät sein wie es will, geht er sofort in ihr Zimmer, schmust mit ihr, streichelt sie. Er bringt ihr auf jeden Fall Geschenke mit. Etwas anderes tut er nicht. Würde ich ihm dies vorhalten, so wüßte ich schon seine Antwort: »Was kann ich denn machen, du versorgst sie ja, und außerdem habe ich vor lauter Arbeit doch gar keine Zeit. Ich bin ihr Vater und habe sie sehr lieb, ihr fehlt nichts, gesund ist sie auch, was soll ich sonst noch tun?«

Genau, Aydın, was solltest du in Wirklichkeit noch tun? Was könnte man denn noch tun? Du hast deine regelmäßige Arbeit, die ist sehr wichtig, außerdem liebst du das Kind ja und streichelst ihm sogar die Wangen, abends, wenn es schläft, und selbstverständlich bist du traurig, wenn es krank ist. Auch Geschenke kaufst du. Was kannst du eigentlich sonst noch tun?

Ich lausche auf Aydıns Atem, der ausgesprochen tief, ruhig, gleichmäßig ist, genau wie er selbst. Ich sage mir, wir sind eine glückliche Familie und haben keinerlei Probleme. Mein Mann kommt jeden Abend heim, er verdient gut, wir haben ein süßes Kind, zwischen uns herrscht Rücksichtnahme. Einmal die Woche erreiche ich sogar einen Orgasmus. Das ist ein Leben wie das von jedermann, ruhig, angenehm, durchschnittlich und offensichtlich ohne Sorgen.

Ich überlege, ob ich mich wie früher wie eine Katze an Aydın schmiegen soll, ob ich mit den Lippen seinen Hals berühren und ihn zuerst zart und leicht, dann bis es wehtut küssen soll. Ob er sich wohl schlaftrunken zu mir umdrehen und mich fest umarmen und voll Verlangen an sich drücken würde? Würde er mich nehmen, mich lieben, mit mir Liebe machen, es wollen? Das weiß ich nicht, eigentlich glaube ich es nicht. Aber da reift in mir die noch wichtigere Erkenntnis, daß ich ihn gar nicht umarmen will, mit den Lippen seinen Hals nicht berühren und von ihm nicht umfangen werden will. Es ist nicht mehr so wie früher, als wir uns im Bett unbedingt an irgendeiner Stelle berühren mußten. In dem großen Bett liegt jeder an einem Ende eingerollt da. Ganz allein, mit tausend Gedanken, die durch den Kopf gehen, ohne daß der andere davon weiß, mutterseelenallein und ohne daß wir einander berühren wollen, sind wir ein Ehepaar.

Plötzlich fällt mir der Saxophonspieler ein, er besetzt mein Inneres, meinen Kopf, meinen Körper. Ich spüre ein Herzflimmern. Ihn will ich haben, ihn berühren, mit ihm verschmelzen, ihn lieben, auf seinen Hals meine Lippen pressen. Ich bin in seinen Armen, wir liegen aufeinander, er küßt mich wie wahnsinnig, seine Arme bilden eine Zange, die sich nicht öffnet, und er küßt mich unaufhörlich. Er faßt meine Haare von hinten zusammen und hebt mir ungeschickt den Kopf hoch, mir schmerzen schon die Lippen, so sehr küßt er. Dann, nach geraumer Zeit, nachdem kein Fleckchen meines Körpers ungeküßt geblieben ist, macht er mit mir Liebe, aber voller Lust, voller Leidenschaft. Mit ihm erreiche ich ohne Anstrengung, ohne daß ich Phantasiebilder zu Hilfe nehmen muß, ganz einfach und leicht viele Male den Höhepunkt. Als sein Mund an meinem Mund ›Ich liebe dich‹ sagt, glaube ich ihm.

Wir schlafen ein, indem wir uns umarmen, berühren, küssen, streicheln, und er bleibt in mir.

Ich bin naßgeschwitzt, und als ich mich im Bett bewege, berührt meine Hand Aydıns Rücken. Plötzlich bemerke ich ihn, und ein intensives Schuldgefühl erfüllt mich. Ich komme mir vor, als hätte ich ihn betrogen. (Jetzt höre doch nur einmal noch auf mich, dein zweites Ich, deine innere Stimme, die du seit langem aus deinem Leben verbannt hast: Du brauchst dich nicht schuldig zu fühlen. Sieh doch den Tatsachen ins Gesicht. Die Liebe zwischen Aydın und dir ist zu Ende. Zwischen euch ist nicht mehr viel Gemeinsames. Und weißt du, ihr habt euch mal wieder zu wenig bemüht. In dem Moment, wo ihr euch nicht mehr gerne berührt, beginnt das Ungücklichsein, weißt du. Denn eigentlich hast du ein Bedürfnis nach Berührung, Küssen, Streicheln. Du hast dich mit einem Phantom eingelassen und konntest dir gegen das aufkommende Schuldgefühl sagen, daß dies ja nie Wirklichkeit sein würde. Du kannst nicht ohne Küsse, ohne Liebe, ohne Erregung, ohne Leidenschaft leben, das kann keine Frau. Da die Männer dies nicht wissen, treiben sie die Frauen geradezu in die Arme eines anderen, sei er Phantasie oder Realität. Oder sie erzeugen diese unglücklichen, unterdrückten, verzweifelten, verspannten, kalten Frauen. Damit sie ihre Liebe nicht zu geben brauchen. Du sprichst nicht mehr mit mir. Du fliehst ganz schön vor den Tatsachen, bist eine ganz alltägliche Frau geworden; du hast alle ziemlich stark enttäuscht, was ist bloß mit dir los? Soll dein schönes Kind dich, eine derart alltägliche Frau als Beispiel nehmen?)

9

Ich kriege keine Luft, besonders wenn die Nacht hereinbricht. Wenn ich mich abends auf der einen Seite meines Bettes zusammenrolle, dann bleibt mir der Atem im Hals stecken, mir ist zum Sterben. Ich richte mich auf, atme absichtlich stoßweise durch und versuche, echt und tief Atem zu bekommen, aber es klappt nicht, ich ersticke fast. Ich öffne das Fenster, aber ich kriege trotzdem keine Luft. Seit Monaten kann ich nicht mehr richtig atmen. Auch mein Herzklopfen ist unerträglich. Gerade läuft alles ganz normal wie bei einer intakten Maschine, da habe ich plötzlich statt eines Schlages drei, fünf, zehn ganz schnelle Schläge. Oder es kommt ein Schlag, aber der ist so heftig, daß er mich fast umwirft. Ich will keineswegs herzkrank sein, aber mir scheint, ich bin es. Wenn das so ist, bleibt möglicherweise das Baby allein. Ich darf nicht krank werden, ich darf überhaupt nicht sterben, und das Baby darf auch nicht alleine bleiben. Ach, meine Kleine, was tust du denn ohne mich, du armes Kind, wer kann dich denn so lieben wie ich, wer kann denn so für dich sorgen mit echten, unverfälschten Gefühlen.

Ich rufe meinen guten Doktor an. »Wo steckst du denn bloß?« fragt er. »Der Mensch meldet sich doch mal mit seinem Baby. Ich habe dich vermißt, und das Kleine habe ich überhaupt noch nicht gesehen. Los, komm gleich her.«

Als er mit seinem dicken Bauch und seinem weißen Vollbart die Tür öffnet, fragt er als erstes: »Wo ist das Baby?«

Ich murmele etwas wie: »Das Wetter ist ein wenig kühl.« Er schüttelt den Kopf hin und her und sagt nichts. Diese seine Bewegung prägt sich mir unbewußt ein.

Er hört mich ab, dann untersucht er mein Herz und den Blutdruck. »Eigentlich wäre diese Untersuchung gar nicht notwendig. Als du am Telefon deine Beschwerden beschrieben hast, habe ich meine Diagnose schon gestellt«, sagt er.

»Du bist voller Energie. Deine Energie staut sich in dir. Du bist intelligent, denkst nach. Was du denkst, häufst du im Unterbewußtsein an. Du erkennst die Realität, weißt, was los ist, aber du tust, als wüßtest du es nicht. Du müßtest so viele Dinge ent-

scheiden, aber du tust so, als wäre nichts. Innerhalb deiner vier
Wände, in einem von dir kritisierten Lebensstil, da gibt es
Dinge, die du tun müßtest, aber du tust sie nicht. Nicht daß du
nicht die Kraft dazu hättest, du tust sie einfach nicht. Bei dir ist
das Unterste zu oberst gekehrt. Daß du die Frau bist, die mir
jene Briefe geschrieben hat! Die Dinge in deinem Unterbewußtsein, das was du denken willst, aber nicht kannst, deine
Pläne, deine grenzenlosen Fähigkeiten. Das alles zernagt dich
innerlich, das läßt dein Herz klopfen und verengt dir den Atem.
Dreiviertel aller Hausfrauen haben diese Art von Beschwerden.
Als du gearbeitet hast, war dein Atem nicht beengt, stimmt's
mein liebes Kind? Als du gearbeitet hast, konntest du die Reali-
täten deines Lebens besser beurteilen, da hast du sehr wohl mit
dir selbst abrechnen können, nicht wahr? Zu der Zeit hattest du
dich noch nicht ins Gefängnis gesperrt. Geh raus und laß dich
frei. Fang wieder an, nachzudenken, abzurechnen, und mach
wieder Frieden mit dir.«

Er verschreibt mir nicht mal ein Medikament. Ich küsse den
weißen Bart dieses Mannes, der mit sich selbst, dem Leben und
der Umwelt in Frieden ist und verlasse die Praxis mit gesenk-
tem Kopf und nassen Augen, ohne ein Rezept in der Hand.

Er ruft mir nach: »Du und dein Kind, ihr sollt euch gegenseitig nützen, nicht schaden. Du weißt doch, es wird schon groß
werden.«

An jenem Abend ist mein Atem nicht beengt, und das Herzklopfen kommt auch nicht. Ich kann gar nicht glauben, daß eine Entscheidung zu treffen so wirkungsvoll ist. Dabei habe ich noch gar
nichts entschieden. Ich weiß nicht mal, in welcher Angelegenheit
ich mich entscheiden soll. Ich habe mich bloß entschieden, eine
Entscheidung zu treffen.

10

Die Abende, die Aydın zu Hause ist, verbringt er vor dem Fernseher, und da guckt er bis zum Ende des Programms. Wenn es
nichts Gescheites gibt, bestellt er morgens vor dem Weggehen

eine Videokassette. Falls er früh nach Hause kommt, schaut er den Film an. Wir sprechen jetzt kaum noch miteinander. Unser einziges Thema ist das Kind. Sofort wenn Aydın nach Hause kommt, erzähle ich ihm alles, was die Kleine gemacht hat. Sie hat aaa gesagt, sie hat uuu gesagt, sie hat meine Hand gedrückt, mir an den Haaren gezogen, hat bababa gesagt, sie hat gelacht, sie hat ihr Spielzeug zerbrochen. Es kommt mir so vor, als ob dies alles nur unser Kind macht. Bei unserem ist wirklich alles etwas Besonderes: sein Verstand, seine Schönheit, seine Intelligenz, sein Verhalten. Danach setzt sich Aydın vor den Fernseher. Er erzählt nicht mal von der Arbeit. Dabei haben wir doch denselben Beruf. Dabei... aber das war einmal. Damals war ich in meinem Beruf berühmt, während Aydıns Name kaum bekannt war und in der Presse, bei Diskussionen, Cocktails, Vorträgen, auf Reisen stand ich häufig im Mittelpunkt.

Ab und zu frage ich Aydın etwas. Er antwortet in kurzen Hauptsätzen, als wollte er sagen, das verstehst du nicht. Wenn ich frage: »Was redet ihr denn da so, wenn ihr abends immer mit denselben Leuten ausgeht?« sagt er: »Von der Arbeit«, und schaut mich dabei gutgelaunt an.

Aydın ist außerordentlich zufrieden damit, daß ich zu Hause sitze. Aydın hat nichts daran auszusetzen, daß unser Leben so geregelt ist, wie sich das alle Männer vorstellen; Aydın lebt gut dabei: Er hat zu Hause seine gescheite und schöne Frau – beziehungsweise war sie früher einmal sehr gescheit –, ein winziges süßes Baby, seine saubere Wäsche, seine gebügelten Hemden und seine Anzüge, die in die Reinigung gegeben werden. Wenn er nach Hause kommt, findet er jetzt auch immer etwas zu Essen vor. Aydın ist frei; was er möchte, tut er, weder Frau noch Kind hindern ihn daran, die Ordnung in seinem Haus ist die natürliche Ordnung. So wie es bei allen ist. Aydın ist frei und hält uns alle für frei.

Aydın fühlt sich wohl.

Früher, als ich überall bekannt und berühmt war, kam es soweit, daß Aydın nicht mal mehr Sex mit mir machen konnte. Er wirkte zwar sehr glücklich und kümmerte sich in der Öffentlichkeit um mich, aber zu Hause pflegte er jede persönliche Beziehung abzublocken. Daß ich ihm so überlegen war, konnte er in seinem im tiefsten Innern unmodernen Unterbewußtsein nicht verkraften.

Jetzt hingegen wirkt Aydın zufrieden. Er ist ein Mann, und Männer brauchen ihre Frauen nicht zu bewundern. Diese haben zu Hause zu sitzen, sich in gar nichts einzumischen; es reicht, wenn sie ein bißchen was wissen und sagen können, so daß sie die Herren in ihren hohen Positionen nicht blamieren. Aber jetzt reden die Männer nicht mal mehr mit ihren Frauen zu Hause. Draußen gibt es so viel Frauen, die mit ihnen sprechen, die sie verstehen und so aussehen, als ob sie die Arbeit kennen und sich dafür interessieren würden. Zudem riechen diese Frauen nicht nach Kindermilch.

Aydın ist wie alle anderen sehr zufrieden mit seiner Gattin, die zu Hause sitzt, das Baby großzieht und ihren Gatten sehnsüchtig erwartet, sich aber in seine Angelegenheiten nicht einmischt und seine Freiheit nicht beschneidet. Aber glücklich ist er mit ihr nicht, ihr Freund ist er nicht, noch nicht mal ihr Geliebter. Warum auch? Wer sucht denn schon in der Ehe Freundschaft, Liebe, Aufregung, Leidenschaft, Sex? Reicht es nicht, daß diese Mauern nicht einbrechen, daß geheim bleibt, was in der geschlossenen Schachtel passiert, daß eine lachende Fassade gezeigt wird? Was macht es schon, daß die Körper auf dem Bett, jeder auf seiner Seite eingerollt, an einen anderen denken oder in der nächsten Nacht mit einem anderen Körper zusammen sind? Unsere Mauern sind intakt, seht doch her. Und verlangt man von uns nicht gerade dies? Ein Mann, eine Frau, ein Kind, ab und zu ein Abendessen, zu den Feiertagen Besuche bei den Angehörigen und alle heiligen Zeiten mal ein Essen von der Firma mit den Ehepartnern.

Im Bemühen, für die Chefs der Männer gut auszusehen, und damit es den Gattinnen der Arbeitskollegen gefällt, hat sich eine Reihe von Frauen, die sich untereinander überhaupt nicht kennen, die schicksten Kleider angezogen und die Haare beim Friseur machen lassen. Es gibt kein Gesprächsthema, nur Klatsch. Ein paar nette Späße über den Chef, und wieviel ihre Männer arbeiten; wenn sie wenigstens abends etwas eher heimkommen würden. Da gibt es doch so viele neue Kneipen, ach je. Aber mein Herr, das liegt eigentlich an Ihnen, wenn Sie meinen Mann ein wenig eher losließen, er sieht Sie bei Gott mehr als mich.

Es ist sonnenklar, daß Aydın mit unserem Zustand zufrieden ist, mit mir hingegen überhaupt nicht. Früher war er in mich verliebt. Wenn das so ist, warum unterstützt er dann mein jetziges Ich?

11

Die Kinderfrau hat heute frei. Draußen scheint die Sonne, aber es ist kühl. Ich bin sehr glücklich. Aydın ist auf Reisen, seit drei Tagen fort. Das Kleine und ich, wir sind alleine, wir sind glücklich. Es füllt mich aus, von einem Tag zum anderen seine Entwicklung zu beobachten, daß es mich erkennt, wie es lacht. Jetzt formt es Silben, es kennt sein Fläschchen, seinen Brei, aber vor allem kennt es mich. Wenn es mit seinem dicken Popo auf der Erde rumrutscht, wenn es mir mit allen vieren entgegenstrebt, dann wird mir im Inneren so warm. Ich habe nichts anderes im Herzen, nichts anderes beschäftigt mich, dieses Kind füllt mich gänzlich aus. Ich will es gar nicht mehr in einen Käfig stecken und fürchte auch nicht mehr, daß es Bakterien auffängt, wenn es auf der Erde rumkriecht. Ich werde auch nicht ärgerlich, wenn andere seine dicken Beinchen, seine rosa Bäckchen tätscheln. Ich weiß ja, es ist mein Kind, nur meins. Es gehört mir. Ich liebe es. Wie hätte ich diese reine, unverfälschte Liebe je erfahren können, wenn es nicht geboren worden wäre. Wie hätte ich je wissen können, daß es das einzige Wesen sein würde, das ich ein Leben lang lieben und bei dem allein ich aus diesem Grunde die wahre Liebe finden würde?

Ich weiß nun, daß keine andere Liebe so echt ist wie die zu dem Kind. Andere Liebesbeziehungen sind unwichtig geworden, vielleicht ist damit überhaupt Schluß. Zu wissen, daß sie vergänglich sind, daß sie sich eines Tages sogar in Haß verkehren können, macht sie insgesamt wertlos. Wenn eine Liebe enden kann, ist sie folglich nicht. Daß ich mein Kind mein Leben lang lieben werde, spüre ich bis ins Mark. Ich will leben, um es zu lieben, zu versorgen, ihm Gutes zu tun. Ich bin glücklich.

Gestern abend habe ich Aydın am Telefon gesagt, wenn morgen das Wetter schön sei, würde ich mit dem Kind raus in den

Park gehen. Er ruft jeden Abend an, fragt nach der Kleinen und legt auf. Offensichtlich liebt auch er die Kleine sehr.

In der Nacht ist das Kind dauernd aufgewacht, hat geweint, ich habe schlecht geschlafen. Heute ist es früh aufgewacht und wollte mit mir spielen. Ich habe es neben mich gelegt, es schlief nicht. Sobald ich die Augen schloß, fing es an zu weinen. Ich war so müde und schlaflos! Da entschloß ich mich aufzustehen und uns beiden Frühstück zu machen. Ich habe es gefüttert, plötzlich schlief es ein.

Ich bleibe ganz allein zurück, unausgeschlafen. Ich wische etwas Staub, räume auf und lese die Zeitung. In der Welt sind die Kriege außer Kontrolle geraten. Was ist bloß in den Nachbarländern los? Und ich habe seit Monaten keine Ahnung von diesen Kriegen. In einer der Zeitschriften sind Interviews mit erfolgreichen Frauen. Erfolgreiche Frauen, das sind Frauen, die dreimal so viel arbeiten müssen wie die Männer, die abends mit Kreuzschmerzen aus dem Betrieb kommen und ihre Kinder, die sie morgens bei der Großmutter abgegeben haben, holen müssen, dann noch am Supermarkt an der Ecke vorbei, das in der Küche Fehlende bedenkend, nach Hause eilen, um Essen zu machen, bei den vor dem Fernseher dösenden Ehemännern um Liebe betteln und müde ins Bett sinken. Einst war auch ich eine von denen. Gerade lese ich die Aussage einer Frau, die stolz verkündet, sie hätte ihre Berufstätigkeit nur aufgrund des großen Verständnisses ihres Mannes fortführen können. Wenn ihr Mann es nicht erlaubt hätte, etwa die Reisen und das späte Heimkommen, wäre sie nie eine erfolgreiche Frau geworden.

Ich bin dabei, den Artikel zu lesen, als das Baby anfängt zu weinen. Ich laufe sofort ins Schlafzimmer, was ist los, ist es vielleicht auf die Erde gefallen? Es schreit. Sein Gesicht ist knallrot, es schreit, als müßte die Kehle platzen. Ich setze mich auf den Bettrand und streichele es. Es schaut mich an, und für einen Moment ist es still, dann fängt es wieder an zu brüllen. Ich nehme es auf den Arm, aber es schweigt nicht. Ich gebe ihm alles, was im Schlafzimmer bunt ist, glänzt oder klappert, in die Hand, aber es wirft alles zu Boden. Es brüllt. Ich öffne die Windeln, es ist völlig trocken. Ich gebe ihm Wasser, es trinkt nicht, sondern brüllt. Es kriegt keine Luft mehr vor Schreien, dann holt es einen Moment Atem und fängt wieder an, aus vollem Hals zu brüllen. Ich nehme es unter den Armen und schwenke es hoch, sage still, still; jetzt ist sein Gesicht höher als meins, seine Füße hängen herunter, es schaut und schaut mich von oben herab an, der Mund ist riesig aufgerissen, als wollte es mich verschlucken. Sein Gesicht ist tiefrot, vom Schreien ist seine Stimme heiser geworden. Es weint. Nein, es weint nicht, es schreit nur. Wenn es weinte, würden Tränen fließen. Es schreit nur und hört nicht auf.

Plötzlich wird mir bewußt, daß das Kind mich mit seinen großen Augen anschaut. Es liegt mitten auf dem riesigen Bett auf dem Rücken und ist still geworden. In dem Augenblick sehe ich im Spiegel mein eigenes Gesicht. Mein blutloses, kalkweißes Gesicht, die verwirrten Haare, die ungebügelte, zerknitterte Kleidung, tiefe Schatten unter den Augen. Und ich sehe mich zum ersten Mal selbst an mit weit aufgerissenen, feuchten Augen.

Während es weinte, habe ich laut »still, still, still« geschrien. Und als ich es unter den Armen hochhob und seine Füße runterhingen, habe ich es erst geschüttelt und dann unter Weinen und Schreien von weit oben her aufs Bett geworfen.

Nachdem ich mich im Spiegel gesehen habe, schaue ich verwundert zu der Kleinen hin. Sie ist ebenfalls still und guckt mich an. So stark, so von sich selbst überzeugt! Wie zwei Rivalinnen fixieren wir uns lange gegenseitig. Wer sich zuerst bewegt, zuerst lacht, zuerst die Hand ausstreckt, gibt sich als besiegt zu erkennen. Sie lacht nicht, bewegt sich nicht, sie schaut bloß. Ich bin stärker als du; du hast nun mal deine Unterwerfung verkündet. Ich kann weinen, wann ich will, lachen wann ich will, was ich möchte, kann ich tun, ich bin frei, du aber bist es jetzt nicht mehr, du bist meine Gefangene, du gehörst mir, aber ich nicht dir. Du hattest einen, der nur dir gehörte, doch der ist gegangen –, beklag dich beim Schicksal deswegen. Er ist gegangen, ehe du seinen Wert erkanntest. Jetzt bist du ganz alleine, und ich bin da. Du gehörst mir. Ja, das sagen diese Augen.

Ich versuche mit meinen Augen denen des Kindes auszuweichen. Ich schaue zu meinem Spiegelbild hin. Auch dort sind die Augen keine Freunde. Wie Feinde starren wir uns an. Mein Spiegelbild kritisiert, beschuldigt, leidet, droht, beleidigt, und ganz offensichtlich liebt es nicht. Ich habe ihm nichts zu sagen. So vernichtet fühle ich mich vor ihm. Aber ich wende meine Augen nicht ab, so schauen wir einander an, und wir lieben uns überhaupt nicht.

Ohne die Augen vom Spiegel abzuwenden, lasse ich meine Hand über den Toilettentisch gleiten und bekomme ein lange nicht benutztes Make-up Fläschchen zu fassen; das schleudere ich auf das Gesicht. Es zerbricht in tausend Scherben, ich glaube mich von ihm befreit. Aber nun schauen mich aus jedem Teilstück diese Augen an. Weder das Baby noch mein vielfaches Spiegelbild spricht. Kein Laut, von niemandem. Sie prüfen mich. Sie weiden sich an meiner Schwäche, meiner Niederlage, meinem Schmerz, meiner Einsamkeit, schauen mich mit vielen Augen an.

Ich fange an zu schreien, bis mir die Stimme versagt, schreie das Baby und die Augen im Spiegel an.

Du wirst groß werden, Kind, ob ich nun da bin oder nicht, du wirst groß werden. Warum versuchst du mich zu unterdrücken, zu vernichten, kleinzukriegen? Und was schaust du mich aus den Spiegeln so an? Auf meine Blödheit, meine Ratlosigkeit, meine Einsamkeit? Was schaut ihr mich so an, ohne zu sprechen? Ich habe euch verblüfft, enttäuscht, nicht wahr? Da gab es doch diese starke Frau, die alles wußte, die alle Probleme, Herausforderungen mit ihrem Verstand angegangen ist. Wie hast du winziges Ding es geschafft, mich zu zerquetschen? Mein ganzes Leben, mein Ich, meine Persönlichkeit, wie hast du mir all dies nehmen können? Wie hast du mich davon überzeugt, daß deine dicken Beinchen, dein rosiger Po, deine großen Augen der wichtigste Teil meines Lebens, ach nein, sein einziger Inhalt seien? Dumme Frau im Spiegel, was schaust du so. Jetzt ist Schluß, Schluß, Schluß!

Kind, du bist nicht stärker als ich, du bist wie alle, ein ganz gewöhnlicher Mensch. Ich bin mindestens so stark wie du. Jetzt ist Schluß! Bis heute und nicht länger hat deine Herrschaft gedauert. Als ich dich in meinem Bauch trug, dich aus meinem Fleisch und Blut, mit allem, was ich hatte, ernährte, als ich mit dir

sprach, glich ich da der Frau im Spiegel? Sag, wenn du gewußt
hättest, daß deine Mutter eines Tages so eine Frau sein würde,
wärest du dann überhaupt zur Welt gekommen, hättest du sie
geliebt, geschätzt? Wenn sie wie früher gewesen wäre, hättest du
überhaupt versucht, sie zu unterdrücken, zu versklaven? Kind,
du wirst mich nicht unterkriegen. Du wirst mich nicht besiegen,
damit ist Schluß. Still, still! Schluß jetzt! Wenn du Ansprüche
anmeldest, dann ich auch. Kein Mensch kann mich zur Sklavin
von irgend jemandem machen, selbst von dir nicht.

Meine Stimme versagt, das Kind fängt wieder an zu weinen. Ich
gehe schluchzend raus, schließe die Tür. Soll es weinen. Es wird
weinen wie ich. Wenn wir leben, wenn wir fühlen, dann weinen
wir auch. Aber es wird dennoch glücklich sein und ich auch.
    Ich auch.

12

Als ich erwache, herrscht eine tiefe Stille im Haus. Kein Laut.
Das Kissen auf dem Sofa, wo ich eingeschlafen bin, ist noch naß,
so viel habe ich geweint. Es ist so still; bin ich denn taub geworden? Als wäre die Welt stehengeblieben. Als hätte sie angehalten
und würde sich erst wieder bewegen, wenn ich mich aufrichtete.
Die Welt bleibt stehen, die Menschen, die Verkehrsmittel, Fa-
briken bleiben stehen, das Weinen, die Freude, das Lieben, der
Tod, alles bleibt stehen. Aber in dem Moment, wo ich mich von
meinem nassen Kissen auf dem Sofa erhebe, fängt alles neu zu
leben an. Auch ich.
    Langsam stehe ich auf und gehe in das Zimmer, wo das Baby
liegt, es schläft sanft und selig. Das Ungeheuer von vorhin ist
weg, an seine Stelle ist ein Engel getreten. Als wären die Augen
im Spiegel keine Feinde mehr. Die Welt fängt langsam wieder an,
sich zu drehen. Die Menschen, die Fahrzeuge, die Maschinen
bewegen sich. Das Weinen, das Lachen, das Lieben, der Tod beschleunigen sich.
    Ich ziehe mich aus. Ich berühre meinen Körper wie früher, ich
streichele ihn. Ich schaudere. In dem zerbrochenen Spiegel

schaue ich meinen Körper liebevoll an. Ich bin wie früher, habe ein kleines Bäuchlein, das ich in der hohlen Hand fassen kann. Ich lege mich sofort auf die Erde und hebe zwanzigmal die Beine hoch; das muß ich jeden Tag morgens und abends machen. Die zerknitterten alten Klamotten, die ich anhatte, werfe ich in den Abfall, stopfe sie tief hinein. Dann setze ich mich an den Toilettentisch und schminke mich. Eine Grundierung ist nicht nötig, meine Haut ist einwandfrei. Mit etwas Farbe betone ich meine Augen. Sind nicht alle immer von der Schönheit meiner Augen entzückt gewesen? Rundherum sind feine Fältchen entstanden, sollen sie doch. Ich habe mich selbst vergessen; vergessen, mich selbst zu lieben. Wie habe ich das fertiggebracht? Wie lebt der Mensch, wenn er sich selbst nicht liebt, wie kann er glücklich sein? Ich streichele meine Wangen, meine Augenumgebung, meine Haare. Ich entdecke mich neu. Wie lange ist es her, daß ich meine Haare nicht gestreichelt habe? Wenn ich schon selbst vergessen habe, mich zu lieben, warum sollte mich dann ein anderer lieben? Wenn ich mir selbst nicht gefalle, warum sollte ich einem anderen gefallen? Der Mensch weiß selbst, ob er liebenswert ist oder nicht, und wenn ja, dann liebt er sich auch. So gescheit ist ein Menschenkind doch wohl in bezug auf sich selbst. Wenn es sich nicht mehr für liebenswert hält, gibt es sich selbst auf und die anderen geben es ebenso auf.

Ich rufe meine Schwester an und sage: »Kannst du, wenn du nichts vorhast, heute bei der Kleinen bleiben? Ich habe etwas Wichtiges zu tun.« Sie ist erstaunt. Bis heute habe ich das Kind kaum mal jemanden anvertraut.

Ich erwarte sie schon aufgeregt an der Tür, und gehe mit meinem frisch angemalten Gesicht raus, während sie verblüfft reinkommt.

13

Als meine frühere Friseuse mich sieht, erkennt sie mich fast nicht mehr. Es ist mir so bequem geworden, meine immer länger werdenden Haare zu einem Knoten auf dem Kopf zusammenzudrehen, daß ich seit Monaten nicht beim Friseur war. Jetzt lasse ich die Haare bis zu den Ohren abschneiden, und mein Nacken kommt gebührend zur Geltung. Ich betrachte mich im Spiegel. Ich bin von mir begeistert, ebenso die Friseuse. »Weshalb sind Sie denn nicht längst vorbeigekommen?« fragt sie.

Ich verabschiede mich schnell, ich habe ja noch so viel vor. Als würde ich die Welt neu entdecken! Ganz neue Boutiquen haben eröffnet, die Filialen der großen Geschäfte haben sich vermehrt, das Ambiente hat sich verändert, die Menschen haben sich verändert. Dieses rote Jackett da im Schaufenster, wie hübsch, besonders der Minirock dazu, mit einem schwarzen Seidentuch und schwarzen Strümpfen. Ich kaufe alles, lasse es mir nicht mal einpacken, sondern ziehe die Sachen gleich an. Und dann erstehe ich in dem Geschäft noch die passenden Schuhe und eine Tasche. Die Tüte mit meinen alten Bluejeans und der Baumwollbluse werfe ich in die nächste Mülltonne. Mit jedem alten Fetzen, den ich in den Abfall werfe, räume ich innerlich mit meiner Dummheit auf. Es erleichtert mich. Ich schaue mich in den Schaufensterscheiben der Geschäfte an, als wäre ich eine andere. Oder eine, die ich lange nicht gesehen, aber sehr herbeigesehnt habe. Ich fühle mich glücklich, sie anzuschauen. Ich möchte sie in den Arm nehmen. Wo warst du denn, ich hatte Sehnsucht nach dir, du warst verschwunden, hast dich wirklich rar gemacht. Aber da bist du ja wieder. Du wirst mich nicht noch einmal verlassen, mich nicht wieder so alleine, ohne Freundin, ohne Rückhalt sitzenlassen! Ich kann nicht aufhören, dich anzuschauen. Wo warst du denn? Wo warst du bloß?

Ich springe in ein Taxi und fahre zu meinem alten Arbeitsplatz. Sie empfangen mich voll Liebe. Als sei es noch meins, gehe ich zu meinem alten Zimmer, öffne die Tür und trete ein. An meinem Tisch hat sich ein junger Mann eingerichtet – noch dazu hat er die Füße auf den Tisch gestreckt –, der mich völlig verblüfft anschaut. Offensichtlich ist er auf seine Sekretärin böse, weshalb sie ohne Voranmeldung einfach jemanden eindringen läßt in dieses unberührbare, heilige Zimmer, in dem so außerordentlich wichtige Arbeiten erledigt werden. Dabei ist die Sekretärin nicht an ihrem Platz, und ich habe dies für mein eigenes Zimmer gehalten. Nach der ersten Verblüffung nimmt er die Füße vom Tisch und sagt: »Guten Tag, jetzt habe ich Sie erkannt.«

Ich schaue ihn belustigt, sogar freundlich an und sage: »Nein, nein, Sie brauchen ihre Füße nicht runterzunehmen, das ist die neue Art zu sitzen, weiß ich doch, ich selbst habe an manchen Tagen, natürlich in Hosen, so gesessen.«

Er steht auf. »Es freut mich sehr, Sie kennenzulernen. Sie können sich nicht vorstellen, wieviel man über Sie spricht. Sie sind überall bekannt, wissen Sie.«

Es wird mir zunehmend wärmer ums Herz. »Ach was, von meiner Bekanntheit ist kaum was übrig, ich bin doch lange weg vom Fenster.« Er schaut mich bewundernd an. »In der Branche ist Ihr Name unvergessen, auch Ihre Leistung. Wenn jemand schön und erfolgreich zugleich ist...«

»Vielen Dank, sehr freundlich von Ihnen, ich habe eine ganze Weile pausiert und solche Worte lange nicht gehört.«

Er schaut mich weiter bewundernd an, und mit jedem Blick wärmt er mir die Seele und macht mir Mut. »Jetzt bin ich an Ihrem Platz. Wenn man nur ein klein bißchen die Hoffnung gehabt hätte, daß Sie zurückkehren, hätte man mich gewiß nicht eingestellt. Ich hätte sehr gerne mit Ihnen gesprochen und von Ihren Erfahrungen, Ihrem Wissen profitiert.«

Als er mir die Hand drückt und lange, lange festhält, fragt er: »Darf ich Sie zu Hause anrufen, wenn Sie das nicht stört? Es kann ja sein, daß ich etwas die Arbeit Betreffendes fragen muß.« Ich fühle mich wahnsinnig geschmeichelt. »Natürlich, rufen Sie an, was sollte da stören, ich gebe Ihnen hier meine Nummer. Auf Wiedersehen, wir sehen uns bald, rufen Sie mich nur ungeniert an.«

Ohne die Sekretärin zu fragen, ob der Chef in seinem Zimmer ist, ob er alleine ist, was er macht, klopfe ich an und gehe hinein. Er sitzt mit dem Hauptbuchhalter zusammen. Sofort steht er auf, drückt mir die Hand, küßt mich auf die Wangen.

»Sie sehen aber phantastisch aus, und wie Sie sich verändert haben, herzlich willkommen, hoffentlich bringen Sie gute Nachrichten.«

Ich rede wie aus der Pistole geschossen, daß ich nun endlich wieder arbeiten will, das Kind ist groß geworden, ich habe meine Arbeiten soweit organisiert, es hat sich auch an die Kinderfrau gewöhnt, diese sei eine sehr gute Kraft, ich hätte sowieso nie vorgehabt, für immer zu Hause zu sitzen, deshalb sei ich natürlich zuerst zu meiner alten Firma zurückgekehrt, sprechen Sie aufrichtig mit mir, auf meinem Platz sitzt ein anderer, es kann sein, daß man mich nicht braucht, das können Sie ebenfalls offen sagen, ich werde sicher nicht arbeitslos bleiben, in so einer Zeitspanne vergißt der Mensch ja nicht, was er weiß, falls Sie mich brauchen können, bin ich bereit, gleich morgen anzufangen, oder wenn nicht, dann sagen Sie es mir. Glauben Sie, ich bin bereit, noch schneller zu arbeiten als früher. Wenn es Ihnen recht ist, gehe ich jetzt, und Sie geben mir morgen Bescheid.«

»Gehen Sie nicht«, sagt der Chef. »Habe ich nicht bei Ihrem Weggang gesagt, daß unsere Türen Ihnen jederzeit offenstehen? Eine Mitarbeiterin wie Sie läßt man sich doch nicht entgehen. Ich hatte sowieso immer etwas mit Ihnen vor. Wenn Sie möchten, treffen wir uns morgen zum Mittagessen und sprechen mal ausführlich miteinander.«

Wir verabreden uns.

14

Aydın interessiert sich plötzlich wieder für mich. Und ich bemerke dabei, daß er sich sehr lange nicht für mich interessiert hat. Er schaut verblüfft auf mein geschminktes Gesicht, die gekürzten Haare, das Minirock-Kostüm. »Was ist denn mit dir los?« fragt er verwundert. Dabei sah ich doch damals so aus, als er sich in mich verliebte. Als hätte er jene Tage und mich in jenen Tagen vergessen und sich an mein jetziges Ich gewöhnt.

»Gefällt es dir?« frage ich.

»Freilich, ja, du bist sehr schön geworden, aber...«, sagt er.

»Na, was soll das ›aber‹ heißen, und was soll nach dem ›aber‹ kommen?

»Nein, was ist denn los? Wozu war das denn nötig?«

(Wieso: War das nötig? Schau her, ich habe mich verschönt, ich bin gescheit geworden, ich bin wie früher. Darüber solltest du dich freuen, Aydın. Von jetzt an werde ich nicht bloß für euch leben. Ich habe mich selbst wieder bemerkt, auf mich gehört. Wie schön, nicht wahr. Wenn der Mensch nicht an sich selbst

denkt, wie lebt er dann? Wie kann er glücklich sein, wenn er nur
für andere da ist? Ich habe mich wiedergefunden, ich mag mich
wieder. Ich werde Freude am Leben haben und wieder beweisen,
daß ich eine Persönlichkeit bin. Ist das nicht schön, Aydın?
Warum freust du dich nicht darüber, warum bist du erstaunt,
warum steht in deinen Augen Ärger, Enttäuschung? Vielleicht
liebst du mich ja auch wieder, bist wieder gespannt auf mich,
begehrst meinen Körper wieder wie früher. Aydın, wir werden
fliegen wie früher. Aydın, Aydın, wach auf. Freu dich, weil ich
zu mir gefunden habe. Bring mich bitte nicht erneut durcheinander.)

Meine innere Stimme, die so lange geschwiegen hat, scheint zu
flehen. Während dieser Gedanken schaue ich Aydın ständig in
die Augen. Er ist wie immer, steif ohne Reaktion, Habe ich ihn in
diesem Zustand geliebt? Wie konnte ich ihn lieben, wenn er so
war? Und wenn er nicht so war, warum hat er sich verändert?
Dafür läßt sich schwer eine Erklärung finden. Ohne daß die Verblüffung aus seinen Augen weicht, fange ich an, ihm die Erlebnisse des Tages zu erzählen. Mir kommt es vor, als begänne alles
ganz von vorne. Dabei hat sich bisher nur mein Äußeres verändert, sonst nichts.

»Heute bin ich in meine alte Firma gegangen, habe mit dem
Chef gesprochen, morgen treffen wir uns und reden. Ich möchte
sehr gerne wieder anfangen zu arbeiten.«

»Wenn du das willst, freilich, dann kehre in die Arbeit zurück.
Nur, was wird mit der Kleinen?«

»Ach, weißt du, die Kinderfrau hat sich als sehr gut erwiesen.
Wir können sie ihr ruhig überlassen, außerdem wird manchmal
meine Schwester helfen kommen.«

»Fang an, freilich fang nur an. Damit dein ganzes Wissen,
deine ganze bisherige Mühe nicht umsonst sind. Außerdem
warst du ja ganz schön bekannt.«

»Du ziehst mich auf, nicht wahr? Eigentlich interessiert dich
mein Arbeiten gar nicht.«

»Warum sollte ich dich wohl aufziehen, Schätzchen, die Arbeit wird dir bestimmt gut bekommen, aber die Kleine …«

»Aydın, ich bin im Beruf mindestens so erfolgreich wie du.
Und wenn ich nun sage: setz du eine Weile mit der Arbeit aus

und versorg das Kind? Ich gehe in die Arbeit, und wenn es nicht klappt, lasse ich es wieder. So ziehen wir abwechselnd die Kleine groß.«

»Eine tolle Idee, warum denn nicht?«

»Ja, warum denn nicht. Du lachst. Aber warum eigentlich sollte ich die Arbeit aufgeben, und für dich sollte sich überhaupt nichts ändern? Sagst du nicht ständig, ein Baby sei das gemeinsame Werk zweier Menschen? Dann muß man auch die Opfer zwischen den beiden Menschen gleich verteilen. Ich stille ja auch nicht. Warum soll dann gerade ich zu Hause sitzen?«

»Laß mal diese Teilerei und dieses Gleichheitsgerede und sieh, wie du es bis heute gehalten hast. Du hast das Baby ja nicht mal deiner Schwester überlassen können. Du konntest kaum alleine vor die Haustür gehen, ohne verrückt zu werden. Du ähnelst den Affen, die ihre Kinder auf dem Rücken tragen. Du wachst eifersüchtig über die Kleine, niemand soll sie anfassen. Sagen wir mal, ich lasse die Arbeit und passe auf sie auf, du kannst sie ja nicht mal in Ruhe mir überlassen! Ist das nicht so? Darauf möchte ich jetzt eine Antwort!«

»Na dann, warum kannst du das Kind in Ruhe jemandem überlassen, aber ich kann das nicht? Warum machst du dir keine Sorgen, aber ich doch? Hast du das mal überlegt? Ist das nicht dein Kind, ist es wirklich dein Kind? Auch du gleichst den Vätern, die abends mit zwei Orangen und zwei Stück Lammkotelett ankommen und Spielzeug und Kleidung kaufen und meinen, nun hätten sie ihre Vaterpflichten erfüllt. Genauso bist du nämlich. Ihr alle macht euch mit den Kindern überhaupt keine Mühe. Ihr füllt ihnen lediglich den Magen und laßt sie nicht nackt laufen, und außerdem könnt ihr noch abends heimkommen und alle mit euren schrecklichen Vorschriften in Panik versetzen. Das Kind soll bloß nicht weinen, paß auf, der Papi ist müde, wir wollen ihn nicht aufregen, daß nur dein Papi nicht böse wird. Wir erleben dafür die unendliche Freude, das unglaubliche Glück, euch zum Vater zu machen. Wollen doch mal sehen, wie anders als die anderen du dich in Zukunft verhältst.«

»Heißt das, du fängst morgen mit der Arbeit an?«

»Ja. Und ich hatte gedacht, daß mein Entschluß dich freuen würde, ich Dummkopf. Ich hatte dich anders eingeschätzt. Vielleicht bist du auch anders, denn du hast den Zustand, in dem du mich im letzten Jahr gesehen hast, nicht gemocht, dich jedoch daran gewöhnt. Aber jetzt, heute bin ich so glücklich, los, laß uns endlich ins Bett gehen.« (Als ob alles wie früher werden könnte!)

Aydın hat mich in jener Nacht nach langer Zeit endlich mal wieder wahrgenommen. Aber lediglich wahrgenommen.

Ist das nicht ein wahres Rätsel? Ich bin schön, gescheit, gesprächig, kann meinen Gesprächspartner zum Lachen bringen, bin begehrenswert. Viele Männer sind verrückt danach, mit mir zusammenzusein, wollen mit mir ausgehen, reden, schlafen. Und ich liege neben einem Mann im Bett, berühre ihn, doch er empfindet nichts für mich. Dabei hat mich dieser Mann vor Jahren heftig begehrt. Er hat mir zuliebe sogar seinen Lebensstil geändert. Und ich weiß auch –, lassen wir mal für einen Moment alles Geschehene außer acht – wenn dieser Mann mir heute zum ersten Mal begegnete, würde er mich wieder begehren, wieder verrückt nach mir sein. Was ist denn passiert in den vergangenen Jahren, was hat sich verändert? Neben ihm liegt derselbe Körper, dieselbe schöne Frau mit derselben Haut, derselben Hand, demselben Mund. Was ist los? Weshalb erwacht Aydıns Körper nicht? Warum will Aydın mich nicht berühren, streicheln, lieben, nicht mit mir schlafen?

Was ist das bloß für ein Krieg zwischen Mann und Frau, aus dem es keine Rettung gibt? Werden die Psychiater, die Wissenschaftler, die Literaten dahinterkommen? Oder wer sonst? Ich glaube, daß ich für Aydıns unsagbare, zunehmende Lustlosigkeit überhaupt nichts kann. Aber was ist dann der Grund? Sein Rückzug begann, als ich auf dem beruflichen Höhepunkt war. Aber auch, als ich mich ins Haus einschloß, dauerte das an und dauerte und dauerte. Das Kind hatte mich blind gemacht. Ich hatte die mir von der Gesellschaft zugedachte Form des Alltags akzeptiert. Ein Baby, eine Frau, ein Mann mit einer guten Arbeit, ein geordnetes und monotones Leben. Lebt nicht jeder so? Wird nicht diese Art zu leben unterstützt, verteidigt?

Beide strampeln sich den ganzen Tag in unterschiedlicher Weise ab: die Frau, die von der Welt keine Ahnung hat, innerhalb des Hauses, und draußen der Mann, der über alles sehr gut informiert ist, bloß nicht über die Probleme derer, die zu Hause sind. Abends ist die Frau wieder zwei, drei Stunden auf den Beinen, weil diese Zeit der Entspannung des Mannes vorbehalten ist. Dann wird eine Weile Fernsehen geglotzt, werden leere, sinnlose Dialoge geführt.

Die Frau denkt immer an jene ersten Tage. Wie schön hat er sie damals angesehen, was für süße Worte hat er gefunden, wie aufregend war seine Liebe. Vielleicht wird es wieder so, vielleicht diese Nacht. Vielleicht ist das der Anfang von etwas Neuem, so wie er jetzt die Hand auf ihre Schulter legt. Nein, daran denkt er gar nicht. Er ist ganz zufrieden damit, wie die Sache für ihn läuft. Er ist der große Mann, er hat Erfolg, er verdient, er kämpft. Du kleine Frau störst ihn bloß mit deinen belanglosen häuslichen Problemchen. Hab' doch ein bißchen Verständnis, schweig, meckere nicht rum... Weißt du, womit er den ganzen Tag zu ringen hat? Er ist das Zentrum der Welt, er rettet die ganze Welt. Was tätest du, wenn er nicht wäre? Wenn du eine gute Frau sein willst, erleichtere ihm das Leben, zeig ihm ein lächelndes Gesicht, sei verständnisvoll, und mach nicht noch Probleme.

Wäre er mit einer anderen zusammen, die könnte seinen Wert schätzen. So ein netter, gutaussehender, erfolgreicher Mann. Aber du nervst ihn mit Kind, Wohnung, Möbeln, Essen und Ausgehen. Nein, eigentlich ging es mir um die Arbeit. »Dadurch schaffst du dir aber einen Haufen sinnloser Komplikationen. Dann mach doch, und arbeite, wenn du es unbedingt willst, arbeite. Für nichts und wieder nichts wirst du dich abrackern, dir eine zusätzliche Anstrengung aufladen, wo du doch gemütlich zu Hause sitzen könntest. Du wirst arbeiten, aber dadurch wird es für uns alle schwieriger. Ist das, was du da tust, nicht einfach eine Laune? Das Kind wird darunter leiden und ich auch. Jetzt wird es abends wieder bloß Brot und Käse geben, und du wirst ganz umsonst erschöpft sein, ganz umsonst.«

So sehr hätte ich mir gewünscht, ein Leben lang mit einem einzigen Menschen in nicht vergehender Spannung, Zuneigung, Liebe zu leben. Ein immer weiterbrennendes Feuer, wer möchte das nicht? Aber die Realität sieht anders aus. Entweder führst du ein von außen gesehen glückliches Familienleben ohne Feuer, ohne Spannung, monoton und gezwungen. Oder du sagst, ich brauche Aufregung, Liebe, Zuneigung, Zärtlichkeit, dann verzichte auf alles andere. Falls du den ersten Weg wählst, kannst du bis an dein Ende ein ruhiges Leben führen, erfüllt von steifem, künstlichen Gelächter. Um welchen Preis? Um den Preis, daß du eifersüchtig zuguckst, wenn ein Paar sich an den Händen hält, sich leidenschaftlich küßt. Um den Preis, daß du erschauderst bei der geringsten Berührung durch irgendeinen Mann. Um den Preis, Monate, Jahre auf ein von Herzen kommendes ›Ich liebe dich‹, auf eine innige Umarmung zu warten. Um den Preis von Herzrhythmusstörungen und Atembeklemmung. Den zweiten Weg zu wählen, verlangt hingegen Mut, verlangt Liebe zu dir selbst, verlangt Kraft, Bereitschaft zu kämpfen und Glauben an dich.

Ich bin eine schöne Frau, aber Aydın will mich nicht. Andere Frauen begehrt er sicher, und auch mich begehren andere Männer. Soll hier jetzt der Begriff der Ehe und Familie verteidigt werden? Ist dies die heilige Gemeinschaft, die nicht zerstört werden darf? Wer die Ordnung, die Institution in Schutz nimmt, sollte einmal an die Einzelpersonen denken, aus denen sie gebildet wird. Was wird denn aus uns?

15

Ich bringe meine gesamte Kleidung zum Schneider an der Ecke, damit er alles enger macht, und die Säume kürzt. Daß ich mich schlicht kleide, hat Vorteile, denn so ist nicht viel Veränderung nötig. Ich gehe in die Stadt und kaufe mir eine enge Hose, einen kurzen Rock, eine bunte Bluse und ein Jackett. Als ich nach Hause komme, probiere ich die neuen Sachen Stück für Stück. Die Hose ist etwas eng. Ich betrachte mich minutenlang im Spiegel. Da ich meinen Po nicht genau von hinten sehen kann, nehme ich noch einen Spiegel zur Hand, um richtig zu gucken. Nein, nein, so groß ist er nun wieder nicht. Ganz bestimmt nicht. Freilich, zwei, drei Kilo könnte ich noch abnehmen, dann sähe es besser aus, aber im Moment geht es mit einem langen Pullover.

Denn meine Beine sind nicht dicker geworden. Am ersten Tag kann ich das anziehen, es wirkt unprätentiös. Es wäre unklug, schon am Anfang die leitende Angestellte herauszukehren.

Ich bin fürchterlich aufgeregt. Alles, was ich an meinem ersten Arbeitstag vor vielen Jahren gefühlt habe, lebt wieder auf. Vielleicht sind die Gefühle noch stärker, noch intensiver. Zumindest hatte ich damals keinerlei Ansprüche an mich. Doch nun weiß ich, was Erfolg bedeutet. Jetzt muß ich von dem Punkt an, wo ich aufgehört habe, den Erfolg fortführen. Nicht einmal das genügt, ich muß noch mehr erreichen.

Seit ich mich erinnert habe, daß es in meinem Leben mehr als nur Haushalt und Kind gibt, beschäftige ich mich auch mehr mit Aydın. Als es abends acht wird und er noch nicht zu Hause ist, rufe ich, seit langem zum ersten Mal wieder, in seiner Firma an. Der Bürodiener ist am Apparat und sagt, daß Herr Aydın vor genau zwei Stunden das Haus verlassen habe. Ja, er sei sich sicher, denn er habe ihm die Aktentasche bis zum Auto gebracht, und da sei es genau sechs Uhr gewesen.

Plötzlich denke ich über Aydın nach: Was tut er eigentlich, wohin geht er abends, wie steht es mit seiner Arbeit, mit wem unterhält er sich, mit wem geht er aus, amüsiert er sich? Warum berührt er mich nicht wie früher? Warum ist unser Sexualleben erkaltet und kaputt? Warum schlafen wir einmal die Woche miteinander, als sei es eine Pflicht? Warum hat Aydın mit mir Erektionsprobleme? Liebt Aydın mich? Und wenn er mich nicht liebt, warum ist er weiterhin mit mir zusammen? Hätte ich diese Fragen nicht schon beim Auftauchen der ersten Anzeichen stellen sollen? Weshalb diskutieren wir nicht mehr, seit wir zusammenleben? Warum akzeptieren wir diese Kälte, Monotonie, diese Langeweile, als wäre das alles natürlich?

Als Aydın um neun heimkommt, habe ich mein Essen gegessen und bin beim Obst. Ich bin geschminkt und zurechtgemacht. Die Kleine spielt in ihrem Laufställchen. Ohne von meinem Platz aufzustehen, frage ich: »Wo warst du?«

Er antwortet unfreundlich: »Ich war in der Firma.«

Das schmerzt. Ich fühle mich wie die jungen Mädchen, wenn

sie das Leben in seiner Härte zum ersten Mal ganz neu entdek-
ken. Ich weiß nicht, was ich tun soll. In Sekundenschnelle gehen
mir die widersprüchlichsten Gedanken durch den Sinn. Zuerst
beschließe ich, die gereifte Frau zu spielen. Ich werde den Kopf
senken, bitter lächeln, aber nicht ein Wort sagen. Aber ist das
wohl das Verhalten einer gereiften Frau? Schweigen, die eigenen
Gefühle verbergen, um den Mann nicht zu kränken, das eigene
Unbehagen nicht zeigen, besteht darin die Reife? Sind nicht
Herzrhythmusstörungen und Magenkrämpfe die Folge davon,
daß sich Frauen zur »Reife« zwingen? Eine Sekunde zerfällt in
Teile, und ich ändere meine Meinung in einem Bruchteil, ich
werde keine gereifte, sondern eine natürliche Frau sein.

»Ich habe in deiner Firma angerufen, du warst nicht da«, sagte
ich. »Ich war da«, sagt er. Dieses Verhalten ist also für Männer
das natürliche, nämlich, wenn sie einmal angefangen haben zu
lügen, konsequent zu bleiben. Soll ich zur Reife zurückkehren
oder weiter natürlich sein? Mir will scheinen, aus der Natürlichkeit entstehen große Schwierigkeiten.

»Aydın, ich habe mit dem Bürodiener gesprochen, er sagt, du
seist um sechs gegangen, er habe dir deine Tasche bis zur Tür
getragen.«

Eine kurze Stille, über seine Lippen huscht ein unbestimmtes
Lächeln. Man sieht, daß sein Kopf wie ein Computer arbeitet.
Und der Computer sagt: Beschuldige dein Gegenüber, Angriff
ist die beste Verteidigung. Aydıns Gesicht ist kalt und aus-
druckslos. »Hast du plötzlich angefangen, Detektiv zu spielen?
Soll ich dir Rechenschaft ablegen?«

Ich fühle einen Stich im Inneren. Also doch, da ist es wieder.
Wieder Enttäuschung, wieder das Ende einer Liebe, wieder Aus-
weglosigkeit, wieder Unentschlossenheit. Soll das immer so
sein? Liegt es daran, daß ich mich nicht begnügen kann? Das hier
ist doch ein guter Mann, erfolgreich im Geschäftsleben, gebildet,
wohlsituiert, wir haben ein schönes Kind, eine Kinderfrau im
Hause. Aber warum umarmt er mich nicht, küßt mich nicht feurig, schläft nicht leidenschaftlich mit mir, warum kommt er nicht
nach Hause geeilt, warum spricht er nicht, ist freudlos? (Ist denn
das Umarmen und Küssen so wichtig?) Ja, sogar sehr wichtig,
und wie. Wie viele Lebensjahre bleiben uns denn noch auf

Erden? Und wenn es in diesem Leben keine Zärtlichkeit, Leidenschaft, Liebe mehr gibt...

»Ich habe nicht angefangen, Detektiv zu spielen, Aydın. Seit Monaten habe ich dir keine Fragen gestellt. Aber zwischen uns hat sich etwas verändert. Früher hast du mich nicht belogen, warst nicht derart kalt. Was ist denn los? Sollten wir uns nicht hinsetzen und miteinander reden?«

»Ich glaube nicht, daß es etwas zu reden gibt. Es gibt nichts zu bereden. Wenn sich etwas verändert hat, dann solltest du mal ein bißchen nachdenken, ob du noch wie früher bist.«

»Aydın sag's ehrlich, liebst du mich denn nicht mehr, gibt es eine andere? Laß uns doch offen darüber sprechen und was immer es sei, lösen.«

»Ihr denkt sofort an eine andere Frau. Sonst fällt euch nichts ein.«

Wie immer macht Aydın den Menschen verrückt. Und Aydın läßt meine Frage, ob er mich noch liebe, ohne Antwort. Plötzlich wird mir klar, daß Aydın seit Jahren nicht ›Ich liebe dich‹ zu mir gesagt hat. Wie sehr wünschte ich, ach Gott, wie sehr, daß es mit ihm wie in unserer Anfangszeit wäre! Käme von ihm doch nur der kleinste Anhaltspunkt, dann gäbe ich von mir aus das Zehnfache dazu; das weiß er überhaupt nicht. Ich gehe hin und umarme ihn. Als könnte ein Zauber wirken... Aydın bleibt reglos, ausdruckslos. Ich versuche ihn zu küssen, seine Lippen sind wie Eis, ohne Bewegung.

Tränen lassen sich nicht zurückhalten, sie sind frei. Im selben Augenblick fängt das Kind ohne ersichtlichen Grund zu weinen an. Ich wende meine Augen von Aydın ab und gehe zu der Kleinen. Laut sage ich: »Weine, weine, gewöhne dich ans Weinen, du wirst noch viel weinen von jetzt an, du wirst noch viel leiden, ob nötig oder unnötig, zu recht oder zu unrecht. Weine, mein Mädchen, weine!«

Ich nehme sie auf den Arm, vergrabe mein Gesicht an ihrem Hals. Wir weinen beide. Ich weiß nicht, weshalb sie weint. Vielleicht weiß ich auch nicht, worüber ich weine. Ich sage zu ihr: »Du sollst wissen, worüber du weinst, meine Tochter. Bemühe dich, nicht zu weinen. Und möge dein Weinen von kurzer Dauer sein, meine Tochter.«

16

Der Raum neben meinem alten Büro ist für mich vorbereitet worden. Sie haben ihn schön möbliert und viele Blumen hineingestellt. Die Sekretärin des Abteilungsleiters im Nachbarzimmer wird auch für mich arbeiten. Wir werden sie uns teilen. Die junge Frau wirkt ernst, aber freundlich. Die Kombination von Ernst und freundlichem Wesen ist eigentlich ein Vorzug. Unsere Sekretärin fällt auf unter den 'zig Leuten, die glauben, zum Arbeitsalltag gehöre eine finstere Miene.

Zuerst kommt der Chef in mein Zimmer. Gratuliert und wünscht viel Erfolg. Danach schaut mein Nachbar vorbei. Ein netter junger Mann. Auch er ist Abteilungsleiter, aber unsere Bereiche sind verschieden. »Zum ersten Kaffee laden Sie mich ein«, sagt er.

In der Mittagspause ruft der besagte junge Mann an. »Wüßten Sie, wie ich mich nach Ihnen gesehnt habe. Gut, daß Sie gekommen sind. Das haben Sie richtig gemacht. Ihre Wärme, Ihr Duft, Ihr natürliches Benehmen sticht so völlig von den anderen ab.«

Ich bin aufgeregt. »Du arbeitest doch hier, los komm, und laß dich sehen«, sage ich.

»Nein, ich glaube nicht, daß Sie das ernstlich wollen. Dafür ist später Zeit«, sagt er. Wir legen auf. Das sind die unschuldigen kleinen Abwechslungen, die das Leben bietet.

Ich rufe genau elfmal zu Hause an, um mich nach dem Kind zu erkundigen. In fünf Fällen schläft es, und sechsmal bringt es die Kinderfrau zum Telefon; ich höre es und lasse es meine Stimme hören. Die Kinderfrau ist viele Male ermahnt worden, beim Auftauchen der kleinsten Veränderung entweder mich oder den Vater anzurufen. Sogar wenn es lange weint, sollen wir Bescheid bekommen. Ich bin nicht so unruhig, wie ich befürchtet hatte. Es gibt eine Menge arbeitender Mütter und eine Menge Kleinkinder, die von der Mutter getrennt leben. Warum sollte man annehmen, daß sie ungesund aufwachsen?

Wäre meine Mutter berufstätig gewesen, dann wäre sie auf jeden Fall ein unabhängigerer, freierer Mensch mit mehr Selbstvertrauen gewesen. Das hätte auf uns abgefärbt. Vielleicht hat das Wesen meiner Mutter, die an einen ungeliebten Mann gebunden war, die furchtsam, unglücklich und unterdrückt war, bei meiner Schwester und mir, wenn auch je verschieden, negative, widersprüchliche Wesensmerkmale erzeugt und uns das Vertrauen in uns selbst und andere genommen. Wenn anstelle des unterdrückenden, beherrschenden Vaters und der an ihn gebundenen furchtsamen Mutter die Eltern unabhängig voneinander, in ihrer je eigenen Welt gelebt und nicht aus Zwang, sondern aus Liebe zusammengewesen wären, dann hätten sie sicher glücklichere Kinder großgezogen.

Aber meine Tochter wird auch gut heranwachsen.

Ich komme nach Hause mit einer Wahnsinnssehnsucht nach meinem Kind, aber es ist keine elende, sondern eine freudige Sehnsucht. Ich bin aus dem Häuschen vor Begeisterung. Wie habe ich bloß all die Monate in den vier Wänden verbringen können, wie habe ich leben können ohne Kontakt mit der weiten Welt? Wie schön sind die Menschen, wie notwendig ist ein Austausch zwischen den Menschen.

Am ersten Tag habe ich mit allen gesprochen und alle Zeitungen durchgelesen, bis ich sie praktisch auswendig konnte. Was für viele Themen gab es doch, für die ich mich nicht interessiert, über die ich nicht gesprochen hatte. Es wundert mich, daß ich überhaupt noch denken kann, daß ich noch sprechen, diskutieren kann. Mit großem Vergnügen stelle ich fest, daß meine Fähigkeiten nicht verkümmert sind, nur verdrängt waren. Und ich spüre, sie werden noch schneller, größer, stärker herauskommen.

17

Seit ich wieder arbeite, erneuert sich mein Ich, bin ich wie verwandelt. Etwas tun zu können, eine Sache anzufangen und zu Ende zu bringen, mit anderen Menschen Kontakt aufzunehmen, gemocht zu werden, gefragt zu sein, das sind solche erfrischenden, umkrempelnden Erfahrungen. Menschen kommen in mein Zimmer und gehen wieder. Sie interessieren sich für mich, meine

Haare, meine Kleidung oder für meine Arbeit. Ich interessiere mich ebenso für andere. Ihr Frauen alle, kommt doch bitte aus euren vier Wänden hervor, sage ich. Aber sie sagen, wir haben nicht so viele Möglichkeiten wie du. Dabei schafft sich der Mensch doch selbst seine Möglichkeiten. Nicht kapitulieren, nicht faul werden, sich nicht zufrieden geben, allein das eröffnet dem Menschen eine Reihe von Chancen. Die vergangenen Monate bringen mich zum Denken. Ganz neu wird mir bewußt, wie viele Frauen leben:

– Ich kann das nicht.

– Aber ich bin doch eine verheiratete Frau.

– Mein Mann weiß es besser.

– Schließlich habe ich jetzt ein Kind.

– In diesem Alter werde ich nirgends mehr eingestellt.

– Was kann ich denn schon?

– Mein Mann will es nicht.

– Ich denke zwar daran, aber wer wird sich dann um den Haushalt kümmern?

Ich überlege, was ich tun könnte, daß diese Frauen nicht kapitulieren, daß sie Selbstvertrauen gewinnen und an ihre Erfahrungen glauben. Schreckliche Sachen gibt es im Leben, und niemand merkt, wie schrecklich die überhaupt sind. »Mein Mann will es nicht«, sagen die Frauen. Die Frau will arbeiten, aber weil es ihr Mann nicht will, arbeitet sie nicht. Sie will zu ihrer Freundin gehen, aber weil es der Mann nicht will, geht sie nicht. Sie will mit ihrer Freundin ins Theater gehen, aber weil es der Mann nicht will, geht sie nicht. Sie liebt das Kino, aber weil es der Mann nicht will, kann sie nicht gehen; sie will schreiben, aber weil es ihr Mann nicht will, schreibt sie nicht; sie will einen Minirock anziehen, aber sie zieht ihn nicht an, weil es ihr Mann nicht will. Ein Mensch möchte etwas machen, aber ein anderer Mensch hindert ihn daran. Und dies nennt man dann Gemeinschaft. Oder trautes Heim, eheliche Partnerschaft. Wann werden diese Ehen echte Ehen werden, ich meine, frei werden?

In jenen Tagen, als ich zum zweitenmal geboren werde, um die Welt zu entdecken, beobachte ich alles um mich herum mit einer irrsinnigen Neugier. Ich überlege, ob es mir wohl besser ging, als ich zwischen meinen vier Wänden eingesperrt war und geglaubt hatte, es gäbe außer dem Kind nichts Wichtiges auf der Welt. In meinen vier Wänden war ich nicht mal begierig darauf, die Wirklichkeit zu sehen, zu verfolgen. Dabei ist es überhaupt nicht schwer, die Realität zu suchen. Sobald du sie suchst, hast du sie schon gefunden.

Ich habe eine der auf mich bezogenen Tatsachen sehr leicht herausgefunden. Es genügte, meine Hand in eine von Aydıns Jackentaschen zu stecken. Ich finde ein Kinobillett für zwei Personen. Die Vorstellung um 18.45 Uhr ist die ideale Zeit, um abends bis 21 Uhr wieder zu Hause zu sein. Also interessiert Aydın *bey* sich neuerdings fürs Kino. Ich lache auf, eine innere Müdigkeit ergreift mich, ich sehe, was sein kann, ich bin es müde, immer dasselbe, immer dasselbe.

Ich denke gar nicht darüber nach, ob er nicht vielleicht doch mit einem männlichen Kollegen hingegangen sein könnte. Das spielt inzwischen keine Rolle mehr, soviel ist mir klar. Eine Zeitlang dachte ich immer über das Verhalten Aydıns mir gegenüber nach; weshalb bloß habe ich nie über mein Verhalten ihm gegenüber nachgedacht? Ich fühle mit Entsetzen, daß ich Aydın nun überhaupt nicht mehr mag. Ich liebe ihn nicht mehr. Das Schlimmste, die Katastrophe ist, daß er mir nicht mehr gefällt. Sein Egoismus, seine Komplexe, seine Kälte, seine Unfähigkeit, auch nur ›ich liebe dich‹ zu sagen; nicht das geringste Bemühen bringt er auf, den Partner glücklich zu machen. Nicht ein Mal sagt er, wenn ihm etwas gefällt, diese Farblosigkeit, die mangelnde Kreativität zu Hause, beim Vergnügen, bei der Liebe, die Monotonie, all das gefällt mir an Aydın überhaupt nicht.

Das geht schon seit Monaten, und wir haben, ohne es zu bemerken, so dahingelebt. Er hat es auch nicht bemerkt, das ist klar, und ich habe ihn ununterbrochen beschuldigt. Dabei kann man in so einem Zustand niemanden beschuldigen. Warum sollten wir die Menschen für ihre Charaktereigenschaften beschuldigen? Er ist eben so, und ich bin so.

Wenn du ein bißchen aufmerksamer gewesen wärest, hättest du euer gemeinsames Leben entweder hinauszögern oder nach kurzer Zeit aufgeben können. Ihr hättet euch in Liebe trennen können, ehe noch dieser zutiefst lieblose Zustand eingetreten wäre. Aber wenn der Mensch verliebt ist, ist er ja so mit sich selbst beschäftigt, daß er, um die negativen Seiten des Geliebten nicht zu sehen, praktisch gegen sich selbst Krieg führt. Wir sind schuldig oder unschuldig. Es hat keinen Sinn, einen Schuldigen zu suchen. Unsere Liebe ist zu Ende. O weh! Was machen wir jetzt? Wie werden wir uns vor uns selbst rechtfertigen, wie vor unserer Umwelt?

»Was heißt das denn, die Liebe ist zu Ende? Warum soll sie zu Ende sein? Außerdem habt ihr ein Kind.«

»Deine wievielte Liebe ist das wohl, die zu Ende geht? Du bist richtig verzogen. Soll Gott dich strafen?«

»Ein Bild von einem Mann. Er liebt dich. Er ist häuslich. Was willst du bloß?«

»Jetzt bist du schön. Du hast die Sache im Griff. Später einmal wirst du schrecklich einsam sein, und keiner wird sich um dich kümmern.«

»Die Ehe, die Männer, ist das ein Spielzeug? Wie verantwortungslos von dir. Das tut man nicht.«

»Was hat denn der Mann verbrochen, sag mal? Selbst wenn er ein bißchen auswärts grast, drück doch ein Auge zu. Behandelt er dich denn schlecht, schlägt er dich?«

Liebe Freunde, ohne allen Grund endet die Liebe eben. Trotz Kind endet die Liebe. Das hat nichts mit Verzogenheit meinerseits zu tun, sondern mit meinem Glauben an die Liebe, für mich eine Notwendigkeit. Wie soll ich mit jemandem weiterleben, wenn die Liebe zu Ende ist? Ich verlange nicht nach der Strafe Gottes, sondern nach der unaufhörlichen, unerschöpflichen, sorgfältig gehüteten Liebe. Warum regt es euch bloß derartig auf, daß ich dieses Bild von einem Mann nun nicht mehr liebe, nachdem ich weiß, daß er mich nicht mehr liebt; daß ich ihn verlasse. Müssen immer sie es sein, die uns verlassen? Später werde ich vielleicht allein bleiben. Das macht mir keine Angst. Es gibt so viel, was ich tun kann!

Die Ehe und die Männer sind natürlich kein Spielzeug. Hätte ich sie als das angesehen, dann hätte ich bis zum Schluß gespielt. Ich hätte das Spielzeug genommen, zerbrochen, und die Teile in meinem Korb getragen. Mein ganzes Bemühen geht ja dahin, nicht zu zerbrechen, nicht in Teile zu zerlegen. Die Ehe ist kein Spielzeug, aber erst recht nicht dazu da, zwei Menschen, deren Liebe zu Ende ist, weiter unter ein Dach zu zwingen. Und: Damit eine Frau nicht mehr liebt, muß sie nicht unbedingt schlechte Behandlung und Schläge erfahren. Um ihre Liebe zu töten, genügt es, daß sie keine gute Behandlung erfährt.

Es tut mir leid, aber wäre nicht mein Kind, ich möchte am liebsten gar nicht mehr nach Hause. Ich bin glücklich mit meinem alten und neuen Freundeskreis. Ich beobachte Aydın unauffällig und bin mir sicher, daß auch er mich nicht liebt. Darüber hinaus sehe ich, daß er, seit ich wieder zu arbeiten angefangen habe, mich manchmal haßerfüllt anschaut. Denke ich darüber nach, warum das so gekommen ist, dann finde ich keinen Grund, mich zu beschuldigen, aber sicher kann ich mir gegenüber auch nicht neutral sein. Ich messe alles mit dem Maß der Liebe und der Liebesbezeugungen und sage: »Wäre von ihm eine Erwiderung gekommen, dann wäre alles anders; ich habe doch ständig versucht, ihn zu berühren und zu küssen.«
Ob alle Vorgänge zwischen uns an Liebe und Liebesäußerungen gemessen werden können, weiß ich nicht. Ich finde einfach nicht heraus, was ihm bei mir fehlt. In den Tagen, als ich meine größten beruflichen Erfolge hatte, begann Aydıns Abwendung von mir. Seine Erfolge hingegen haben mich glücklich gemacht, haben mein Verlangen noch erhöht. Ich konnte auf ihn stolz sein. Er war nicht auf mich stolz. Seine Worte waren nicht mit Anerkennung, sondern mit hämischen Bemerkungen gespickt. Er machte sich über mich lustig und tat hinterher so, als sei das nicht seine Absicht gewesen.
Seiner Meinung nach war ich eine unangebracht ehrgeizige Frau. Ja, und was war er denn? Wahrscheinlich ein angebracht ehrgeiziger Mann. Ich erinnere mich an jene Tage und denke an Aydıns Gesichtsausdruck, wenn er, weil ich müde und erschöpft heimgekommen war, kein Essen vorfand. Wie wütend er da werden konnte, sofort seine Jacke wieder anziehen, dastehen und darauf warten, daß auch ich mich fertigmachte, damit wir auswärts essen gehen konnten. Als wäre es die wichtigste Sache von der Welt, daß man am Tag drei Mahlzeiten aß. Als ob man die

Essenszeiten nicht mal problemlos hätte übergehen können. Als ob das Ende der Dinge gekommen wäre, wenn jeder mal für sich selbst gesorgt hätte.

18

Eine Entscheidung zu fällen ist gar nicht so leicht. Sobald das Ende der Liebe offensichtlich ist, »Die Sache hat sich«, zu sagen, ist schwer. Ich beobachte ihn, ich versuche es, ich frage mich. Aber nein, kein einziges positives Anzeichen. Ich möchte, daß es wie früher ist, wenn wir uns nachts auf demselben Bett nebeneinander ausstrecken. Eng umschlungen, Gesicht an Gesicht.

Wenn zwei Menschen, ein Mann und eine Frau, sich nicht gegenseitig umarmen wollen, weshalb müssen sie ins selbe Bett steigen? Wenn sie sich nicht gegenseitig berühren, anfassen wollen, wäre es nicht bequemer und vernünftiger, alleine zu schlafen?

Ich halte es nicht aus, nicht berührt zu werden, halte es nicht aus, nicht geliebt zu werden. Ich betrachte mich lange. Ich gefalle mir. Und ich sehe, wie ich anderen gefalle, wie sie mich begehren. Weshalb will Aydın mich nicht? Das ist mir ein Rätsel. Wir pflegen zu sagen: Die Lebenszeit der Liebe ist um; Monotonie tötet das Verlangen; Zwang und Besitzansprüche bringen die Lust zur Strecke; Liebe ist nichts Dauerndes; für Monogamie ist der Mensch nicht geschaffen; wenn man täglich beisammen ist, bemerkt man die schönen Seiten am anderen nicht mehr. Aber so einfach kann es doch nicht sein.

Eine Entscheidung zu fällen ist nicht leicht, doch einmal kommt der Moment, wo ein Tropfen das Faß zum Überlaufen bringt. Außerdem gibt es keinen frustrierenderen Zustand als die Phase der Unentschlossenheit. Ich erlebe noch einmal, was ich früher schon erlebt habe und gut kenne, nämlich das Unglücklichsein, das aus meiner Unentschlossenheit herrührt. Ich erlebe wieder die Anspannung, die Verhältnisse nicht ändern zu können.

Der erwartete letzte Tropfen jedoch fällt eines Abends. Wir sind wieder bei einem Firmenessen seines Betriebes. Ich wehre mich dagegen mitzukommen. Aber angeblich bringt jeder den

Partner mit. Dabei weiß ich doch, daß bei diesen Firmenessen immer eine Atmosphäre entsteht, in der sich die Partner nicht wohlfühlen. Sie verstehen die Anspielungen und die firmentypischen Witzchen nicht, fühlen sich als Ausgeschlossene. Die Arbeitskollegen aber sehen sich gezwungen, in Gegenwart ihrer Ehepartner distanzierter, kühler miteinander umzugehen. Betriebsfeste sind eigentlich für die Belegschaft. Die Ehepartner sind Fremde. Auch Aydın teilt diese Ansicht, aber er sagt, ich müsse mitkommen, da alle mit ihren Ehepartnern kommen. Jeder, jede. Weil es alle so machen, dürfen wir nicht leben, wie wir wollen. Was wir alles nicht tun, nicht ausleben, nur um der anderen willen; wenn man das mal aufschriebe, käme eine frappierende Liste zusammen.

Wie ich vermutet habe, verläuft das Essen in einer Atmosphäre künstlicher Munterkeit. Die mitgebrachten Ehepartner versuchen sich in den Kreis zu integrieren, aber es gelingt nicht. Dagegen fangen die Männer und Frauen, die am Arbeitsplatz sehr leger und kameradschaftlich miteinander umgehen, hier an, sich quasi zu siezen. Ayla sitzt auf der gegenüberliegenden Tischseite ziemlich weit rechts von uns. Sie winkt mir aus der Ferne zu. Doch wie sie mich anguckt und ihr ganzes Benehmen, das ist irgendwie seltsam. Ich bemerke, wie sie mit Aydın verstohlene Blicke tauscht. Ich ermahne mich selbst, nun bloß nicht wieder mit den alten Spinnereien anzufangen. Aber nein, das ist keine Spinnerei. Frauen haben einen sechsten Sinn. Sie spüren die Schwingungen von Liebe, Interesse, Beziehungen. Selbst wenn es nicht um Aydın geht, merke ich sofort, ob es zwischen zwei Menschen funkt. Das geht den meisten Frauen so, seltsamerweise.

Ich langweile mich, aber doch weniger als ich befürchtet hatte. Als der Nachtisch gegessen ist, sage ich zu Aydın: »Laß uns gehen.«

»Du sitzt mal wieder auf Kohlen«, sagt er. Mich machen diese ständigen Beschuldigungen und sein künstliches Gehabe zunehmend nervös. Ich schaue ihn wutentbrannt an und zische: »Laß uns gehen, Aydın.« Er kapiert, nimmt seine Sachen, und wir gehen.

Im Auto sage ich: »Hättet ihr euch doch nebeneinandergesetzt, dann hätte das Blicke-Tauschen nicht so viel Mühe gemacht.«

Aydıns Satz beginnt mit: »Ich hab' die Nase voll.« Er sagt: »Ich hab' die Nase voll von deinem Gefasel, von deinen Verdächtigungen. Ob du nun arbeitest oder nicht, es ist immer ähnlich. Ich gerate langsam in Panik, wenn ich mit dir irgendwo hingehe, weil ich ständig Angst haben muß, du inszenierst einen Eklat.«

»Aydın, ich habe auch die Nase voll«, schreie ich, »von deiner Kälte, deinen Lügen, deinen Verstellungen. Daß du nichts ausdiskutieren willst, und wie du dich verändert hast, lieblos geworden bist, davon habe auch ich die Nase voll.«

Er schaut mich an: »Wenn das so ist, dann gehe ich, aber versuche bloß nicht, mich zurückzuhalten.«

Ja, er hat recht, als er nach einem Streit einmal gehen wollte, habe ich mich ihm in den Weg gestellt. Denn damals glaubte ich, es sei noch etwas zu retten. Damals war noch ein Rest von Liebe in mir. Während ich jetzt bitter spüre, daß nicht mal von diesem Rest etwas übrig ist. Ich weiß ja, daß man den Menschen nicht ändern kann. Auch ist es gefährlich, ihn zu ändern, denn nach der Veränderung ist er nicht mehr derjenige, den wir geliebt haben.

»Tu was du willst, ich werde dich nicht zu halten versuchen«, sage ich.

Wir kommen schweigend zu Hause an. Ziehen uns aus und legen uns ins Bett. Erst setze ich mich aber noch vor den Spiegel, schminke mich sorgfältig ab und creme mein Gesicht ein. Die neuen Cremes sind nicht mehr so fettig und aufdringlich riechend wie die früheren, aber es ist schließlich eine Creme. Ich erinnere mich, wie wir anfangs ins Bett gegangen sind. Ich habe mich zu ihm ins Bett geworfen, da gab es kein Eincremen, nicht mal die Zeit, vor dem Spiegel zu sitzen. Wenn er jetzt mit einer anderen ein Verhältnis hat, dann ist es mit ihr sicher auch so. Sie werfen sich voller Liebe und Verlangen schnellstmöglich aufs Bett. Vielleicht wäre es besser gewesen, wenn wir in getrennten Zimmern geschlafen, uns nur nach Wunsch getroffen und einander nicht unrasiert, ungekämmt und mit cremeverschmiertem Gesicht gesehen hätten.

Obwohl wir so gut wie getrennt sind, habe ich in jener Nacht das Verlangen nach Aydıns Umarmung. Er aber bemüht sich, mich nicht zu berühren. Wie ein Feind. Wir schlafen, nach all den Jahren, wie einander völlig Fremde.

19

In der Frühe sagt Aydın nicht mal ›Guten Morgen‹. Er macht sich zurecht und geht ohne Gruß aus dem Haus. Was für ein seltsamer Mann ist das doch. Warum übersieht eine Frau, wenn sie verliebt ist, die negativen Charakterzüge des Auserwählten? Im Grunde liebt der Mensch in der Liebe vor allem sich selbst. Die Liebesgefühle sind so beherrschend, er ist so mit sich selbst beschäftigt, daß er wahrscheinlich keine Gelegenheit findet, den anderen zu beobachten. Die Liebe ist eine Art Hinwendung zum eigenen Ich, eine Selbstbefriedigng. Liebt er mich? Wird er mich anrufen? Hat er gesagt, daß er mich liebt? Will er mich heiraten? Werde ich ihn auch heute sehen? Wie gutaussehend und wie klug ist er doch! Wenn ich ihn sehe, bin ich ganz aufgeregt. Eigentlich ist der Mensch, der liebt, in der Liebe, nicht das Gegenüber.

Als ich abends nach Hause komme, öffnet die Kinderfrau aufgeregt die Tür. »Entschuldigen Sie, gnädige Frau, daß ich Sie nicht angerufen habe, aber Aydın *bey* wollte nicht, daß ich sie anrufe. Er hat seine Koffer gepackt und ist ausgezogen. Darf ich fragen, was los ist, gnädige Frau? Sie waren doch so gut miteinander«, sagt sie.

Ich schaue sofort zur Flurgarderobe. Leer. Weder sein Jackett, noch sein Schal, nichts von ihm hängt mehr dort. Ich schaue mit einer Vorahnung in den Schuhschrank, auch die Schuhe fehlen. Langsam gehe ich ins Schlafzimmer, öffne den Kleiderschrank. Keines seiner Kleidungsstücke hängt mehr drin. Die Schränke sind leer (und dadurch erleichtert). Ich bin wie betäubt, fühle überhaupt nichts. Aydın hat bis hin zu den Hausschuhen alle seine persönlichen Sachen mitgenommen. Die Kinderfrau schaut mir beunruhigt ins Gesicht. Ich lächele sie an, fühle nichts, gar nichts. Habe ich wohl automatisch meine Selbstkontrolle in Gang gesetzt? Ich finde keine Worte. »So etwas kommt vor«, sage ich. »Haben Sie das nicht auch schon mal erlebt?«

Ich möchte allein sein, weder die Kinderfrau noch das Kind um mich haben. Ich gehe ins Schlafzimmer, schließe die Tür und strecke mich, auf dem Rücken liegend, aufs Bett. Ich bin gar nicht traurig, ich spüre lediglich eine Riesenwut. Die Art, wie Aydın sich davongemacht hat, empört mich. Mir scheint, er hat doch eine schwache Persönlichkeit, daß er sich so verhält. Vielleicht hat er auch gemeint, ich würde ihn nicht gehen lassen. Wer weiß, vielleicht hat er geglaubt, ich würde ihn umschlingen, weinen, ihm den Weg verstellen, wie ich das letzthin getan hatte. Dabei hätte er kapieren müssen, daß ich dies alles jetzt nicht mehr machen würde. Wenn er etwas sensibler gewesen wäre, wenn er mich, so wie ich ihn, in den letzten Tagen ein bißchen beobachtet hätte, hätte er vielleicht vorgezogen, beim Weggehen einen Gruß zu sagen. Das wäre kultivierter gewesen.

Wann werden die Männer endlich aufhören, sich männlich zu benehmen? Wenn sie über ein paar der sogenannten weiblichen Verhaltensweisen verfügten, könnten wir wesentlich ruhiger und friedlicher leben. Wie ein Mann sein, sich als Mann benehmen, nicht weinen, keine Trauer zeigen und – einfach weglaufen? Bitte schön, euer Weg ist frei. Ohne Gruß. Geht nur ohne Abschiedsbrief. Wenn das eure Auffassung von Männlichkeit ist, dann nur weiter so.

Ich bin erstaunt, daß aus meinen Augen kein Tropfen fließt. Offenbar verhindert die Wut das Weinen.

Ich weine genau drei Nächte später. An allen drei Abenden bin ich zu Hause gewesen, und Aydın hat sich nicht gemeldet. Es tut mir weh, daß er sich so benimmt, daß er einfach wegläuft, sich nicht mal nach dem Kind erkundigt und keinerlei Nachricht hinterläßt. Und das war der Mensch, an dessen Anwesenheit im Haus ich mich seit Jahren gewöhnt hatte.

Plötzlich fühle ich mich sehr alleine und fange lautlos zu weinen an. Das ist das Ergebnis meiner Kaltblütigkeit und daß ich nicht reagieren konnte. Nun leere ich alles aus. Noch während ich weine, wird mir plötzlich klar, daß ich bestimmt nicht noch einmal um Aydın weinen werde. Das Vergangene zu betrauern, lohnt sich nicht. Es ist besser, auf neue Anfänge zu hoffen, sich zu freuen. Das Leben geht weiter.

Am fünften Tag meldet sich Aydın. Als ich abends heimkomme, ist ein Brief von ihm da. Ein Brief wie an eine Arbeitskollegin. Oben drüber hat er nur meinen Namen geschrieben, »Liebe…« zu sagen, hat er nicht über sich gebracht.

»Entschuldige, aber du hast diese Entwicklung ein bißchen gewollt. Irgendwie hatte ich immer Angst vor Dir, und diese Angst hat sogar meine sexuellen Wünsche vernichtet. Ich habe meine Sachen genommen, nur meine Bücher sind noch da. Du hast sowieso immer unsere Namen hineingeschrieben, ich werde sie abholen, sobald ich eine neue Wohnung habe. Den Schlüssel lasse ich da. Auch wenn mein Kind dort ist, so ist es doch Dein Haus, und in Deiner Abwesenheit habe ich nicht das Recht hineinzugehen. Wenn ich das Kind sehen möchte, gebe ich Dir vorher Bescheid. Ja, es ist etwas zerstört worden, zu Ende gegangen. Glaub mir, das Kind wird sich unter diesen Umständen besser entwickeln. Alles Gute…«

Nicht mal »Liebe Grüße« hat er am Schluß geschrieben. Ich kann wieder nicht weinen. Da muß ich an das Kind denken, und eine unbeschreibliche Glückseligkeit überkommt mich. Ich traue es mir kaum einzugestehen, aber jetzt gehört das Kind mir, mir alleine. War es bisher nicht sowieso meins? Was hat sein Vater schon für es getan, welche Mühe hat er aufgewendet? Und wie man sieht, hat er es fünf Tage lang ausgehalten, die Kleine nicht zu sehen. Für einen Augenblick habe ich primitive, urtümliche Anwandlungen, die Tochter vor ihm zu verstecken. Das geht natürlich nicht, aber ich glaube, Männer können diesen Schmerz ganz leicht aushalten. Es gibt so viele Väter, die ihre Kinder nicht sehen wollen und nicht vermissen. Aber ich habe nicht die Absicht, Aydın diesen Schmerz anzutun, und selbst wenn ich die Absicht hätte, ich wüßte, daß es für ihn doch ein großer Schmerz wäre. Vielleicht täusche ich mich auch.

AYDIN

Aydın verliert seinen Vater, als er noch ganz klein ist. Mit einer drei Jahre älteren Schwester, einem fünf Jahre älteren Bruder und seiner Mutter lebt er also in einer kleinen Wohnung. Aydın war noch so klein, daß er sich nicht erinnert, wie es seiner Mutter damals gegangen ist und wo sie das Geld hergenommen hat. Für Aydın sind seine beiden Onkel die wichtigsten Personen, nämlich der Bruder des Vaters und der Bruder der Mutter. Sie kommen jede Woche wie Gottes Racheengel und verbreiten Furcht und Schrecken mit ihren Anordnungen, deren Nichtbefolgung Prügel nach sich zieht. Als hätten sie von der Mutter das Recht verliehen bekommen, Prügel zu verteilen.

Die Mutter hat vom Leben keine Ahnung, sie hat niemand anderen gekannt, als ihren 25 Jahre älteren Mann und nichts von der Welt gesehen. Sie hat sich um nicht viel gekümmert als ums Essenkochen, und es sieht so aus, als wollte sie sich auch weiterhin um nichts anderes kümmern. Sie versucht, mit einer Rente von ihrem verstorbenen Mann durchzukommen, mit dem Geld ihres Bruders und dem, was die Onkel den Kindern in die Hand drücken. Mit dem Mädchen hat sie keine Probleme, aber mit den Jungen! Oft platzt sie zu ihnen ins Schlafzimmer rein, einmal erwischt sie Aydın, wie er mit seinem Pipi spielt. Da schreit sie los: »Das habe ich ja befürchtet, das habe ich immer befürchtet. Was mache ich jetzt bloß?« Und dann wirft sie Aydın ihren Hausschuh an den Kopf. Am Abend erzählt sie dem Onkel, ihrem Bruder, verschämt und verdruckst, was passiert ist. »Du bist ein Mann und weißt Bescheid. Ich kann nicht mit ihm darüber reden. Was sollen wir jetzt tun?«

Im Bewußtsein, der für die Familie allein Verantwortliche zu sein und deshalb der einzige Richter, schnappt sich der Onkel Aydın und haut ihm erst mal eine saftige Ohrfeige. Dann macht er ihm Angst, das Schwänzchen würde abfallen, falls seine Hände noch einmal in jene Richtung gingen. Aydın weiß zwar gar nicht, worum es eigentlich geht, aber daß der Pipi eine große Wichtigkeit hat, das wird ihm an jenem Tag klar, und von nun an befaßt er sich eingehender damit und berührt ihn häufiger.

In der Volksschule spürt er erstmals eine sexuelle Regung. Er entdeckt, daß die große Schwester seines Klassenkameraden Cemal ein wunderschönes Mädchen ist und möchte sie so oft wie möglich sehen. Aydıns Mutter hat sogar etwas dagegen, daß er Cemal trifft, denn dessen große Schwester steht in dem Ruf, sich mit Burschen einzulassen und ein verworfenes Mädchen zu sein.

Die erste Besonderheit, die Aydın an ihr ausmacht, sind ihre Fingernägel. Die sind riesig lang und krümmen sich wie Adlerklauen nach innen. Wann immer Aydın das Mädchen sieht, kann er die Augen nicht von den Fingernägeln wenden. Aydın denkt jahrelang und vielleicht Zeit seines Lebens, Frauen mit solchen Fingernägeln seien böse Frauen, und er schaut bei jeder Frau, die er neu kennenlernt, zuerst auf die Fingernägel.

Damals hat Aydın einen wiederkehrenden Traum. Sein Pipi fällt plötzlich ab, während er mit ihm spielt. Aydın gerät in Panik, er weint, er schreit laut. Aber es nützt nichts, der Pipi ist ab. Da steckt er ihn in die Tasche und hält ihn dort fest. Nach einer Weile wächst der Pipi wieder, es ist ein komisches, scheußliches, krummes Ding. Weinend wacht das Kind auf, seine Hand ist wie angeklebt da unten. Das ist Aydıns erster und schrecklichster Alptraum; später hat er keine Alpträume mehr. Da er nun Lesen und Schreiben gelernt hat, gibt ihm die Mutter Bücher in die Hand, in denen es ebenfalls heißt, es sei etwas ganz Schlimmes und Böses, mit dem Pipi zu spielen.

Aydıns Mutter schickt ihn in ein Internat, an eine reine Bubenschule. Dort erlebt er das Sexualleben unter Männern. Was die Mutter am meisten fürchtet, ist, daß ihr Sohn von einem Mann verführt wird. Aydın weiß, daß er, ebenso wie er sich vor schlechten Frauen hüten soll, vor schlechten Männern fliehen muß. Schlechte Frauen sind wie die zwanzigjährige Schwester von Cemal, die mit Jungen rumzieht und gebogene Fingernägel hat; wie böse Männer aussehen, weiß er zwar nicht, aber daß von ihnen Gefahr ausgeht, ist ihm bewußt. In seinem ersten Jahr am Internat kriegt er mit, daß unter den Schülern seltsame Sachen vorgehen, aber er möchte darüber mit niemandem sprechen.

Seine erste sexuelle Erfahrung im Leben als Mann unter Männern macht er, als er die Selbstbefriedigung entdeckt. Die Mitschüler erzählen ausführlich, wie sie das machen, und eines Abends geht er in die Toilette, wendet das Gehörte an, und es klappt. Als hätte Aydın eine ganze Welt neu entdeckt. Er wiederholt die neue Erfahrung wieder und wieder. Jetzt versteht er die Bücher, die seine Mutter ihm gegeben hat, viel besser und auch, warum ihn der Onkel verhauen hat. Trotz schrecklicher Angst, einer Angst, die nicht vergehen will, tut er das, was so viel Spaß macht.

Unter den Zöglingen kreisen bebilderte Zeitschriften, die man sich von einem anderen mit den Worten: »Gib her, ich will mal 'ne Nummer machen«, ausleihen kann. Diese Zeitschriften werden an den geheimsten Orten versteckt und sind der wertvollste Besitz. Als Aydın es alleine zu machen gelernt hat, hört er, daß es die anderen auch in der Gruppe tun; die Jungen schämen sich kein bißchen voreinander, sie treffen sich zur Gruppenmasturbation. Aydın denkt immer noch darüber nach, weshalb diese Sache denn wohl so schlimm sei, deshalb kontrolliert er abends seinen Penis auf der Toilette und freut sich, als er keinerlei Veränderung feststellt. Er reibt sich ja auch mit der Hand die Augen, ohne davon einen Sehfehler zu bekommen.

Wenn Aydın an den Wochenenden nach Hause kommt, wird sein

Penis von seinem Onkel, dem Mutterbruder, ganz offen kontrolliert. Aydın lebt in Todesangst, der Onkel könnte etwas merken. Deshalb weicht er dem bitterbösen Blick des Onkels nicht aus, und sein Onkel glaubt, daß er keine schlimmen Sachen macht. Danach geht Aydın in sein Zimmer, schließt die Tür, und in großer Aufregung tut er es wieder.

Mit fünfzehn lernt er erstmals ein weibliches Geschlechtsorgan kennen. An einem Samstag machen sie sich in einer Gruppe von zehn Leuten auf ins Bordell. Kameraden, die damit Erfahrung haben, sagen, daß das eine sehr gute Sache sei und man sich nicht fürchten müsse. Aydıns Herz klopft zum Zerspringen. Wie soll er sich denn nicht fürchten? Und wenn er es nicht kann? Aber die Kameraden haben haarklein erzählt, wie sie es machen, warum soll er es nicht auch schaffen? Die Jungen suchen sich eine Frau am Fenster aus und beschließen, alle hintereinander zu ihr zu gehen. Aydın ist an fünfter Stelle. Die Kameraden, die als erste rauskommen, machen Handzeichen, daß alles prima gelaufen sei. Aber es dauert jedesmal kaum fünf Minuten, daß sie aus dem Zimmer wieder draußen sind.

Als die Reihe an Aydın kommt, sagt die Frau zu ihm, er solle in den oberen Stock auf Zimmer vier gehen. Die Frau hat ein Kaugummi im Mund. Er findet das Zimmer Nummer vier und tritt ein. An der Wand hängt eine Bekanntmachung, wieviel es kostet. Vor der Tür hat ein Kind ihm eine Papierserviette in die Hand gedrückt. Also setzt er sich mit der Serviette in der Hand auf einen Hocker. Aydıns Herz flattert wie ein gefangener Vogel. Er fühlt, daß er in ein ausweglases, schreckliches Abenteuer hineingeraten ist. Wenn doch die Frau gar nicht käme, denkt er kurz. Er will aufstehen und fliehen, aber das kann er nicht. Die dicke kleine Frau mit den kurzen, schwarzen Haaren kommt in einem kurzen Nachthemd herein und fragt: »Bist du immer noch nicht ausgezogen?« Sie legt sich auf das Bett ohne Laken. Die Frau hat zwar ein Nachthemd an, aber unten rum ist sie frei. »Wieviel soll ich ausziehen?« fragt Aydın.

»Alles«, sagt die Frau.

Als Aydın sich auszieht, summt die Frau ein Lied und kaut dabei Kaugummi. Sie schaut zur Decke, ihn sieht sie nicht ein einziges Mal an. Aydın wirft zum ersten Mal einen scheuen Blick auf das intime Organ des anderen Geschlechts. Es gefällt ihm gar nicht. Als schaute auch das Organ ihn mit Augen an. Noch immer möchte er am liebsten schnell verschwinden, aber als ihm seine Kameraden einfallen, verwirft er den Plan. Er muß es auch tun und ihnen hinterher haarklein erzählen, wie er es gemacht hat. Jetzt ist er ausgezogen und legt sich, wie er es im Kino gesehen hat, in der Standardposition auf die Frau. Er möche ihre Brüste berühren, schämt sich und kann es nicht. Er fühlt keinerlei Verlangen, die Frau zu küssen. Als schlüge selbst sein Herz nicht mehr, ist er weder erregt, noch hat er sonst einen Wunsch – außer: die Sache hinter sich zu bringen und zu gehen. Aber es klappt nicht. Die Frau spielt mit Aydıns Penis, aber das bringt auch nichts: während sie mit dem Ding spielt, entwischt es und wird kleiner. Das geht so ein, zwei Minuten. Die Frau fragt: »Ist es dein erstes Mal?«

Aydın ist sehr froh über diese Worte. Als würde zwischen ihnen beiden dadurch eine Beziehung geknüpft, sagt er: »Das erste.« »Dann komm nach den Feiertagen wieder, jetzt ist zuviel los, und du hältst mich auf«, sagt sie. Aydın steht voller Freude auf, zieht sich schnell an, und als er zur Tür rausgeht, hört er die Frau sagen: »Ich warte auf dich, Kleiner.«

Aydın dreht sich um und möchte der Frau etwas antworten, aber die guckt nicht mal hin, weil in dem Moment schon der nächste eintritt.

Die Kameraden draußen machen auch keine glücklicheren Mienen. Ohne zu reden kehren sie zurück. Sie hatten einander ja von vornherein versichert, wie gut die Frau sie behandeln würde. Aydın schämt sich sehr vor seinen Kameraden, deshalb sagt er, er sei ebenfalls zufrieden, und die Frau habe ihn fürs nächste Mal eingeladen. Aber im Inneren denkt er: »Das werde ich mein Lebtag nicht hinkriegen.«

Er sieht nun das Liebemachen nicht als die Vereinigung zweier Körper, auch nicht als festliches Ereignis an, sondern als eine Art Arbeit. Das, was Aydın gefürchtet hat, tritt jedoch nicht ein, er kann die Aufgabe sein Leben lang bewältigen. Später muß er lachen, als er seine Kameraden fragt und erfährt, daß die meisten es beim erstenmal nicht geschafft haben.

Aydın geht in der folgenden Woche wieder hin, hat aber nicht den Mut, ganz alleine zu gehen; dieses Mal sind sie zu viert. Die Frau hat ihn ja doch eingeladen, deshalb wartet Aydın und geht wieder zu ihr: »Da bin ich«, sagt er.

Die Frau kennt ihn überhaupt nicht mehr. Er erinnert sie: »Vorige Woche war ich doch hier, und Sie haben gesagt, ich sollte nach den Feiertagen wiederkommen.« Worauf die Frau sagt: »Ach ja, na dann komm, Kleiner.«

Sie wiederholen alle Bewegungen, nur daß die Frau ein anderes Lied singt. Aydın nimmt die alte Stellung ein. Er kneift die Augen zu und fühlt sich, als hätte er schon mehr Erfahrung. Die Frau faßt wieder sein Organ an, das sich belebt. Die Frau schaut zur Decke, im Mund hat sie ihr Kaugummi, mit der Hand zeigt sie Aydın den Weg; der ruckt zweidreimal hin und her, und es ist zu Ende. Jetzt ist er so glücklich wie ein Mensch, der ein großes Werk getan hat.

Als er hinausgeht, strahlt er übers ganze Gesicht und kann seinen

Kameraden alles haarklein erzählen. Beim Gehen, beim Warten an der Haltestelle, im Bus, immer schaut er vorwärts; er hält sich ganz gerade, vielleicht reckt sich sogar seine eine Augenbraue in die Luft. Als müßte jeder ihm ansehen, daß er mit einer Frau geschlafen hat, als wüßten es alle Frauen und schauten ihn an.

Von nun an wird Aydın wie die meisten Männer jede seiner Beziehungen zu Frauen als einen Erfolg bewerten, und wenn er eine verführt und aufs Bett geworfen hat, wird er innerlich ein Siegesgeschrei ausstoßen und sich freuen, daß er diese Aufgabe nun auch wieder bewältigt hat. Als er vom weiblichen Orgasmus erfährt, bremst das sein Vergnügen ein wenig, aber so schlimm ist das auch nicht, ein bißchen später hört er nämlich, es sei gar nicht so wichtig, daß jede Frau den Höhepunkt erreiche. Wieder Jahre später liest er dann, daß die Frauen die Befriedigung gar nicht so leicht erreichten, daß einige sogar bloß so täten als ob, aber was soll's, das macht doch nichts, das ist ihr Problem, scheint er zu glauben.

Inzwischen ist Aydın ständiger Gast in Bordellen; ja, das ist zwar schmutzig, aber doch besser als Selbstbefriedigung, nicht wahr? Seltsamerweise hat er Gefallen an diesen gefühllosen, berührungsarmen, wortlosen Beziehungen. Als er später Probleme in seinem Verhältnis zu Frauen hat, wird er einsehen, daß das weitgehend mit seiner Prägung durch die unverbindlichen Kontakte im Bordell zusammenhängt. Dort hat er die ersten sexuellen Freuden und Erlebnisse gehabt und eine Form von Sexualität erlebt, die er nicht leicht im Bewußtsein löschen kann. Aydın geht erregt und häufig in jene Häuser, er legt sich dort ins Bett, aber er will nicht lange bleiben. Aydın findet diese Art von Beziehungen so bequem, daß er auch später keinen Spaß daran hat, die Zeit des Zusammenseins andauern zu lassen.

Die wichtigsten weiblichen Personen in Aydıns Leben sind seine Mutter und die Frauen im Bordelll. Zu anderen Frauen hat er kein Verhältnis. Als er schon ein großer Bursche ist, steht er noch unter der Fuchtel seiner Mutter. Mit ihr geht er spazieren, von ihr läßt er sich verprügeln, und was sie ihn gelehrt hat, hält er für das einzig Richtige. Seine Mutter ist eine Frau, die sich ständig beklagt, weint, aber nichts unternimmt, sondern nur Regeln und Gesetze aufstellt und den Kindern kein Geld gibt. Wohingegen die Frauen im Freudenhaus nichts reden, sich nicht beklagen, sich nicht rühren, aber ihm Lust zu schenken verpflichtet sind. Daß es noch andere Arten von Frauen gibt, weiß Aydın über lange Jahre hin nicht. Als er diesen anderen Frauen begegnet, behandelt er sie entweder wie die Huren aus dem Freudenhaus, oder wie seine Mutter. Es gibt für ihn nur zwei Arten, mit einer Frau umzugehen, entweder er schläft mit ihr, oder er fürchtet sich vor ihr. Mit Männern macht man Ausflüge, unternimmt man was, redet man, berät sich, wohingegen man mit Frauen bloß ins Bett gehen kann. Das aber sollte man auf dem schnellsten Wege bewerkstelligen, schnell, schneller, am schnellsten.

Als Aydın an die Universität kommt, ist es für ihn ein ganz neues Erlebnis, daß es hier Mädchen gibt. Da die einzige Frau, mit der Aydın je gesprochen hat, seine Mutter ist, und er mit anderen Frauen nie sprechen mußte, ist er verwirrt, als er Studentinnen kennenlernt; er weiß nicht, was er machen soll und findet nicht viel zu reden mit ihnen. Was für gemeinsame Gesprächsthemen gäbe es denn auch?

Mit ihnen könnte man schlafen, aber das ist nicht so leicht. Selbst wenn das Mädchen wollte, müßte man immense Vorarbeiten leisten, lange, lange mit ihr reden, sie verführen. Und das ihm, der bisher, um eine Beziehung anzuknüpfen, nur die Worte »Welche Zimmernummer?« auszusprechen brauchte. Er weiß nicht, was er zu den Studentinnen sagen soll. Und außerdem: lohnt sich das denn überhaupt? Zuletzt geht es doch um dasselbe. Ist nicht die gewonnene Lust schließlich dieselbe?

Aber trotzdem möchte er auch mit diesen Mädchen Beziehungen aufnehmen. Er beginnt also, von Freunden aufgeschnappte Sätze, Ausdrücke aus dem Kino, aus dem Theater zu verwenden. Das ist eine Art zu sprechen, die nicht von innen kommt, sondern aus vorgeprägten Schablonen zusammengesetzt ist. Ein Mädchen lädt man ins Kino ein, man versucht, ihre Hand zu halten. Wenn sie sich nicht dagegen wehrt, legt man ihr den Arm um die Schultern, dabei verwendet man etwa folgende Worte: »Wie schön bist du doch, ich mag dich sehr.« Wenn das Mädchen dann weich wird, los. Die Wohnung eines Freundes, Hauseingänge, dunkle, abgelegene Ecken. Nein, nein, faß mich da nicht an, das tu' ich nicht, laß mich, wie soll denn das für uns enden, paß bloß auf, daß ja nichts passiert.

Etwas später lernt Aydın die Heiratsfalle kennen. Für die Mädchen ist heiraten sehr wichtig. Es gibt manche, die sich ohne das Wort von der Hochzeit nicht mal die Hand halten lassen. Eigentlich ist das doch sehr leicht. Man sagt, daß man sie heiraten will, und das reicht. Die Mädchen glauben vielleicht nicht im Ernst daran, aber wenn das geheiligte Wort Ehe zwischen ihnen einmal ausgesprochen worden ist, kann die Sache, die sie da tun, nicht mehr böse sein.

Während des Studiums und der ersten Berufsjahre wird Aydın von einem einzigen Bestreben beherrscht. Beim Studieren, wenn er im Theater sitzt, beim Einschlafen, wenn er mit einer Frau spricht, immer muß er nur an das Eine denken: Wie komme ich an ein neues Mädchen? Er hat keine Ahnung, was er Frauen gegenüber empfindet, ob er sie liebt, ob er sie haßt, oder ob er gar keine Gefühle für sie hegt. Jede Frau kostet einen kleinen Kampf, und wie ein General sich seine Schlachtpläne zurechtlegt, so beginnt auch er, wenn er einer Frau begegnet, einen Schlachtplan zu entwerfen. »Kampf um die Freundschaft« nennt er das bei sich. Aber haben in einem Kampf wohl freundschaftliche Gefühle Platz? Wenn der Kampf verloren geht, ist das sehr unangenehm, man hat sich vollkommen umsonst bemüht, hat umsonst geschmeichelt, als hätte man sein Leben vergeudet. Wenn der Kampf dagegen gewonnen wird, ist das Ergebnis trotzdem unbefriedigend, denn kurze Zeit später muß man sich zu einem neuen Kampf rüsten.

Aydıns Leben geht weiter mit vielen Niederlagen und einigen Siegen. Naturgemäß gewinnt er auch mehr Erfahrung, wobei er vor allem die Frauen besser kennenlernt. Es stellt sich heraus, daß sie gar nicht, wie die jungen Burschen meinen, auf starke Muskeln stehen. Und er besinnt sich, daß das ganze tagelange Muskeltraining verlorene Mühe war. Später kann er auch darüber lachen, wenn er daran denkt, was er unternommen hat, um seine Körpergröße um ein paar Millimeter zu strecken, etwa durch Einlegen von Pappe in die Schuhe oder durch höhere Absätze.

Ja, wenn man gut aussieht, hoch gewachsen ist und grüne Augen hat, so erleichtert das die Sache eines Mannes, aber das sind keine Eigenschaften, auf die der Mensch Einfluß hat. Außerdem legen die Frauen gar nicht so großen Wert darauf; für sie ist es wichtiger, daß einer schön reden, gefühlvolle Worte finden, ja, sie womöglich zum Lachen bringen kann. Wo findet man denn gefühlvolle Worte? Ganz sicher nicht in Aydıns Herzen. Sondern in Büchern, Liebesfilmen, Gedichten. So lernt er alle diese schönen Sätze auswendig, und mit der Zeit kann er selber welche formulieren; er findet schöne Vergleiche für die Frauen, er bringt sie zum Lachen, und das gefällt den Frauen wirklich sehr gut.

Wenn Aydın auch nicht ganz so hochgewachsen ist und keine grünen Augen hat, mit seinen Worten kann er sehr erfolgreich sein. Wie dumm sind diese Frauen doch; wegen ein, zwei Schmeicheleien geraten sie außer sich. Sag einer Frau mit den häßlichsten Augen der Welt, wie schön und bedeutungsvoll ihre Augen seien, sofort ist sie zugänglich und schmachtet mit ihren Glubschern. Sie haben derart wenig Selbstvertrauen, daß Aydın ein leichtes Spiel hat. Sogar die schönsten Frauen haben unwahrscheinlich wenig Selbstvertrauen.

Anfangs hält Aydın sich, um leichter Erfolg zu haben, in der Umgebung von Mauerblümchen auf. Eigentlich sind diese sogar die freundlicheren, netteren. Aber er merkt, daß auch die schönen Frauen nicht allzu schwer zu erobern sind, denn sie wissen oft nicht, wie schön sie sind. Und diejenigen, die es wissen, sind meistens sowieso zu eingebildet.

Aydın fängt jetzt im Beruf an. Noch immer hat er sehr wenig Geld, noch immer versucht er, Geld von seiner Mutter zu bekommen, und er wohnt auch noch zu Hause. Seine Schwester und sein Bruder haben geheiratet und sind ausgezogen, doch er kann sich irgendwie nicht von der Mutter trennen. Seine Mutter wartet bis Mitternacht auf ihn, sie macht ihm das Essen warm und bekniet und bearbeitet ihn, daß er doch essen soll. Seine Mutter hat ihn am liebsten. Manchmal fragt sie auch, wann er denn heiraten wolle, aber eigentlich fürchtet sie sehr, daß er heiratet und auch weggeht. Als Aydın älter wird, arbeitet und Freundinnen findet, müßte er eigentlich das Wohnungsproblem lösen, aber es fehlt an Geld, und so bald wird wohl auch keins kommen.

Dabei entdeckt Aydın, als er so um die dreißig ist, eine ganz neue Wahrheit. Was Frauen wünschen, sind weder starke Muskeln, noch gutes Aussehen und grüne Augen, und auch mit schönen Worten allein sind sie nicht abzuspeisen. Sie wollen, ob man's nun glauben will oder nicht, darüber hinaus etwas anderes, nämlich Geld; Geld verrät sich schon von weitem, und es wirkt unglaublich. Es bedeutet ein schönes Auto, elegante Kleidung, Markenaccessoirs, teure Restaurants, Umgang mit reichen Leuten. So muß Aydın alle anderen Dinge vernachlässigen und auf die Schnelle Geld verdienen. Da er von der Familie nichts zu erwarten hat, bleibt keine andere Wahl als Arbeit, und er fängt an, wie ein Verrückter zu arbeiten. Alles für die Frauen, die er weder liebt, noch mag, noch schätzt.

Aydın kommt im Berufsleben vorwärts, er arbeitet so hart und verhält sich so ehrgeizig, daß er bald in der Firma als Senkrechtstarter herauskommt. Schnell vergißt er, daß die Karriere eigentlich Mittel zum Zweck war, und versteift sich völlig aufs Karrieremachen. Die Frauen treten für ihn jetzt in den Hintergrund. Manchmal überlegt er sogar zu heiraten. Dies bedeutet für ihn nicht, eine Frau zu lieben. Daß in der Ehe auch Gefühle eine Rolle spielen, fällt ihm gar nicht ein. Der Grund, weshalb er heiraten will, ist, daß das Frauenproblem dann gelöst ist und er den Kopf frei hat, sich völlig der Arbeit hinzugeben. Eine Frau im Haus, ein geordnetes Leben, ein geregeltes Sexualleben.

Er ist jetzt Abteilungsleiter, er hat Geld, sogar ein Bankguthaben, und die Firma stellt ihm einen Dienstwagen zur Verfügung. Auch seine Mutter möchte, daß er heiratet, sie sucht ihm sogar ein Mädchen aus, aber sobald der Sohn davon spricht, daß er gerne von zu Hause ausziehen möchte, guckt sie ihn todtraurig an. Schau, dein älterer Bruder ist weit weggezogen, auch deine Schwester ist so mit Kindern und Haushalt beschäftigt, daß sie sich kaum noch blicken läßt. Und dann: Wie die Mutter sie alle drei großgezogen habe, ohne Mann, ohne Geld, ganz alleine. Und nicht wieder verheiratet habe sie sich ihretwegen. Mit nicht mal dreißig sei sie Witwe gewesen, und von da an habe sie keinen Mann mehr angesehen.

Plötzlich denkt Aydın über seine Mutter nach. Tatsächlich hatte diese Frau seit jungen Jahren ohne Mann gelebt. Hatte sie etwa nie Verlangen danach gehabt? Weshalb war sie mit niemandem zusammengewesen? Aber wie wäre das denn möglich gewesen! Was hätten die Leute zu ihr als Witwe mit drei Kindern gesagt? Aydın denkt zum ersten und selbstverständlich zum letzten Mal über die Einsamkeit seiner Mutter nach, sie tut ihm leid, und er umarmt sie. Seine Mutter ist seit langem nicht so glücklich gewesen.

Als Aydıns Gehalt steigt, als er im Beruf eine höhere Position einnimmt, als er ein neueres Automodell fährt, fängt auch das Frauenproblem an, kein Problem mehr zu sein. Jetzt ist es nicht mehr schwer, auf Cocktails, bei Arbeitssessen und Kundenkontakten die Frauen, die er da kennenlernt, zu erobern. Mit ihnen ist er ein, zwei Nächte zusammen, dann vergißt er sie sofort wieder. Schon hat er keine Angst mehr, Fehler zu machen, und weil er sich nicht fürchtet, macht er auch keinen Fehler. Er ist so gut zu ihnen, so weich, so liebevoll, wenigstens scheint es so, daß keine Frau sich seiner Wirkung entziehen kann. Er hat beruflich etwas erreicht, seine Haare sind leicht ergraut, dieser höfliche Junggeselle erscheint ihnen als begehrenswerte Beute.

Seine erste längere Beziehung hat er, als er weit über dreißig ist. Es ist klar, daß ihn in dieser Phase der Gedanke an Heirat wieder stark beschäftigt. Selbst sein Chef möchte gerne, daß er heiratet. Bei den Amerikanern spielt die Familie ja eine große Rolle. Ist es nicht so, daß ein geregeltes Leben, eine gute Ehefrau, ein schönes Heim den Berufserfolg steigern?

Das Mädchen hat die Hochschule abgeschlossen, sie ist schön, zieht sich gut an; wenn man mit ihr am Arm ausgeht, kann man sicher sein, bewundert zu werden. Aydın läßt zu, daß das Mädchen in sein Leben eintritt. Auch im Bett macht sie keine Probleme. Sie ist schüchtern und äußert keine Wünsche. Eigentlich ist es Aydın ein wenig auf den Magen geschlagen, als er erfahren hat, daß auch Frauen zum Orgasmus kommen können, aber die Frauen machen fast keine Schwierigkeiten. Entweder kommen sie hin oder sie tun so. Wer weiß das schon, und er will es auch gar nicht wissen.

Was er inzwischen weiß, daß die Methode, die er persönlich gefunden hat und praktiziert, von vielen Männern angewendet wird. Wenn sein Höhepunkt naht, zieht er sich etwas zurück, oder er denkt über das letzte Fußballspiel nach oder seine Gespräche mit dem Chef. Dann kommt der Höhepunkt nämlich später. Aber natürlich nimmt er den Frauen übel, daß sie ihm den Spaß verderben. Er könnte nämlich zu jeder Zeit, wenn er mal anfängt, nach ein paar Bewegungen ganz leicht und einfach zur vollen Befriedigung gelangen. Warum können bloß die Frauen nicht auch ein bißchen schneller und leichter ihren Orgasmus kriegen? Und wie erstaunt und wütend war er erst an dem Tag, als er erfuhr, daß die Frauen nur wenig Spaß daran haben, wenn man in sie eindringt, sondern daß ihre eigentlichen Punkte außerhalb liegen. Jetzt war da also noch ein Problem aufgetaucht, mit dem man sich abmühen mußte. Mach das nicht so, mach es so, langsamer, meine Beine sollen geschlossen sein, drück nicht so, halte den Rhythmus ein, nicht nachlassen. Es gab sogar welche, die so etwas sagten. Die Frauen wechselten ab und gingen Aydın auf die Nerven.

Mit jenem Mädchen verstrichen die ersten Monate problemlos. Als sie neun Monate zusammen waren und im Familienkreis eine kleine Verlobungsfeier stattgefunden hatte, veränderte sich einiges. Sie fing an sich zu ärgern, obwohl sie das zu verbergen suchte, wenn er spät von der Arbeit kam und morgens sehr früh aufstand, oder über sein Verhalten gegenüber Frauen, wenn sie zusammen irgendwo hingingen. Wenn Aydın auch am Wochenende arbeitete, dann war jetzt richtig die Hölle los. Sie wäre eine Frau; während alle am Wochenende mit ihren Männern ausgingen, müßte sie zu Hause warten, das wäre eine Ungerechtigkeit. Aydın sieht plötzlich seine Arbeit in die zweite Ebene verwiesen und verspürt ein großes Schuldgefühl. Was soll das denn bedeuten, er heiratet doch, um im Beruf vorwärtszukommen, und nun soll die Arbeit plötzlich weniger wichtig sein? Wie wird das erst nach der Hochzeit aussehen? Schon jetzt ist das Mädchen schnell beleidigt; sobald sie eingeschnappt ist, ruft sie ein paar Tage nicht an. Wie soll das in der Ehe weitergehen.

Als sie ihre neue Wohnung einrichten, mokiert sich das Mädchen über ein paar Möbelstücke, die seine Mutter beigesteuert hat, und das ist für Aydın der Punkt, sich von dem Mädchen zu trennen. Offensichtlich wird das Mädchen mal ein großes Problem, sie ist eine Nörglerin. Fällt es denn so schwer, sich wegen ein paar von seiner Mutter ausgesuchter Möbelstücke zu beherrschen, zu schweigen?

Bald erfährt das Mädchen also, daß Aydın sie nicht mehr haben will. »In deinem Leben gibt es deine Mutter und deine Arbeit. Stehe ich etwa an dritter Stelle?« fragt sie. Aydın sagt: »Ja, dich habe ich erst später kennengelernt, freilich stehst du an dritter Stelle.« Am nächsten Tag schickt das Mädchen den Ring zurück.

Aydın fühlt sich sehr wohl, er hatte seine Freiheit schon sehr vermißt.

Zudem hatten sich in seinem Umkreis, seit das Mädchen aufgetaucht war, viele andere Frauen angesammelt: Es wäre doch schade um sie gewesen.

Der einzige und größte Gewinn von Aydıns Versuch, in die Ehe zu treten, ist, daß er nun endlich in eine eigene Wohnung gezogen ist. Er trennt sich von seiner Mutter, und das geht ganz leicht. Im vollen Sinne des Wortes ist er endlich frei. Zwar hat er keine Frau nach seinen Wünschen, die wird es auch nicht so schnell geben. Er weiß selbst nicht, wie die Frau, die er sich wünscht, aussehen soll. Aber es gibt sie eben auch nicht.

Er nimmt sein altes Leben dort wieder auf, wo er es verlassen hat. Morgens früh raus, den ganzen Tag ein intensives Arbeitstempo, abends ein Arbeitsessen oder beim Cocktail zwei, drei Gläschen, am Wochenende kleine Eskapaden. In der Zeit entdeckt er die verheirateten Frauen. Und, daß diese ihm wahrhaftig mehr Lust verschaffen als die jungen Mädchen. Man muß bei ihnen nicht viel herumreden, natürlich auch keine Heiratsversprechen machen. Außerdem ist nicht zu befürchten, daß sie plötzlich vor der Tür stehen und man sie nicht mehr los wird. Und es gibt hier das Problem, daß man sie nicht betrügen, keine Seitensprünge machen darf, nicht. Diese Frauen haben Erfahrung.

Er macht bei den verheirateten Frauen auch eine interessante Entdeckung: sie klagen nicht wie die Männer, daß sie mit ihrem Ehepartner unglücklich seien, aber sich aus Mitleid irgendwie nicht von diesem trennen könnten. Sie reden sich weder aufs Unglücklichsein, noch aufs Unverstandensein durch ihre Partner raus. Nein, sie kommen, machen Liebe und gehen wieder. Sie sind glücklich. Diese Frauen wünschen sich bloß eines: schöne Worte, Bewunderung, Streicheln und Küsse. Es reicht, so zu tun, als liebte man sie. Sie haben ein unendliches Bedürfnis nach Zärtlichkeit und Liebe. Um mit ihnen zu schlafen, muß man etwas mehr Zeit aufwenden. Verheiratete Frauen sind hungrig, nicht nach Sex, sondern nach anderen Dingen. Diese zu geben, ist eigentlich sehr leicht.

Aydın vergißt seine Entdeckung nicht. Bis hin zu seiner Ehe. Er gewöhnt sich auch ans Alleinsein, so wie er sich ans Zusammenleben gewöhnt hatte. Aber wenn er irgendwo hingeht, ist er ganz schön einsam. Er schaut sich um, und keine gefällt ihm. In seinem Kopf entsteht das Bild einer Frau. Aber diese Frau gibt es nicht. Sie existiert nicht.

Nicht zu jung sollte sie sein, diese Frau, im Bett sollte sie nicht zu ausgefallene Wünsche haben, sie soll in jeder Hinsicht Erfahrung haben, soll unbedingt berufstätig sein, denn für ihn kommt keine in Frage, die den ganzen Tag zu Hause sitzt und bloß an ihren Mann denkt. Diese Frau sollte außerdem im Beruf Erfolg gehabt haben, denn zu dem großen Herrn Aydın würde wohl kaum eine kleine Sekretärin passen. Natürlich müßte die Frau auch schön sein, zu reden und sich anzuziehen wissen. Über einen Punkt denkt Aydın dabei gar nicht nach: Liebe. Sollte diese Frau nicht in ihn verliebt sein oder er in sie? Gefühlsmäßig ist bei ihm, außer ein paar kleinen Dingen in der Jugend, nichts abgelaufen. Liebe, Zuneigung – das überlegt er gar nicht. Außerdem würde er dieser Frau ja sowieso nie begegnen. Vielleicht gab es auf der ganzen Erde so eine Frau gar nicht. Deshalb war es kindisch, darüber nachzudenken, was er tun würde, wenn er sich verlieben würde.

Als er um die vierzig ist, trifft Aydın diese Frau. Er lebt lange mit ihr zusammen. Er weiß nicht, ob er die Frau glücklich gemacht hat. Und er ist sich selbst nicht klar, ob er bei dieser Frau glücklich war.

V.
...daß die Liebe unweigerlich
ein Ende hat

In einer anderen Stadt findet eine wichtige Podiumsdiskussion eines großen Vereins statt. Ich bin eine von drei Personen, die einen Vortrag halten, außer mir noch ein Minister und ein Wirtschaftsfachmann. Weil ich in der Firma keine Zeit dazu gefunden hatte, habe ich meine Rede drei Nächte lang zu Hause vorbereitet. Früher war die Wohnung für mich ein Erholungsraum; ich hatte es dumm gefunden, Arbeit mit nach Hause zu nehmen. Diejenigen, die das taten, hatte ich für Leute angesehen, die ihre Zeit nicht zu nutzen wußten. Nun mache ich es auch so, denn anders geht es nicht. Und mein kleines Töchterchen scheint seine Mutter dabei zu unterstützen. In den Nächten, in denen ich zu Hause arbeite, macht es mir keinerlei Sorgen, selbst wenn die Kinderfrau nicht da ist. Es spielt still vor sich hin in seinem Ställchen. Dabei ist es nicht immer ein friedliches Kind. Während meiner Arbeitsstunden herrscht zwischen uns sozusagen ein Pakt unter Frauen. Sobald meine Schreibmaschine klappert, begibt sich das Kind an seine eigene Arbeit. Ich kann nicht anders, ich stehe immer wieder auf und nehme es in den Arm. Es hilft mir und ich ihm.

Die Stadt liegt in tiefen Nebel eingehüllt, kein Flugzeug startet, und die Nachrichten melden, daß der Nebel noch tagelang anhalten wird. Dabei ist meine Veranstaltung morgen um zwei. Ich rufe den Flughafen an. Dort sagt man mir, es gäbe keine Garantie, daß die Flugzeuge morgen starten könnten. Was soll ich tun? In der Firma schlägt man mir vor, den Schlafwagen zu nehmen. Es bleibt mir wohl nichts anderes übrig. Der Mann, den wir zum Fahrkartenschalter geschickt haben, ruft an, es gäbe keine Liegekarten mehr, denn alle stürzten sich auf den Zug. »Ich werde für Sie wenigstens im Nachtzug einen Sitzplatz reservieren lassen«, sagt er.

Ich finde das sehr blöd. Wenn ich schon im Liegewagen kaum Schlaf finde, wie soll ich da auf einem Sitzplatz übernachten? Ich setze alles in Bewegung, ob nicht über Bekannte, mit Beziehungen doch etwas zu machen sei. Nein, nichts wirkt, nichts geht. Na, dann werde ich die Nacht auf einem Polstersitz im Zug verbringen und am nächsten Tag meinen Vortrag halten. Daß ich das schaffe, weiß ich sicher. Ich habe Vertrauen zu mir selbst. In der Zeit, ehe das Kind da war, habe ich so eifrig daran gearbeitet, im freien Sprechen sicher zu werden, daß ich in dem einen Jahr der Unterbrechung meine Fähigkeit nicht verloren habe. Genauso wie man Schwimmen nicht verlernt, selbst wenn man länger nicht geschwommen ist, bleiben wahrscheinlich auch Fähigkeiten, die aus einem tiefen inneren Wollen heraus erworben wurden, erhalten. Ich werde hinfahren und reden.

Schnell, schnell fahre ich heim und packe meine kleine Reisetasche. Ich werde wohl eine Nacht im Hotel bleiben, weil es unsicher ist, ob ich mit dem Flugzeug zurückkehren kann. Die Kinderfrau ist da, abends wird auch meine Schwester vorbeischauen. Um das Kind brauche ich mir keine Sorgen zu machen. Die Kleine ist gesund und munter. Ich nehme sie auf den Arm und küsse sie, fahre wieder zurück ins Büro, reserviere mir ein Hotelzimmer, dann rufe ich Aydın an.

Erstaunlicherweise möchte ich nicht mit ihm selbst sprechen. Ich sage mir, daß ich nichts tun muß, was ich nicht möchte. Also lasse ich ihm durch seine Sekretärin ausrichten, daß ich nachts nicht zu Hause sei, er könne, wenn er wolle, kommen und das Kind sehen. Das macht mich inzwischen nicht mal traurig. Der Mensch kann mit Vernunft immer eine Lösung finden. Es hat keinen Sinn, Träumen nachzulaufen. Wie viele Male in meinem Leben habe ich erlebt, daß sich die Liebe nach einem stürmischen Anfang in nichts auflöste. So ist es eben; anders wäre es zwar besser, aber da läßt sich nichts machen. Ich habe es mir selbst ausgesucht, nicht ohne Liebe leben zu wollen. Wer es aushalten kann ohne Leidenschaft und Aufregung, bitteschön. Und wer den kleinen Aufregungen des Seitensprungs nachläuft oder sich unter der schweren Last von werweiß-von-wem verhängten Gesetzen und Regeln schuldig fühlt – soll er doch. Bloß für wen?

Meine Liebesaffären haben wunderbar angefangen, aber sie sind zu Ende gegangen. Also müßte man, wenn man die Liebe beschreibt, immer sagen, daß sie unweigerlich ein Ende hat.

Ich schaue mich in meinem engeren und weiteren Bekanntenkreis um und sehe keine einzige dauerhafte Liebesbeziehung. Sobald einer die geliebte Person richtig kennengelernt hat, hört die Liebe auf. Denn der Mensch verliebt sich in ein von ihm selbst geschaffenes Phantasiegebilde. Er stattet den anderen mit Eigenschaften aus, die er selbst zu haben glaubt. Aber der andere ist eben ein anderer Mensch, und seine Eigenschaften haben nichts mit den gesuchten zu tun.

2

Im Zug sitzt ein alter Mann neben mir. In ein, zwei Stunden werde ich neben einem Mann, den ich gar nicht kenne, versuchen einzuschlafen. Es gelingt mir nicht, mich nicht zu ärgern. Es ärgert mich schon sehr, daß ich gezwungen bin, im Sitzen in diesem Zug zu schlafen, während ich in meinem Bett sanft und selig schlafen und am Morgen in einer halben Stunde mit dem Flugzeug ohne Müdigkeit hätte hinfliegen können. In dem Buch, das ich zu lesen versuche, lese ich, wer weiß wie oft, immer dieselbe Zeile.

»Hallo, wie geht's«, fragt neben mir eine jugendliche Männerstimme.

Ich schaue auf. »Ach, hallo, was machen Sie denn hier? Wie soll's mir schon gehen? Wegen Nebel mußte ich den Zug nehmen, morgen habe ich eine Diskussionsveranstaltung; ich kann hier im Zug einfach nicht schlafen.«

Wie am Schnürchen zähle ich dem jungen Mann alle meine Beschwerden auf. Er lacht mich freundlich an. Es ist ein Mitarbeiter aus der Reklameabteilung unserer Firma. »Kommen Sie, wir gehen zusammen ins Zugrestaurant, beim Essen vergeht die

Zeit, und Sie brauchen nicht so lange um den Schlaf zu kämpfen.«

Sofort bessert sich meine Laune; ich bin froh, ein bekanntes Gesicht zu sehen. Endlich bin ich nicht mehr allein. Ich stehe sofort auf. Als wir durch den Gang gehen, und der Zug schwankt, hält er mich leicht an der Schulter fest. Wir setzen uns einander gegenüber. »Ich brauche Sie nicht zu fragen, was Sie gerne essen möchten, denn hier gibt es keine Auswahl«, sagt er lachend.

»Wie war doch gleich dein Name?« frage ich.

»Murat«, sagt er und beugt sich zu mir. »Murat. Und vergessen Sie heute nacht nicht noch mal meinen Namen, bitte.«

Mir kommt es vor, als nähme ich diesen jungen Mann mit der weichen Stimme, mit den sanftblickenden hellbraunen Augen, den blonden Haaren, dem blonden Bart, der hohen Gestalt und dem roten Pullover mit einem Schlag erst richtig wahr. In diesem Augenblick spüre ich den Mann. Mit den meisten Menschen bist du zwar zusammen, aber du kannst sie nicht spüren.

Ich schaue dem jungen Mann in die Augen. Ich weiß, ich sollte diese Frage nicht stellen, und doch kann ich nicht anders, als dumm zu fragen: »Wie alt bist du, Murat?«

Er lacht. Was hat er doch für eine schöne Nase. Und der Mund. »Ist mein Alter denn so wichtig? Warum fragen Sie? Ob ich 26, 27 oder 36, 37 bin, was macht den Unterschied?«

»Am Arbeitsplatz bin ich dir bisher selten begegnet. Trotzdem kommt es mir vor, als kenne ich dich sehr gut. Besonders deine Stimme, deine Stimme.« (Wie schön ist deine Stimme, Murat, wie schön ist dein Blick.) In den hellbraunen Augen ist ein großes Licht; ich habe wohl lange schon nicht in Augen so voller Liebe geschaut. Er hat einen fragenden Blick. Eine Weile reden wir vom Nebel, von der Arbeit, von der Diskussionsveranstaltung. Er fragt: »Darf ich dort auch hinkommen?«

»Fährst du aus beruflichen Gründen?« frage ich. Er lacht wieder. Der Wein macht mich schwindelig. »Murat, gut daß du hier bist. Wie ist mir zumute gewesen, als ich in den Zug eingestiegen bin, und schau, wie es mir jetzt geht!«

Er antwortet: »Daß du hier bist, ist auch gut!«

(Wie lange ist es wohl her, daß ich diesen Satz nicht gehört habe.) Ich kann nicht verhindern, daß meine Augen sich mit Tränen füllen; eine starke Trauer und gleichzeitig ein starkes Glücksgefühl überfluten mich.

»Weißt du, ich habe dich lachen, sprechen, brüllen und arbeiten gesehen, aber in traurigem Zustand habe ich dich nie gesehen. Immer habe ich überlegt, wenn du traurig bist, wie du wohl weinst. Ich habe nie vorgehabt, dir diese Frage einmal zu stellen – um dich nicht zu belästigen.«

Um dich nicht zu belästigen, nicht zu belästigen. Ich werde Sie niemals belästigen, das sollten Sie wissen, ich werde immer an Sie denken, aber Sie nie belästigen. Die Stimme klingt mir im Ohr, wird stärker. Das ist jene Stimme. Die Stimme am Telefon.

»Du bist Er«, sage ich.

»Ja«, sagt er, »der bin ich.«

»Und du bist meinetwegen in diesem Zug.«

»Ja, ich bin deinetwegen in diesem Zug«, sagt er. »Seit Jahren habe ich dich beobachtet, war ich dir sehr nahe, habe so danach verlangt, zu verstehen, warum du das alles tust, was du tust, und nun habe ich es schließlich auch verstanden. Du bist die Frau meiner Träume. Hätte ich mir eine Frau erschaffen dürfen, dann hätte ich dich geschaffen, mit deinem Gesicht, deiner Art zu sprechen, deinen Gedanken und Überzeugungen, mit deinem Leben, ohne Abstriche und ohne Hinzufügungen. Ich liebe dich so sehr, daß es mich selbst überrascht. Wenn du das ganz verstehen würdest, wärest auch du sehr überrascht.«

»Was willst du von mir?«

»Ich will von dir einerseits sehr viel, andererseits gar nichts. Was habe ich nicht alles seit Jahren angestellt, um diesen Augenblick zu erleben. Aber dich hat das nicht interessiert. Ich weiß genau, daß auch du seinerzeit wolltest, aber dann hast du aus Vernunftgründen Abstand genommen. Ich kenne dich genau. Ich liebe dich.«

»Seit langem bin ich endlich wieder einmal so verwirrt und glücklich. Als ich in den Zug stieg, war ich eine einsame Frau, jetzt hast du durch deine Existenz als liebender Mann, der aus weiter Ferne an mich gedacht hat, mich meine Einsamkeit vergessen lassen. Das Komische ist, daß ich alles, was du sagst, glaube. Ich vertraue dir. Selbst wenn dieses unsere erste und letzte Nacht wäre, danke ich dir. Weil du mir den Glauben an mich selbst wiedergegeben hast.« (Dabei bist du doch so jung, Murat.) »Aber du bist doch so jung, Murat.«

»Ich war sehr gespannt, ob du diesen Ausspruch tun würdest. Ich hätte vorgezogen, daß nicht, aber nun ist es passiert. Warum ist meine Jugend denn so wichtig, sag mal? Was für ein Hinderungsgrund ist das denn? Würdest du mir da eine logische Antwort geben? Ich hoffe doch, du glaubst nicht, weil du zehn, fünfzehn Jahre älter bist als ich, du könntest mich deswegen nicht lieben. Diese Denkweise paßt kein bißchen zu dir. Schau her, ich liebe dich, ich möchte dich berühren. Möchtest auch du mich berühren?« (Ja, ich will, und wie!) Meine Stimme kommt flüsternd: »Ja, berühr mich!«

Er streckt die Hand aus und faßt mich zwischen den Haaren an den Nacken. Eine Zeitlang hält er mich so fest. Ich spüre ein irrsinniges Verlangen, ihn heftig zu umarmen, zu umschlingen. Ich will ihn. (Schaut nicht jeder uns an? Sagen sie vielleicht schon, was hat die ausgewachsene Frau mit dem jungen Burschen da zu turteln? Verdammt! Sollen sie doch reden. Wenn es umgekehrt wäre, er ein ausgewachsener Mann und ich ein junges Mädchen, würden sie sich nicht den Kopf zerbrechen.)

Ich bewege leicht meinen Kopf, und er zieht seine Hand weg. Ich lege meine Hand auf seine junge, gutgewachsene Hand mit den langen Fingern, den starken Adern. Mein Blick bleibt auf unseren Händen haften. Wie sind seine Hände doch lebendig und glatt, ohne Falten. Meine Hände sind nicht lebendig, sie haben Falten und Poren. Wie verschieden sind unsere Hände: Ist es der Unterschied des gelebten und des noch nicht gelebten Lebens? Nur dies? Als könnte er meine Gedanken lesen, zieht er die Hand weg und legt sie auf meine. Er drückt meine Hand, daß sie unter seiner verschwindet. »Es ist nicht wichtig«, sagt er. »Wenn zwei Menschen einander begehren, ist es nicht wichtig. Bemühe auch du dich, mich kennenzulernen, und wenn du mich willst, nimm mich. Erzieh mich, lehre mich, aber glaube mir, es gibt auch Dinge, die ich dich lehren kann. Das wichtigste ist doch, daß zwei Menschen einander wollen. Ist nicht dies allein ausschlaggebend?«

Noch immer habe ich nicht ganz verstanden, deshalb frage ich wieder: »Warum ich? Erklär mir das mal, warum denn ich? Du siehst sehr gut aus, hast eine gute Ausbildung, bist liebenswert, du kannst mit jeder Frau zusammensein, die du möchtest, warum gerade ich?«

Es verwirrt ihn anscheinend, daß ich immer noch nicht durchblicke. Als hätte er nicht erwartet, daß ich so lange brauche, es zu kapieren. »Ich habe doch versucht, das zu erklären. Natürlich kann ich zusammensein, mit wem ich will. Aber dich liebe ich halt, seit Jahren schon gefällst du mir. Du gleichst so sehr der Frau, die ich mir in meinen Wunschträumen erschaffen habe. Was macht es schon aus, daß du älter bist als ich, was macht das denn? Daß dein Fleisch ein bißchen weicher ist als meins, daß deine Linien ein bißchen mehr und tiefer eingegraben sind? Wie sollte meine Liebe zu dir denn daran scheitern, daß du ein paar mehr Falten hast?«

Gegen zwei Uhr nachts kehren wir zu unseren Sitzplätzen zurück. Ich kann die ganze Nacht nicht schlafen. Was er macht, weiß ich nicht. Ab und zu möchte ich am liebsten meine Hand nach dem Sitz vor mir ausstrecken und seine Haare streicheln. Der Zug, den ich als Folterwerkzeug gesehen hatte, ist zu einer Glücksmaschine geworden.

Ich liebe ihn. Es gibt keinen Grund, ihn nicht zu lieben. Er ist ein Geschenk, das mir gerade rechtzeitig geschickt worden ist.

Er wacht auf. Dreht sich um und schaut mich an. Seine Augen leuchten in Liebe. Schon sehr lange bin ich von niemandem so angeschaut worden. Wie sehr doch Frauen, die lange nicht geliebt und gestreichelt wurden, die nur selten Liebesworte gehört haben, nach Liebe dürsten. Und wie sie sich sofort auf eine dargebotene Liebe stürzen möchten wie hungrige Wölfe. Wer immer es sei, wie immer es sei.

Es ist noch sehr früh, als wir ankommen. Wir finden ein geöffnetes Café, wo wir Tee trinken und Gebäck essen. Er fragt mich, wie ich abends zurückfahren will. Ich weiß es nicht. »Komm, laß uns mit dem Bus zurückfahren, das ist bequemer, da kannst du besser schlafen als im Zug.«

Ich weiß nicht. »Jetzt gehe ich ins Hotel und versuche ein wenig zu schlafen, dann rufe ich den Flughafen an, ob noch Nebel ist, und wenn ja, dann fahre ich mit dem Zug oder mit dem Bus zurück«, sage ich. (Dabei will ich doch mit ihm zusammensein und mit ihm zurückkehren; warum verhalte ich mich dann so unnatürlich?) Er wirkt bedrückt. Vielleicht habe ich ihn durch meine Unentschlossenheit und Zurückhaltung enttäuscht. »Na gut, ruf an, und ich werde dich dann schon erwischen. Wir werden uns besprechen; bis dahin wirst du erfahren haben, ob Nebel ist und dich entscheiden.«

Ich steige vor dem Hotel aus dem Taxi aus. »Kommst du nicht mit auf die Tagung?« Er lacht, lacht ein bißchen, lacht nur, antwortet aber nicht.

Ich stelle mich unter die heiße Dusche und schlafe etwa zwei Stunden. Man holt mich ab, und wir fahren in das Hotel, wo die Tagung stattfindet. Als wir drei Redner hinter dem Tisch auf dem Podium Platz genommen haben, mustere ich den ganzen Saal durch. Murat ist nicht zu sehen. Vielleicht hat er, um mich nicht zu stören, sich irgendwo an den Rand gesetzt, und wenn mein Vortrag zu Ende ist, wird er schon auftauchen, denke ich.

Als ich spreche, verhalte ich mich ganz so, als wäre er da, und flechte witzige Bemerkungen ein, von denen ich annehme, daß sie ihm gefallen. Beim Cocktail hinterher ist Murat aber auch nicht da. Ich bin sehr traurig, also habe ich den jungen Mann doch gekränkt, ich habe ihn vertrieben. Und jetzt denke ich, es wäre nicht nötig gewesen, mich so steif zu benehmen, als hätte er etwas Böses von mir gewollt.

Die Leute möchten noch gerne mit mir zusammensein, sie laden mich zum Essen ein. Es gibt eine Anzahl Männer, die mich mit Wohlgefallen anschauen. Ich möchte allein sein. Unter dem Vorwand, ich hätte mich mit einer Verwandten verabredet, kehre ich ins Hotel zurück. Zu meiner Überraschung registriere ich, daß ich selbst an dem Tag, als ich mich von Aydın getrennt hatte, nicht so betroffen gewesen bin. Wenn jemand mich anrührt, werde ich weinen müssen.

An der Rezeption werden mir, zusammen mit dem Zimmerschlüssel, ein Fahrschein und eine Mitteilung ausgehändigt: »Ich fahre diese Nacht mit dem Bus zurück, für dich habe ich ebenfalls ein Billett gekauft. Wenn du mitkommst, werden wir uns sehen. Murat.« Ich schaue aufgeregt auf das Billett. Ja, eine Buchung für den Bus um Mitternacht. Wie schön ist es, wenn sich jemand um dich kümmert, wenn dich jemand erwartet. Ich gehe in mein Zimmer, lasse mir auch das Essen hochbringen. Die Stunden vergehen einfach nicht. Der Mitternacht entgegen. In den langen Stunden, die sich hinziehen, erlebe ich meine Einsamkeit und bin glücklich.

Er hat doch nichts Böses von mir gewollt. Er hat nur mich von mir gewollt.

3

Als ich mit dem Koffer in der Hand aufgeregt am Busbahnhof ankomme, schaue ich mich überall suchend um. Es sind eine Menge Menschen dort, nur Murat nicht. Ich setze mich in die Mitte, an eine Stelle, wo ich nicht zu übersehen bin, ziehe ein Buch raus und fange an zu lesen. Es ist noch eine halbe Stunde bis zur Abfahrt des Busses. Mein Kopf neigt sich über das Buch, aber ich merke, daß ich nicht eine Zeile lesen kann. Murat versetzt mich in Aufregung. Aber ich weiß nicht, ob das, was mich aufregt, wirklich Murat ist. Er ist eben der erste Mensch, der mir nach dem langen Zusammenleben mit Aydın begegnet ist und mich beeindruckt hat. Es kann auch sein, daß sein jahrelanges hartnäckiges Werben, seine Jugend und sein gutes Aussehen die freudige Aufregung bewirken. Oder, daß jemand mich derart stark begehrt nach Aydıns Lieblosigkeit in der letzten Zeit.

Vielleicht habe ich einen Komplex, bin in die Midlifecrisis geraten. Vielleicht zettele ich auch einen weiteren Aufstand an gegen die ungeschriebenen Gesetze der Gesellschaft, gegen die Verbote und Tabus. Ist er nicht zehn, fünfzehn Jahre jünger als ich? Ach, lieber Gott, wenn ich daran denke, wird mir ganz anders. Aber warum denn? Ist nicht die Tatsache, daß wir einander mögen, Grund genug zusammen zu sein? Wäre er fünfzehn Jahre älter als ich, gäbe es überhaupt kein Problem, weshalb also jetzt?

Ist es meine Schuld, daß ich so alt bin? Habe ich mit dem Älterwerden etwas Unrechtes getan? Habe ich mir das Alter gewünscht?

»Hallo, ich hatte schon schreckliche Angst, du kämst nicht.« Ach, wie schön ist er doch in seinen Bluejeans, dem langen roten Pullover, den in den Nacken fallenden Haaren, mit seinem großen schmalen Körper. Bin auch ich schön in meinen Bluejeans, dem langen rosa Pullover, mit meinen glatten Haaren und den Stiefeln? Ich möchte mit ihm eng umschlungen einen weiten, nicht endenden Weg dahinwandern, etwas anderes möchte ich gar nicht.

»Warum hätte ich nicht kommen sollen? Der Flughafen liegt im Nebel. Vielleicht wäre ein Schlafwagen bequemer gewesen, aber…«

»Keine Sorgen, du wirst dich wohl fühlen.«

Der Bus fährt ab. Ich bin sehr müde, unausgeschlafen. Das wird jetzt meine zweite schlaflose Nacht. Ich kann im Reisebus unmöglich schlafen, denn ich habe Angst. Wir reden also. Er erklärt mir dauernd, warum er mich so sehr liebt. Ohne den Altersunterschied zu erwähnen, versucht er mich zu zivilisiertem, aufgeklärtem Denken zu bringen. Was er sagt, ist äußerst vernünftig, in Ordnung. »Sag doch ehrlich, gibt es einen Grund für dein Zögern? Du magst mich doch? Bist du nicht froh, jetzt hier mit mir zusammenzusein?«

»Ich mag dich, und ich bin froh, mit dir zusammenzusein.«

»Schadet es dir in irgendeiner Weise, daß ich jünger bin als du?«

»Es schadet mir in keiner Weise, daß du jünger bist als ich.«

»Bist du etwa auch eine von denen, die meinen, daß Unterschiede in Alter, Glauben, Rasse, usw. die Liebe zwischen den Menschen verhindern?«

»Ich bin keine von denen, die meinen, daß Unterschiede in Alter, Glauben, Rasse usw. die Liebe zwischen den Menschen verhindern. Ich bin dafür, daß die Menschen, wenn sie dadurch niemandem schaden, leben dürfen sollen, wie sie möchten; ich bin für die Freiheit.«

»Ist es deiner Meinung nach unanständig, mit einem jüngeren Mann zusammenzusein, ihn zu lieben?«

»Es ist meiner Meinung nach nicht unanständig, mit einem jüngeren Mann zusammenzusein, ihn zu lieben.«

»Würde es die Freiheit der Frau beschneiden, wenn sie ein Kind hätte? Würde es sie daran hindern, so zu leben, wie sie möchte?«

»Wenn die Frau ein Kind hätte, würde das ihre Freiheit nicht beschneiden. Es würde sie nicht hindern, so zu leben, wie sie möchte.«

»Müssen Frauen mit Kindern, weil sie Mutter sind, wie Sträflinge fern von allem, eingesperrt in ihren vier Wänden leben?«

»Nein, Frauen mit Kindern müssen nicht, weil sie Mutter sind, wie Sträflinge, fern von allem, eingesperrt in ihren vier Wänden leben.«

»Also dann: Warum fliehst du vor mir? Warum benimmst du dich so zweifelnd und scheu?«

Es wird vier. Murat legt einen Arm um mich. »Kuschel dich an meine Schulter und schlaf«, sagt er, warm, vertrauenerweckend, stark. Ich kuschele mich an seine Schulter und versinke in einen tiefen Schlaf. Auf meinen Lippen spüre ich einen warmen, freundschaftlichen, starken, vertrauenerweckenden Kuß. Ich lächele. Zum erstenmal schlafe ich in einem Reisebus ein.

Der Bus bremst scharf, schleudert; erschrocken wache ich auf. Murat, als hätte er gar nicht geschlafen. Ich packe seine Hand. »Hab' keine Angst, aus der Seitenstraße ist ein Auto gekommen, deswegen mußte der Fahrer bremsen; es ist nichts passiert.«

Ich halte seine Hand fest. Als wäre Murat schon seit ewig mein Geliebter, so liegt meine Hand fest zwischen seinen Händen. Meinen Kopf lege ich wieder an seine Schulter, er küßt mich wieder sanft auf die Lippen. Ich schließe die Augen. Ich lebe.

Als der Bus frühmorgens die Stadt erreicht, will Murat mit mir heimkommen. Ja, wie denn? Ich bin wie ein junges Mädchen, verschämt, schüchtern. »Es geht nicht, ich habe Sehnsucht nach meiner Tochter«, sage ich.

»Deine Tochter hätte ich ja kennenlernen können«, sagt er und bemerkt sofort, daß ich ärgerlich werde. Also fragt er: »Soll ich dich anrufen?«

»Freilich, ruf mich an, wann immer du willst.«

Zum ersten Mal habe ich in einem Reisebus etwa zwei Stunden geschlafen, aber ich bin doch sehr müde. Ich kann nichts anderes denken, als daß ich heim möchte und in meinem eigenen Bett schlafen. Ich küsse ihn auf beide Wangen, und wir trennen uns.

Meine Kleine ist schon wach, sie spielt auf dem Teppich. So früh wacht sie immer auf. Als sie mich sieht, kommt sie mir lachend auf allen vieren entgegen. Wir umarmen uns. Was für eine große Freude ist das doch! Wie kann etwas, das den Menschen in dieser Weise bindet, traurig macht, ständig beschäftigt, ihm Sorgen macht und seine Freiheit beschneidet, gleichzeitig seine Herzenswonne sein? Das kann nur ein Kind. Ein Wesen, das du selbst geschaffen, mit deinem Blut genährt und aus deinem Inneren hervorgebracht hast, auf das du gleichzeitig eine Riesenwut haben und es abgrundtief lieben kannst.

Wenn es nicht da wäre. Diesen Satz sagen Frauen nie. Gerade unglückliche Frauen, die an ihre Ehe und ihren Mann wegen des Kindes gebunden sind, denken nie: wenn es nicht da wäre! So zu denken, käme ihnen wie eine Sünde vor. Dabei steht fest, daß ich freier wäre und viel weniger Probleme hätte, wenn es nicht da wäre. Dann wüßte ich ja auch nicht, was es bedeutet, es so tief zu lieben, nach ihm Sehnsucht zu haben. Deshalb würde ich den Verlust nicht fühlen. Ich gestehe, obwohl ich es sehr liebe, daß ich ganz wesentlich mehr Ruhe hätte, wenn es nicht wäre. Ich wäre glücklicher, denn ich würde nur mich lieben und für mich leben, und es gäbe in meinem Leben kein anderes Element, um das ich mir Gedanken machen müßte.

Ich weiß eigentlich nicht ganz genau, weshalb ich es geboren habe, aber wenn man mich jetzt fragte, ob ich ein Kind möchte, wäre meine Antwort, nein, ich will nicht. Jedoch, es ist nun einmal da, ich liebe es und weiß, es ist etwas, das mich ein Leben lang begleiten wird. Ich weiß schon, daß es mir so viel Kummer und Schmerz bereiten wird, wie es mir Glück geschenkt hat. Als reichten meine Sorgen nicht aus, werde ich das Doppelte, nämlich auch die seinigen zu tragen haben, das ist mir klar. Aber es existiert. Ich liebe es, werde es lieben, werde sein Glück und seine Last miterleben. Hauptsache, ich muß nicht noch mal so ein Jahr wie das vergangene durchmachen. Ich will nicht noch einmal mich selbst vergessen. Ich will nicht seinetwegen einen neuen Lebensstil, neue Regeln, neue Moralvorstellungen einführen. Es existiert, es wird groß werden, aufwachsen. Ich werde mich bemühen, einen guten Menschen aus ihm zu machen, aber später wird es alles, was aus der Umwelt auf es zukommt, aufnehmen, auswählen und selber herausfinden, was für es gut ist. Ich darf nicht um seinetwegen mich selbst aufgeben, nicht die Freuden des Lebens vernachlässigen. Ja, es ist da. Und auf irgendeine Weise wird es immer da sein. Aber ich bin auch da.

4

Murat ruft an. Er möchte mit mir zum Essen gehen. »Ich bin müde, laß es uns auf morgen verschieben«, sage ich. Wir beschließen, von der Arbeit aus irgendwo hinzugehen. Ich mag ihn sehr und glaube, ich werde mit ihm glücklich sein. Aber lange andauern kann das Ganze nicht; das ist auch nicht notwendig. Dauert denn das, was dauern kann? Eine Beziehung sollte nicht mit einem Entschluß anfangen. Das ist unnatürlich.

Abends um sieben ruft er mich in meinem Büro an. »Können wir gehen? Bist du mit deiner Arbeit fertig?«

Ich fühle, wie mich eine furchtbare Panik erfaßt. Bloß wieso? Murat wird in mein Zimmer kommen, im Jackett, fertig zum Ausgehen. Auch ich werde meine Tasche nehmen, hinter ihm hertrippeln, und gemeinsam werden wir durch die Pforte rausspazieren. Unglaublich. Ich soll mit einem jungen Mann zum Essen gehen, ohne zu verheimlichen, daß er mein Flirt ist. Das ist es, was mich in Panik stürzt. Ich mit einem jungen Mann. Als ob ich etwas Verbotenes täte, etwas Anrüchiges. Wer weiß, was die Leute über mich reden werden.

Verdammt, das kann doch nicht wahr sein! Daß mich das stört; was ich da denke, das darf doch nicht stimmen! War ich denn nicht eine Frau, die schon vieles hinter sich gelassen hatte? Konnte ich nicht tun, was ich für richtig hielt, ohne mich um irgendwen zu kümmern? Finde ich es unanständig, einen jungen Mann zu lieben? Nein. Also dann, woher dieser innere Druck? Weil uns unsichtbare Gesetze, Regeln, Verbote eingeprägt worden sind in unser Mark, unser Blut, in unsere Gehirnwindungen, und zwar vom Mutterleib an. Wenn wir vernünftigerweise einen Teil davon abwerfen können, ist es schön für uns. Aber ein Rest bleibt eben.

»Ich bin soweit«, sagt er, als er zu mir ins Zimmer tritt. Ich lasse mir nichts anmerken, sondern antworte höchst gelassen: »Ich auch.« Als wogten nicht sämtliche Gefühle in meinem Inneren durcheinander, verabschiede ich mich in legerer Haltung von den Kollegen. »Guten Abend, guten Abend, Mehmed *bey*. Auf Wiedersehen, Semra *hanım*.«

Ich versuche, mich zur Vernunft zu bringen.

Laß doch, um Gottes willen, entspann dich, du blödes Weib, zwischen Gefühl und Logik sollte beim Menschen doch nicht ein derartiger Abgrund klaffen. Wirf die inneren Widersprüche raus, verhalte dich, wie du es für richtig hältst. Hast du das nicht bisher immer getan? Bist du nicht eine besondere Frau gewesen, weil du es so gemacht hast? Hat man dich nicht deshalb mit einander widersprechenden Attributen wie lieblos, angeberisch, marktschreierisch, egoistisch, undankbar, mutig, gescheit bedacht? Du, die du der Liebe so viel Wichtigkeit beimißt und dafür plädierst, aus einer liebelosen Umgebung zu fliehen, du liebst jetzt, so fliehe nicht. Dies hier ist das Richtige!

Murat hat keine Ahnung von dem, was ich denke. Als er das Auto weitab parkt und wir zum Restaurant laufen, hält er meine Hand. Wieder hüpft mein Herz wie toll. Ich tue so, als müßte ich an meiner Jacke knöpfen und entziehe sie ihm sanft, ohne daß er etwas merkt. Wenn der Junge jetzt beim Essen vor allen Leuten etwa meine Hand nimmt, was mache ich dann bloß?

Der Ober im Restaurant schaut zu ihm und zu mir, dann fragt er mich, was wir trinken wollen. Macht er das, weil er mich kennt, oder denkt er vielleicht, ich als die Ältere treffe die Entscheidung? Ach egal, das ist doch gleichgültig. Wir bestellen Getränke und Essen. Er streckt seine Hand aus und hält meine Hand fest, und ich betrachte wieder unsere Hände, die meine mit vielen feinen Fältchen, die seine straff, geädert, makellos. Wie schön doch eigentlich, er hat kein Problem mit den Makeln meiner Hand und den Fältchen um meine Augen. Dabei müßte es genau umgekehrt sein.

Murat ist sehr lustig, er redet richtig süß, macht mir Komplimente, er liebt mich. Trotzdem ist das ganze Essen für mich eine Folter. Mir ist, als schauten die Leute im Lokal alle auf uns, interessierten sich für uns. Dort an jenem Tisch sitzen Bekannte, wir nicken uns zu. Als die Frau und der Mann je einzeln mich begrüßen, schauen sie sofort zu Murat hin; die Frau bleibt mit ihren Blicken ein wenig länger hängen.

(Na, gnädige Frau, wie geht's? Bleiben Sie nur sitzen mit Ihrem ungeliebten Gatten, zwanzig Jahre im selben Haus, ohne Liebe, ohne Anregung, ohne Berührung; essen Sie nur mit so einem miesen Gesicht, ohne zu reden und als wäre eine Pflicht zu erfüllen. Ich dagegen habe immer neue Anregungen, neue Liebesgeschichten, bin immer jugendlich und frisch. Denn die Anregung hält den Menschen lebendig. Lebendigkeit gibt den Augen Farbe, läßt sie leuchten. Weil sie leuchten, mag mich jeder, selbst ein so hübscher, junger Mann, den Sie hier sehen. Lieben Sie halt auch, gnädige Frau. Werfen Sie Ihre verbrauchten Ehemänner weg, und lieben Sie! Ein Moment, ein kleiner Moment des Mutes. Los, lieben Sie, zögern Sie nicht.)

Als der Ober die Rechnung vor Murat hinlegt, kriege ich einen unheimlichen Anfall von Mut, strecke die Hand aus und versuche, das Papier zu erreichen. »Erlaube mir, dich heute abend einzuladen«, sage ich.

»Das muß nicht sein, ein andermal bezahlst du«, sagt Murat.

Ob der Ober jetzt meint, daß ich einen Gigolo aushalte? Und wenn. Er soll denken, was er mag. Wenn ich möchte, tue ich das nämlich auch. Aber dies ist mein Geliebter, jawohl, dieser junge Mann ist mein Geliebter, er liebt mich seit Jahren schon wahnsinnig. Verstehst du? Wenn nicht, dann laß es, und starre ruhig weiter. Wegen euch gefühllosen Idioten werden wir in Zukunft nicht aufs Leben verzichten.

Wir stehen auf, ich wünsche meinen Bekannten mit Vergnügen eine gute Nacht. Ich hätte Lust, mich zum Ohr der Frau zu beugen und zu flüstern: »Möchtest du auch so einen?« Das wäre, wie ich weiß, sehr ungehörig; als hielte ich das, was ich erlebe, für das Schönste, Angenehmste der Welt. Aber es geht mir durch den Kopf. Wenn einer wie Murat in diese Frau verliebt wäre, ihr Briefe schickte, sie liebevoll anschaute und ihre Hand hielte, ihre

Haare streichelte. Wie sehr würde sich diese Frau verändern, wie würde Farbe in ihr Gesicht, ihre Augen kommen, wie glücklich würde sie nachts schlafen, wenn sie lange, lange, mit Liebe und Lust, zärtlich geliebt und unendlich befriedigt wurde. Aber sie ist schließlich jetzt eine Gefangene. Sie hat seit zwanzig Jahren einen Ehemann, eine Wohnung und eine zwanzigjährige Ordnung. Ein Haus voller Kristall und Silbersachen ist ja wichtiger als erregte Umarmungen abends; auf Cocktailpartys am Arm des Unternehmergatten zu hängen, macht mehr her, als die Haare zart gestreichelt zu bekommen; Brillantringe und Pelze sind wertvoller, als voller Zärtlichkeit und Leidenschaft mit einem Mann zu schlafen. Das ist nun mal so geregelt.

5

»Komm, laß uns zu mir gehen«, sagt Murat. Diesen Moment habe ich gefürchtet. Warum fürchte ich mich? Ich halte den Wagen am Meeresufer an. »Ich möchte dich berühren«, sagt er. »Was ist Schlimmes dabei?«

»Berühr mich, los berühr, berühr mich«, sage ich.

Er streckt seine Hand nach meinen Haaren aus, läßt sie zu meinem Hals hinuntergleiten, hält mich an den Schultern fest. Mit dem Zeigefinger versucht er, mein Augeninneres zu berühren. »Ich möchte die unzugänglichsten Stellen berühren, du bist ein wunderbarer Mensch, so sehr Weib, so sehr Kind, so unschuldig, so feurig, du bist herrlich, herrlich.«

Selbst wenn das nicht wahr sein sollte, klingt es sehr angenehm. Auch ich berühre sein Gesicht, ich streichele ihn; ein sehr schöner Mann ist das. Er beugt sich zu mir, küßt mich, jetzt nicht wie im Bus, sondern mit Verlangen, mit Begehren. Ich will ihn, aber gleichzeitig spüre ich, daß ich nicht mit ihm zusammensein werde. Warum? Ich weiß es nicht. Ich umarme ihn mit großer Sehnsucht, berauscht, voller Liebe. Ich weiß, wenn ich mit ihm vereint wäre, würde ich etwas sehr Schönes erleben. Aber ich glaube auch, daß diese Umarmung das Ende sein wird. Vielleicht werde ich zum ersten Mal nicht das tun, was ich möchte. Warum nicht? Ich weiß einfach nicht. Vielleicht sind in mir die tierischen

Instinkte erwacht und sagen, daß ich es nicht tun soll. Gut, ich tue es nicht. Ich werde keine feurigen Liebesstunden mit ihm erleben, nicht Hand in Hand durch die Straßen laufen, nicht ausgelassen kichern über irgendwelche Albernheiten. Ich werde heimkehren und mit meiner Tochter spielen.

Ich stoße ihn vorsichtig an. Er ist jedoch von Kopf bis Fuß im Liebeszustand. Mit seinem ganzen Körper will er die Liebe erleben. Und ich werde, wie die jungen Mädchen, ihn in diesem Zustand verlassen und fliehen. Die Menschen sollen so leben, wie sie möchten. Sexualität ist nichts Ungehöriges. Jeder Körper, der mit Lust begehrt wird, ist schön. Jeder von Glück erfüllte Augenblick, jede freudevolle Minute, ist ein Geschenk, sage ich mir, während ich mich von ihm zurückziehe. Zum ersten Mal wohl überwältigen mich meine Gefühle nicht. Warum? Weil ich weiß, daß es enden wird? Oder weil ich genug habe von den harten Urteilen der anderen, weil mich der Klatsch ermüdet? Oder aber, weil ich gespürt habe, daß dieses keine wahre Liebe werden wird?

Ich lasse den Motor an, frage ihn nach dem Heimweg. Vor seiner Tür halte ich. »Los, geh jetzt«, sage ich. Er hält mich an den Händen fest, zieht. »Hast du keinen anderen gefunden, den du foltern kannst? Bitte komm doch, bitte, bitte!« sagt er, so innig, so natürlich. »Denk doch mal, was in zehn Jahren sein wird, wie du es bereuen wirst, wenn du in zehn Jahren an diesen Augenblick denkst; spürst du das nicht? Zehn Jahre später wirst du dasselbe nicht wieder erleben können.«

Freilich, ganz richtig, in zehn Jahren wird einer wie du mich nicht mal mehr anschauen. Ist es deshalb nicht besser, daß ich mich jetzt schon daran gewöhne, ohne dich zu sein? Ich weiß, wie falsch das von mir ist. Ich küsse ihn, als würde ich ihn nie wiedersehen. In seinen schönen Kinderaugen steht Schmerz, Verwirrung, Hoffnung. Mein Bewußtsein und Unterbewußtsein dagegen sind erfüllt von Glück und der Kraft, die das Begehrtwerden schenkt. Eigentlich geht es gar nicht um Murat. All die Jahre hat er mich ja begehrt, geliebt. Ich habe gesiegt. Böse Frau. Du läßt den jungen Mann leiden und genießt das. Wegen der Möglichkeit, daß du später leiden könntest, machst du ihm jetzt Kummer. Du hast ihn benutzt. Du bist eine der Frauen, die Angst haben, nach einem länger dauernden Verhältnis nicht mehr begehrenswert zu sein. Jetzt hast du gesehen, daß auch nach Aydın, und zwar sofort danach, du noch gemocht, begehrt wurdest. Du hast deine Wunde geschlossen. Dafür verwundest du ihn, ohne Erbarmen.

»Los geh endlich.« Ich möchte am liebsten weinen. Weint er denn etwa? Er läßt meine Hände los, steigt aus dem Auto. Er geht zum Haus. Ich schaue seiner dünnen, langen Gestalt mit den in den Nacken hängenden Haaren nach und weiß nicht, ist es mit Liebe, mit Verlangen oder mit Eifersucht. Ich bin seltsam glücklich und spüre, daß ich ihn von jetzt an nie wieder sehen werde. In dem Moment möchte ich sofort schlafen und lange Zeit nicht wieder aufwachen. Eine andere Fluchtmöglichkeit fällt mir nicht ein.

Als ich meine Wohnungstür aufschließe, denke ich noch immer nach. Das Leben ist so kurz und deshalb ernst zu nehmen. Aber bedeutet ernst nehmen, sich in das von anderen aufgestellte Regelwerk zu zwängen, oder nach deinen eigenen Begriffen, die du im Laufe der Zeit und mit aller Rücksichtnahme aufgestellt hast, zu leben? Ist nicht deine Vorstellung von Ehre die, daß man leben sollte, ohne anderen zu schaden, sogar möglichst zu nützen, und die Selbstachtung nicht zu verlieren?

In der Wohnung ist es ganz still. Das Kind und auch die Kinderfrau schlafen. Ich streichele die rosigen, weichen Wangen der Kleinen. Wenn ich will, kann ich neue Liebesgeschichten erleben. Also spricht nichts dagegen, daß ich jetzt die Einsamkeit wähle. Ich bin es, die die Entscheidungen trifft. Meine Freunde pflegen mich um Rat zu fragen. Ich kenne nur einen Ratschlag: Sich entscheiden, eine Entscheidung treffen. Das Unbehagen nicht zu fürchten, dem Schmerz keinen Raum zu geben. Es kann passieren, daß ihr ohne Geld, ohne Arbeit seid, auch einsam, jedoch habt keine Angst, ihr schafft es; Hauptsache ihr hört nicht auf das Versklavende in eurem Geist.

Sich selbst genügen, und dann Liebe und Leidenschaft. Ach, wie müde bin ich.

6

Nach jenem Abend habe ich Murat nicht mehr gesehen. Er hat mir einen langen Brief hinterlassen und ist verschwunden. Seine Arbeitskollegen sagen, er sei zu Verwandten ins Ausland gegangen. Während ich mit ihnen spreche, verspüre ich ein Gefühl des Argwohns, der Besorgnis, ob sie wohl von unserer Beziehung wissen. Nachher schäme ich mich. Was für eine Beziehung denn? Und wenn sie es wüßten, was wäre dann schon? Ja, stoße du ruhig weiter deine Freiheitsschreie aus, die anderen sind nun mal bei uns bis ins Innere vorgedrungen; durch die Spermien unseres Vaters, durch die Eier unserer Mutter. Sie werden uns nicht freilassen.

Was Murat in seinem Brief geschrieben hat, ist vollkommen richtig:

»Freiheit bedeutet, alles tun zu dürfen, was du möchtest, solange das keinem schadet. Moral heißt gleichfalls, zu leben ohne jemandem zu schaden; Aufrichtigkeit, daß Inneres und Äußeres übereinstimmen; die Liebe, und wenn sie nur eine Stunde dauerte, einen Menschen mit Wonne, mit Lust umarmen zu können. Das Leben ist so gut, wie du es jeden Augenblick, jede Sekunde leben konntest. Du als Frau bist in dieser Gesellschaft so weit es ging gekommen, aber es fehlt noch viel, noch ist alles halb, noch hast Du viele Dinge nicht gelöst. Ich wollte nur Dich, ich habe nur Dich geliebt und wollte mit Dir bis zum Ende gehen, das wäre gut gewesen. Jetzt gibt es in unserem Leben etwas Unausgelebtes.«

Murat hat recht. Aber ich fühle keine Reue. So habe auch ich recht. Es geht mir jetzt gut.

7

Ich treffe mich mit Şebnem nach der Arbeit, und wir gehen einen trinken. Zwar ist sie wie immer guter Laune, wie immer zuversichtlich, aber ein Schatten liegt über ihrem Gesicht. Sie brennt darauf zu erzählen, wie sie sich von Erol getrennt hat.

»Kaum hatte ich mich versehen, wohnten wir in einer Wohnung zusammen. So sehr du dich dagegen wehrst, das Lieben ist ja ein Zustand, in dem du ständig beieinander sein möchtest; dagegen kannst du nichts machen, und dann seid ihr schließlich bloß noch zusammen. Abends voller Aufregung in der Küche was kochen, wie spannend, wie ein Spiel. Ja, anfangs kommt dir alles wie ein Spiel vor; und viele seiner Verhaltensweisen interpretierst du als Interesse.

Als der erste Monat vorbei war, ging es los mit der Fragerei: ›Wo warst du?‹ jedesmal, wenn ich etwas später heimkam, und dem folgten immer längere Verstimmungen. Ach, wie schön, denkst du dir, daß er sich um dich Sorgen macht, daß er jeden Augenblick mit dir zusammensein will. Nehmen wir an, es ist so, wo war dann er letzte Nacht? Gegen Morgen kam er betrunken nach Hause, und als ich fragte, wo warst du, sagte er, ach, du weißt schon, mit Kollegen in der Kneipe, ich konnte mich nicht absetzen.

›Dein Rock ist sehr kurz und wenn du dich vorbeugst, sieht man deine Brüste.‹ Ach, wie sehr liebt er mich doch! In Gesellschaft überwacht er mich ständig, und wenn ich mit einem männlichen Wesen freundlich spreche, verlangt er hinterher Rechenschaft. Es gefällt ihm nicht, daß ich arbeite, aber er selbst hat das Recht, alles zu tun. Ja, er ist ein typischer Mann, aber er ist der Mann, den ich liebe, und alle diese Dinge stören mich sehr. Dabei war er in den ersten Tagen ganz anders.

Eines Tages, es war schon spät, wir saßen in einem Restaurant, und ich sagte, laß uns endlich gehen, da sagte er, red keinen Blödsinn; ich sagte, laß mich gehen, und er wurde böse, weil ich um die Zeit schon gehen wollte. Ich hatte keine Lust mehr, so spät noch dort zu sitzen, er aber doch. Es wäre am besten gewesen, ich wäre gegangen, und er wäre geblieben. Wofür das Opfer, und wie weit soll es gehen?

Wir fuhren mal ins Sommerhaus. Sein Bruder hatte das schmutzige Geschirr stehenlassen. Die Teller, die Töpfe voller Fett. Er schaute nicht mal hin, aber ich bin in die Küche gegangen und habe gespült. Warum ich? Ich war mindestens so müde wie er. Warum bin ich in die Küche gegangen und habe Geschirr gespült? Anfangs sagst du, das macht doch nichts, es vergeht. Aber wenn du es einmal getan hast, hast du verloren. Sobald du an einem Abend, an dem du eigentlich gehen willst, gegen deinen Willen dableibst, bedeutet das, du wirst von jetzt an immer bleiben. Wenn du einmal in die Küche gehst und das Geschirr spülst, wirst du es von jetzt an immer spülen. Wenn du mit vor Liebe blinden Augen jeden Eifersuchtsanfall für Interesse und die ganze Unterdrückung für Liebe hältst, hast du verloren. Du kannst dir noch so oft vorsagen, das ist Liebe, bloß Liebe; die Tage, in denen du dich selbst noch betrügen kannst, vergehen schnell. Aber es ist auch wichtig, wann dir die Einsicht kommt, daß du dich geirrt hast; es darf noch nicht zu spät sein. Erol hat mich geliebt, aber wie es meistens ist, war seine Liebe auf ihn selbst bezogen. In erster Linie ging es immer um ihn, seine Prinzipien, seinen Vorteil, seine Bequemlichkeit, seine Freunde, seine Freiheiten.

Erst kam er und dann seine Liebe. In diesem Punkt unterscheiden wir uns nämlich. Für uns kommt an erster Stelle die Liebe, erst dann kommen wir. Und lange Zeit sehen wir die Liebe so, wie wir sie gerne hätten. Tatsache ist, daß dir viele Dinge nicht auffallen und du dir sagst: es ist bestimmt nicht so, ich habe mich getäuscht. Aber wir täuschen uns selbst, indem wir uns sagen: das ändert sich, das vergeht, indem wir die Sache in die Hand nehmen, sie zu kneten und ihr eine Form zu geben versuchen. Das schaffst du nämlich nicht.

Der Mann kritisiert dich, er opfert für dich nicht das geringste, versucht deine Freiheiten zu beschneiden, er verändert sich, wird ungehobelter. Und das Seltsame: du akzeptierst das. Denn die letzte Liebe ist die wunderbarste Liebe. Es gibt keine bessere. Du wirst nach ihm niemanden mehr lieben. Wenn wir uns von diesem Irrtum doch mal freimachen könnten! Wie viele Millionen Menschen gibt es auf der Erde; wenn von jeder Million nur einer deiner Liebe würdig wäre, weißt du, was für eine Zahl das ergäbe? Deshalb habe ich mich mit Vergnügen von Erol getrennt. Ich empfinde jetzt nur noch ein Gefühl: Wut. Ich bin auf mich selbst wütend. Wie habe ich denn zu Anfang rein gar nichts kapiert, wie konnte ich denn jedes negative Verhalten von ihm in meinem Inneren einschmelzen und positiv interpretieren? Wenn ich nun, wie die meisten Frauen, bis zum Ende weitergemacht hätte? So wie die, die nach jeder Ohrfeige glauben, das ist wirklich die letzte gewesen.«

Während Şebnem erzählt, denke ich immer darüber nach, was geschähe, wenn für die Männer die Liebe so wichtig wäre wie für uns, oder wenn wir, so wie sie, die Liebe, die Fürsorge, das Interesse am anderen zurückstellten.

»Şebnem, wenn ein Fußballspiel läuft, würden sie dann wohl zu einem Rendezvous mit ihrer Geliebten gehen?«

»Bist du verrückt, das kommt doch nicht vor«, sagt sie. »Aber wir gehen immer hin. Darin liegt ja das Problem.«

8

Meine Arbeit ist noch farbiger als früher, und ich bin noch erfolgreicher. Mein Bekanntenkreis ist sehr groß. Ich lehne viele Einladungen ab, trotzdem gehe ich zwei-, dreimal die Woche aus. Mein Kind wächst. Am Wochenende kommt Aydın, beschäftigt sich mit ihm, führt es spazieren.

Ich beobachte Aydın. Um mich zu prüfen, denke ich mir Szenen aus. In der Phantasie küssen wir uns, ich fange an, mit ihm Liebe zu machen. Kaum zu glauben, aber mein Film reißt plötzlich in der Hälfte ab, denn ich fühle keinerlei Erregung. Ist das der Mann, für den ich Tränen vergossen habe, nach dem ich wahnsinnige Sehnsucht hatte, für den ich sogar meine Arbeit aufgeben wollte? Ich möchte alle Frauen um mich versammeln und laut schreien: Schaut doch, wie die Liebe endet! Erbettelt von den Männern keinerlei Liebe, keine Zärtlichkeit; sie geben nichts, können nichts geben.

Aydın liebt seine Tochter. Er freut sich, wenn er sieht, daß sie mit jedem Tag größer wird und gesund ist. Dann geht er wieder. Er ist mit Ayla zusammen. Wenn er bei dem Kind wohnte, würde er auch mit Ayla zusammensein. Es macht nichts, wenn die Kinder an der Seite ihrer Väter eine andere Frau sehen. Die Mütter dagegen haben männerlos zu leben, sie haben ihr Leben ihren Kindern zu schenken. Während die Kinder groß werden und die Liebe erfahren, sollen die Mütter mit dem Zuschauen zufrieden sein. Die Väter jedoch dürfen am Wochenende ihre größer werdenden Kinder besuchen und danach schnell zu ihrer neuen Frau zurückkehren.

Wenn Frauen einer Liebe nicht entfliehen können, müssen sie sie heimlich, still und leise ausleben und ihre Schuldgefühle in sich vergraben. Eine Frau mit Kindern, was sagen da die Nachbarn? Ein fremder Mann darf auf keinen Fall unter das geheiligte Dach, unter dem sich ein Kind aufhält, treten. Das Kind soll nicht wissen, daß die Mutter einen neuen Geliebten hat, dagegen kennt es selbstverständlich die Geliebten des Vaters. Hinterher kommt es nach Hause und erzählt: »Tante Ayşe hat das und das gemacht, sie hat mir Bonbons gekauft.«

Eine Frau und Mutter muß an das Märchen glauben und Zeit ihres Lebens alleine bleiben. Wenn die Kinder später groß sind, wird sie voll Stolz zu ihnen sagen: »Jahrelang bin ich nicht aus diesen vier Wänden rausgekommen, obwohl auch mich einige umworben haben.«

9

Sie kommen, kommen wie ein Rudel Wölfe, die den Geruch einer alleinstehenden Frau wittern. Sie ist alleinstehend und bekannt, außerdem frei. Frei und auch frei denkend. Frei sein bedeutet nicht eigentlich, ohne Mann zu sein, sondern daß die Gedanken dieser Frau ebenfalls frei sind. Sie kommen, weil sie sagen: »Schaut her, ich war mit der Frau zusammen, die gestern abend im Fernsehen aufgetreten ist.«

Sie kommen, weil sie unter all den vielen Männern der Auserwählte sein wollen. Sie kommen, weil frei sein angeblich heißt, nicht nein zu sagen, und um eine einzige Liebesnacht zu erleben. Sie kommen, weil sie sich in ihrer Ehe langweilen und für ein paar Monate ein Abenteuer erleben möchten. Es gibt sogar welche, die behaupten, mein Kind bräuchte die ständige Anwesenheit eines Mannes im Haus. Dann wird's lustig. Ich nehme sofort die Position des männerfeindlichen Weibes ein und sage: »Dies hier ist unser geheiligtes Heim. In Zukunft wird zu unserer Wohnung nicht mal eine männliche Fliege Zutritt erhalten.« Möglicherweise sind sie erleichtert. Sie geben die Vaterrolle auf und übernehmen die Rolle des schnellen Liebhabers. »Wenn das so ist, dann komm zu mir, Baby.«

Anfangs machten sie mir noch Spaß. Aber später erinnerten mich diese Männer stets nur an meine Einsamkeit. Eines Nachts sehe ich, daß ich außer mit meinen Freunden mit keinem Mann irgend etwas gemeinsam gehabt habe. Ich möchte das zwar, aber wir haben eben nichts gemeinsam. Sie sind so unnatürlich, so egoistisch, so unzuverlässig. Aber wenn du ihren wunden Punkt triffst, geben sie sich fürchterliche Blößen. Ihr müßt nur das Schlüsselwort finden, dann lernt ihr den Mann kennen. Sagt zum Beispiel Freiheit. Und dann trefft eure Entscheidung.

10

Und ich entscheide mich.

Ein berühmter Journalist ruft an. Ich lese seine Kolumne, ich mag sie. Was für ein Thema er auch immer anschneidet, ich teile seine Meinung. Er ist einer von denen, die mir den Seufzer entlocken: Hätte ich das doch selbst geschrieben, hätte ich das doch gesagt! Manchmal äußert er sich auch zu Frauenthemen. Er hat Hochachtung vor den Frauen, er verteidigt sie, ist für die Gleichberechtigung, und er schreibt gut.

Fürs Fernsehen wird eine Serie »Wie erfolgreiche Frauen zum Erfolg kamen« vorbereitet. Er hat das Programm selbst entworfen, möchte mit mir Kontakt aufnehmen und lädt mich zum Abendessen ein. Wir verabreden ein Restaurant, wo wir uns in der Bar treffen. Ich mache mich sehr sorgfältig zurecht; nach langer Zeit möchte ich einem Mann einmal wieder wirklich gefallen. Wir hatten acht Uhr verabredet, ich komme jedoch um acht Uhr fünfundzwanzig. Ich bin noch immer nicht gewöhnt, allein in Bars zu gehen. Noch immer habe ich eine Heidenangst, die Person, mit der ich mich verabredet habe, könnte später kommen, und ich würde allein dastehen. Es soll bloß niemand sagen, diese Frau sucht Anschluß.

Ich sehe ihn, wie er mit jemand anderem spricht. Ich gehe zu ihm hin, er steht sofort auf; offensichtlich liegt auch ihm sehr viel daran, und er ist aufgeregt. Ebenso sein Kollege. Ganz sicher wird sich heute nacht etwas anbahnen. Ich setze mich auf den leeren Platz neben anderen, aber der besteht darauf, daß ich neben den Journalisten rücke.

Als wir unser Getränk ausgetrunken haben, ziehen wir beide an einen Tisch um, der romantisch mit Blumen und Kerzen geschmückt ist. Die Atmosphäre ist einmalig. Der Mann sieht ein bißchen mürrisch aus, aber er ist geistreich und gescheit. Ich sage ihm, daß mir seine Artikel sehr gut gefallen. Und füge hinzu, ich hätte ihn selbst gerne, weil er einer der seltenen Männer sei, der speziell über Frauenthemen schreibt. »Es dürfte kein zusätzliches Verdienst sein, über Frauen zu sprechen. Selbstverständlich soll von ihnen die Rede sein, sollen sie verteidigt werden«, sagt er. Ach, was für ein netter Mann ist das doch!

Am Ende der Mahlzeit reckt er sich ein bißchen, und indem er sich über den Tisch beugt, küßt er mich leicht an den Lippenrand. Auf eine freundschaftliche, zarte, nicht sexuelle Art. Etwas später stehen wir auf. Er bringt mich bis zu meinem Auto. »Heute abend haben wir gar nicht zur Sache gesprochen, morgen müssen wir uns noch einmal treffen und über das Programm reden«, sagt er. Gut, gut, natürlich.

Am anderen Tag kriege ich im Büro wunderschöne Blumen, winzige Orchideen in einem kleinen Körbchen. Hat er die etwa selbst ausgesucht? Hat er so viel Geschmack? Soll ich anrufen und mich bedanken? Oder soll ich das beim Abendessen tun? Er ist einer der seltenen Männer unter so vielen, dem es gelungen ist, mich gespannt zu machen. Ob der Mensch mit zunehmendem Alter wohl schwerer Gefallen an etwas findet, wählerischer wird? Oder bin ich bloß faul geworden? Ist es nicht ein Erfolg, die faule Person, die offensichtlich zu nichts mehr Lust hat, wieder auf Trab zu bringen?

Ihr hättet bloß sehen sollen, wie ich heute morgen vor dem Schrank gestanden und nichts zum Anziehen gefunden habe. Nebenbei führte ich Selbstgespräche: Wenn sogar deine größten Lieben zu Ende gegangen sind, so bedeutet das doch, du mußt den Mann in Zukunft weniger wichtig nehmen. Er dürfte nicht die erste Stelle in deinem Leben besetzen. Und doch wieder all diese Fragen: Wird er dich gern haben, Sehnsucht nach dir haben, dich betrügen, wird er unordentliche Frauen vielleicht nicht mögen? Wird er beim Sex meinen Körper lieben, ihn gut finden?

Denken sie etwa auch darüber nach, ob die Frau sie gut findet mit ihrem geschwollenen Gesicht und dem dicken Bauch am Morgen nach einer durchzechten Nacht?

Trotzdem sehne ich den Abend herbei. Die Katze läßt das Mausen nicht. Dieses Mal komme ich nur zehn Minuten zu spät, weil ich darauf vertraue, daß er rechtzeitig kommt. Er ist wirklich schon da und erwartet mich überdies am Eingang. Er faßt mich leicht an den Schultern und küßt mich auf die Wangen. Als wir uns an den Tisch gesetzt haben, sagt er: »Erlaube, daß ich das Essen bestelle.« Und dann zählt er dem Ober im einzelnen auf, was ich am liebsten mag. Woher weiß er das denn? Hatte er eine Eingebung, oder habe ich es ihm gestern abend gesagt?

Es wird ein sehr schöner Abend. Er redet über alles und richtig gut. Gegen ein Uhr stehen wir auf. Den Arm um meine Schultern gelegt, bringt er mich zu meinem Auto. Als er mir hilft, die Tür aufzuschließen, umarmt er mich heftig und küßt mich leidenschaftlich. Das dauert etwa zehn Minuten lang und ist wohl der lustvollste, heißeste Kuß meines Lebens. (Habe ich das nicht schon früher einmal gesagt?) Er schließt das Auto wieder ab. »Das lassen wir jetzt stehen und holen es morgen«, sagt er.

Wie ein Schäfchen folge ich ihm. Ich begehre ihn. Bis wir zu seinem Haus kommen, läßt er meine Hand nicht los, hält sie fest. Wir küssen uns im Lift, bis wir im siebten Stock sind. Sobald wir in der Wohnung sind, küssen wir uns wieder. Auf dem Sofa im Salon küssen wir uns weiter, während wir versuchen, uns auszuziehen. Wir lieben uns lange. Dieser Journalist weiß so einiges. Es ist offensichtlich, daß er die Sache wichtig genommen, studiert hat. Die Hauptregionen kennt er sowieso, aber auch die speziellen Erregungszonen findet er schnell durch Ausprobieren. Ich berühre ihn gerne.

Wir trinken etwas, dann schlafen wir wieder miteinander. Dann gehen wir zu Bett. Als ich am Morgen erwache, hält er mich in seinen Armen. Nach diesem Gefühl habe ich mich gesehnt, seinen Arm auf mir, seinen Atem in meinem Rücken. Ich küsse ihn leicht, er wacht auf, umarmt mich fest, und wieder sind wir vereint. Danach habe ich mich ebenfalls gesehnt.

Ich bin ganz gespannt darauf, Şebnem von dem neuen Mann zu erzählen. »Dieses Mal ist er sehr süß, sehr nett«, sage ich. Şebnem bricht in schallendes Gelächter aus. »Nach zwei, drei Monaten reden wir mal wieder drüber«, sagt sie. Und dann führt sie mir vor, wie unser Dialog ablaufen wird:

»– Wie geht's, meine Liebe, wie steht's?

– Ach, sehr gut, und bei dir?

– Wie läuft die Sache, was macht dein Geliebter?

– Ach, laß doch, um Gottes willen, der dumme Kerl, das war vielleicht ein Idiot.

– Aber du hattest doch gesagt, er sei sehr nett, sehr süß.

– Was weiß ich, am Anfang schien es ja so, aber als ich ihn kennenlernte, stellte er sich als blöd heraus.«

Auch ich fange an zu lachen und sage: »Nein, nein, dieses Mal ist es nicht so.« Sie erinnert mich erneut daran, was ich für meine Verflossenen für Bezeichnungen gebraucht habe: Schlafmütze, schlampig, konservativ, Macho, lästig, blöd, Angsthase, gekünstelt, Betrüger. Sie kann mich durch nichts erschüttern, und ich wiederhole: »Nein, nein, dieses Mal ist es nicht so.«

Als ich am nächsten Tag die Zeitung aufschlage, bei der der Journalist arbeitet, erwartet mich eine schöne Überraschung. Sein Artikel handelt von den Frauen: er beschreibt, wie eine Frau sein soll. Es kommt mir so vor, als beschriebe er mich. Eine Frau, die weiß, was sie will, die ihren Lebenskampf darauf begründet, sich selbst zu genügen, die die Absicht hat, im Leben von niemandem abhängig zu sein, die aufrichtig, natürlich und in ihren Entschlüssen fest ist und die Liebe für wichtig hält, aber keine Zugeständnisse macht; die sich selbst schützen kann, die um ihre Widersprüchlichkeit weiß und die ständig vorwärts strebt.

In seinem Artikel streift er auch die Frauenrechte und betont, daß die Männer in diesem Punkt keinen Finger krümmen, so daß den Frauen die gesamte Arbeit dafür überlassen bleibt. Ich lache vor Vergnügen auf und schicke ihm ein großes Paket Schokolade in die Redaktion.

Noch habe ich den Journalisten nicht mit meinem Kind bekannt gemacht. Das wird die größte Ehre sein für den Mann, der in meinem Leben eine Rolle spielt Das heißt, der Journalist wird noch geprüft.

Dabei habe ich seinen Sohn schon kennengelernt. Der Junge hat keineswegs wie im Film: ›Diese Tante mag ich sehr gerne‹, gesagt. Er gibt mir nicht mal die Hand, verkriecht sich in eine Ecke und schaut mich böse an. Den ganzen Tag widerspricht er seinem Vater, er weint und mault. Am selben Samstag ist meine Kleine zu Hause mit ihrem Vater und einer anderen Frau, während ich mich bemühe, das Kind eines anderen Mannes für mich zu gewinnen. Ich tue alles, um nicht böse, nicht nervös zu werden und dauernd zu lächeln, während ich versuche, dem Jungen ein Stückchen Torte in den Mund zu stecken. Dabei nähme ich am liebsten die Torte und verschmierte sie dem Kind schön im Gesicht. Das kann ich natürlich nicht tun, denn es ist das Kind meines Geliebten, es muß mich auch lieben. Warum eigentlich? Ich beschließe, nie wieder mit dem Kind zusammenzukommen. Es geht doch auch so, daß dieses Kind in meinem Leben überhaupt keinen Platz einnimmt.

Als wir den Jungen nach Hause gebracht haben, sagt der Journalist zu mir: »Wie schön wäre es doch, wenn wir zwei zusammen ein Kind hätten.«

»Wieso wäre das schön?«

»Möchtest du für mich nicht ein Kind machen?«

(Ach so, freilich mache ich eins, mein Lieber, was ist leichter als das? Wenn du ›Kind machen‹ sagst, bedeutet das für dich ein paar feurige Liebesminuten. Später, bitte sehr, hier ist Ihr Kind. Was für seltsame Geschöpfe seid ihr. Wenn ihr eine Frau ein bißchen gern habt, fangt ihr gleich an, Kinder zu machen. Und nachher seht ihr die Kinder von Abend zu Abend, bzw. einmal die Woche oder gar nicht. Ihr seid so interessiert am Kindermachen, dabei ist das gar kein Beweis für Männlichkeit, sogar ein Versager kann ein Kind haben. Zu Befehl, lieber gnädiger Herr, machen wir Ihnen ein Kind. Besiegeln wir unsere Liebe, setzen wir Ihnen die Krone auf. Und Sie kommen alle Monat einmal, um die Kinder zu nehmen, spazieren zu führen und mit ›meine Tochter, mein Sohn‹ zu prahlen. Zu Befehl, wird gemacht. Bloß, warum?)

»Du und ich, wir haben jeder ein Kind«, sage ich und schweige.

Ein paar von meinen Sachen befinden sich in seiner Wohnung, aber es gelingt mir, nicht zwei Tage hintereinander mit ihm in derselben Wohnung zu verbringen. Ich und meine Kleine haben bei uns zu Hause unseren Alltag so schön geregelt, daß ich diese Ordnung nicht zerstören möchte. Mein Leben verläuft mit meinem Kind, mit der Arbeit, mit meinen Lieben sehr angenehm. Ich fürchte mich vor mir selbst in Augenblicken, in denen ich den Journalisten sehr mag, in denen ich vor Glück platze und scheue zurück vor dem Beginn eines gemeinsamen Lebens. Die Liebe schaltet tatsächlich die Logik aus. Plötzlich schaust du dich um, und viele Dinge, die du nie akzeptiert hättest, passieren einfach. Ich liebe den Journalisten. Ich möchte, daß unsere Liebe dauert. So muß ich mir die Sehnsucht nach ihm erhalten. Er leuchtet ja wie ein heller Stern unter den vielen Männern alter Prägung. Ihn möchte ich nicht verlieren.

13

Wir sind zu meinem Geburtstag in einem schicken Restaurant. Er hat den Tag nicht vergessen, schon lange vorher einen Tisch bestellt, sich vorbereitet. Meine Wohnung und mein Büro sind voll mit Blumen. Hunderte von Blumen, und zwar meine Lieblingssorten. Was für ein feinfühliger Mann ist das doch.

Beim Essen schaue ich ihn liebevoll an. Heute abend erlebe ich, wie er einen in der Krone hat, zum ersten Mal ist er ganz schön betrunken. Während er »Ich liebe dich«, sagt, zieht er ein Schächtelchen aus der Jackentasche. Ich öffne das Schächtelchen und traue meinen Augen nicht. Es ist ein Brillant, der einem Vorsteckring ähnelt, nein, nicht ähnelt, es ist ein Vorsteckring. Ich fühle weder Freude noch Schmerz. »Was ist das?« frage ich.

»Das kommt darauf an, wie du es interpretierst«, sagt er.

»Er gleicht einem Vorsteckring.«

»Das kann sein.«

»Hör bloß auf, wir sind doch nicht verheiratet.«

»Ich weiß nicht, was wir sind, aber ich möchte, daß du ihn ansteckst. Wenn deine Finger leer sind, dann heißt es doch, du bist völlig ungebunden, nicht? Dagegen, wenn der Ring an deinem Finger steckt, bedeutet das, du bist ›meine‹ Frau.«

»Bin ich ›deine‹ Frau?«

»Ja, ich möchte, daß du meine Frau bist. Meine Wäsche soll von dir gewaschen, mein Essen von deinen Händen zubereitet werden, du sollst immer für mich da sein. Und wenn du alleine irgendwo hingehen mußt, dann sollen sie, die schmutzigen Kerle, wissen, daß du einen Besitzer hast.«

»Habe ich einen Besitzer?«

»Ja, verstehst du denn nicht, ich bin in dich verliebt, ich liebe dich. Von jetzt an möchte ich nicht, daß du etwas ohne mich tust, ich bin eifersüchtig auf dich, steck diesen Ring an, Geliebte, man soll nicht denken, du bist eine ungebundene Frau. Sei die meine. Ich kann für dich sorgen, dich beschützen, verteidigen. Jene schmutzigen Kerle sollen dir nicht zu nahe kommen. Ich bin jetzt da. Und ich habe die schönste Frau der Welt. Das ist die Liebe.«

Ich war wie versteinert. Das dauerte an. Was König Alkohol doch alles bewirkt. »So sieht eure Liebe aus«, konnte ich bloß noch sagen.

Wie in den Augenblicken vor dem nahen Tod läuft vor meinem inneren Auge mein ganzes Leben ab. Und ich sehe auch die Zukunft.

Langsam richte ich mich an meinem Platz auf, lege den Ring vorsichtig auf seinen Tellerrand. Dann lächele ich ihn eine Weile an und sage: »Wünsch mir zum Abschied alles Gute!«

Ich kann mich nicht mehr daran erinnern, wie ich in mein Auto gekommen und losgefahren bin. Aber als ich in der Nähe meiner Wohnung bin, bemerke ich, daß ich pfeife.

FRAUEN

Monika Helfer
*Ich lieb Dich
überhaupt nicht mehr*
Roman

1343

Iris Galey
**Ich weinte nicht,
als Vater starb**
Geschichte eines Inzests

1476

*Das Geschlecht
der Engel*
Gedichte von Else Lasker-Schüler
bis Barbara Maria Kloos

1511

Franziska Stalmann
**Die Schule macht
die Mädchen dumm**
Die Probleme mit der Koedukation

1323

Barbara Yurtdas
*Muttermord
in Ephesos*
Roman

1259

Sibylle Mulot
*Einen Mann
für sich allein*
Roman

1508

FRAUEN

Rosalind Miles
Weltgeschichte der Frau

1473

Carol Gilligan
Die andere Stimme
Lebenskonflikte und
Moral der Frau

838

Duygu Asena
Die Frau hat keinen Namen
Eine Türkin entdeckt die Folgen
des kleinen Unterschieds

1485

Franziska Stalmann
Die Schule macht die Mädchen dumm
Die Probleme mit der Koedukation

1323

*Sibylle Plogstedt
Barbara Degen*
Nein heißt nein!
DGB-Ratgeber gegen
sexuelle Belästigung
am Arbeitsplatz

1696

Sandra S. Kahn
Scheiden tut weh – wenn Frauen nicht loslassen können
Das Ex-Frau-Syndrom

1738

Die humorvolle Geschichte
der Selbstfindung
einer Frau von Ende Dreißig

230 Seiten. Serie Piper 1541

Ines steht nach dreizehnjähriger Ehe von heute
auf morgen alleine da: Ihr Mann wird überraschend
anderweitig Vater und bittet sie um eine schnelle Scheidung.
Ines ist fast vierzig und hat weder Ausbildung noch
Berufserfahrung – außer als liebende Ehefrau, wenn das ein
Beruf wäre. Wie sie in dieser Situation zunächst
auf die Nase fällt und dann allmählich wieder auf die Füße
kommt, wie sie, erst unfreiwillig und dann mit
wachsender Begeisterung, ein neues Leben beginnt, wie sie
Arbeit findet, neue Freunde und sogar die Liebe neu
entdeckt – das wird hier in leichtem Ton, aber nicht ohne
Tiefgang erzählt, mit Witz und Ernsthaftigkeit,
mit Kritik und Komik.

PIPER